나그네가 밤에 쓰는 감회

旅夜書懷

언덕의 가녀린 풀 미풍에 나부낄 새

높이 솟은 돛단배에서 홀로 밤을 지샌다

별 드리운 평야 광활하고

달 솟아오르는 큰 강물 출렁이누나

細草微風岸
危檣獨夜舟
星垂平野闊
月湧大江流

絶命門

절명문

절명문 4

진공 新무협 판타지 소설

초판 1쇄 찍은 날 § 2006년 4월 13일
초판 1쇄 펴낸 날 § 2006년 4월 23일

지은이 § 진공
펴낸이 § 서경석

편집장 § 문혜영
편집책임 § 김규진
편집 § 장상수 · 최하나 · 문정흠

펴낸곳 § 도서출판 청어람
등록번호 § 제1081-1-89호
등록일자 § 1999. 5. 31
어람번호 § 제2-0883호

주소 § 경기도 부천시 원미구 심곡1동 350-1 남성B/D 3F (우) 420-011
전화 § 032-656-4452   팩스 § 032-656-4453
http://www.chungeoram.com
E-mail § eoram99@chollian.net

ISBN 89-251-0074-6 04810
ISBN 89-5831-581-4 (세트)

Fantastic Oriental Heroes

진공 新무협 판타지 소설

④ 월광사신의 정체

絶命門

절명문

도서출판

청어람

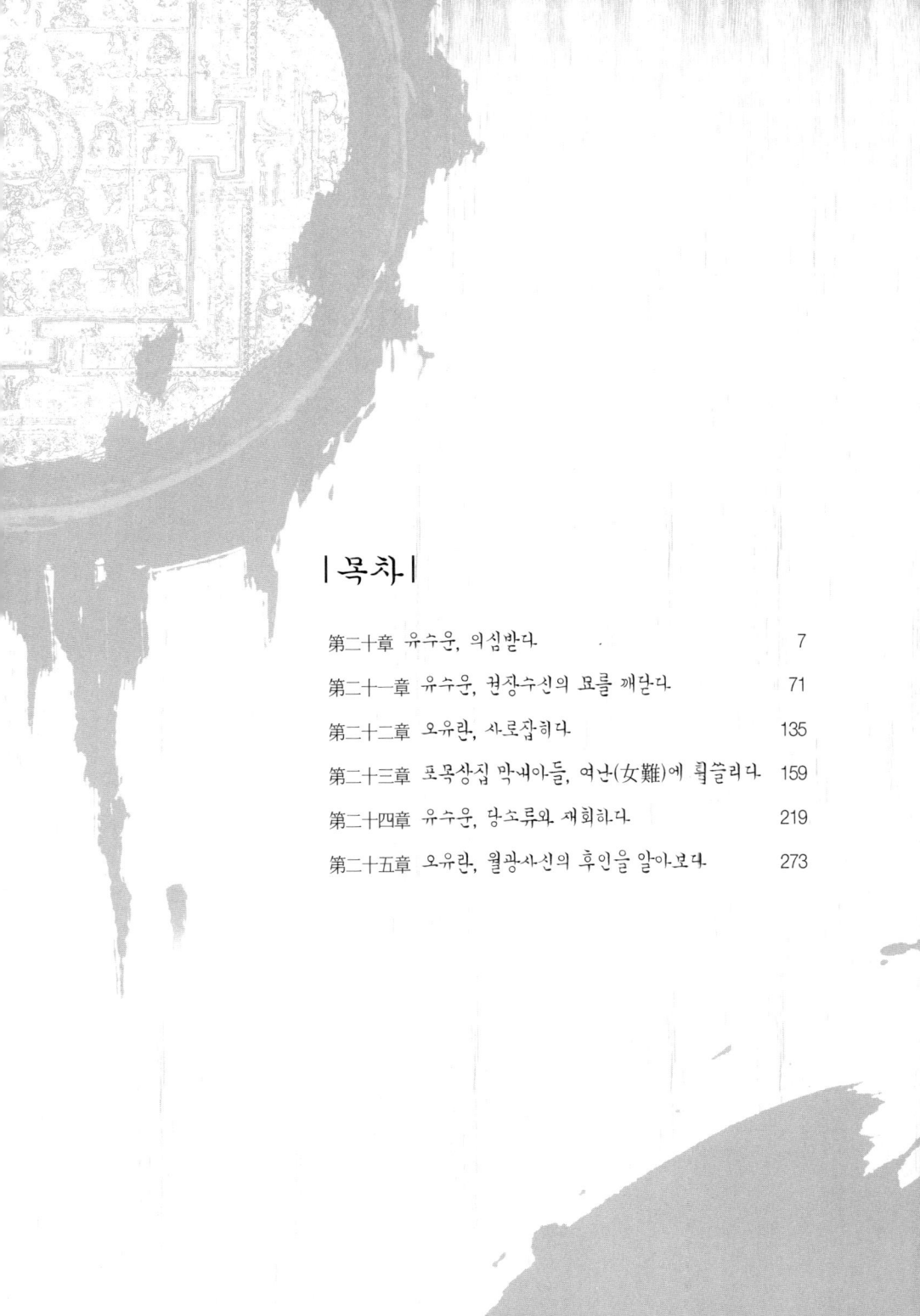

|목차|

◆ 第二十章 ◆
유수운, 의심받다

유수운, 의심받다

"허어, 오늘은 유난히도 달빛이 좋군."

시전 주변에서 유수운에 대한 탐문을 끝낸 무현종은 느긋한 기분이
되어 있었다. 탐문(探聞)이라는 건 극히 손쉬운 것이지만, 또한 나름의
기교가 필요한 일이기도 했다.

가령 지역 토박이를 상대로 수상쩍게 나서서 질문을 한다고 생각해
보자.

"그 사람 어떤 사람이냐?"

"아들은 몇이냐?"

"감춰둔 재산 같은 건 있나?"

이런 식으로 어쭙잖은 질문을 던지고 돌아서면, 한 식경도 지나기
전에 시전에는 '수상한 놈이 아무개 뒤를 캐고 다닌다더라'는 소문이
짜하게 퍼지고 만다.

그런 일이 있어선 안 된다.

만약 누군가 자신의 뒤를 캐고 있다는 것을 지금 조사하고 있는 유수운이라는 후보가 알게 되고, 만약 그가 월광사신의 후인이 맞다면 큰일이 되고 말 것이다.

자신의 정체가 드러난 줄 알고 떨치고 일어설 수도 있기 때문이다. 월광사신의 후인이 들고일어나면 혈사가 일어날 것은 자명한 일. 극히 주의할 필요가 있었다.

그렇기에 무현종은 자신이 맡은 모든 후보자에 대한 탐문과 조사를 극히 조심스레 취급해 왔다.

'만에 하나, 빌미를 제공할 수는 없다.'

그게 무현종의 마음이었다. 사실 이번 일을 하면서 무현종이 느끼는 중압감은 상상외였다.

뭐라 해도 쫓고 있는 대상이 월광사신인 것이다.

그에게 역공을 당한다 해도 그를 도와줄 사람은 아무도 없었다. 월광사신이 마음만 먹는다면, 팔대천인이 자신을 호위한다 해도 살아남지 못할 거라는 데 토를 달 무림인은 아무도 없을 터.

해서 그는 굳이 위험을 자초할 생각이 없었다. 그는 자연스러운 대화를 통해 정보를 이끌어내는 고급 기술을 유감없이 발휘했다.

본시 사람이란 억지로 묻는 말엔 경계하고 의심을 품지만 다른 사람들이 나누는 대화를 엿듣거나 우연히 혼잣말을 듣는 경우, 아무리 어처구니없는 말이라도 믿어버리는 습성이 있다.

그는 그런 식의 인간 습성을 이용해서 조금씩조금씩 정보를 늘여 나갔다. 더군다나 기본적인 정보는 개방에서 보낸 서찰을 추려서 알아냈기 때문에 슬쩍슬쩍 눙치며 정보를 뽑아내는 데에 별다른 어려움은 없었다.

그리하여 도착 첫날임에도 불구하고 무현종은 상당히 여러 종류의 소문과 사실을 새로 알아내고 지금 일행과 합류하려 하고 있었다.

낮에 자신과 갈라진 곳에 가보니 호위 무사들이 남긴 표식이 있었고, 그것을 보고 어렵지 않게 일행이 묵고 있는 객잔을 찾았다.

그곳은 애초에 무현종이 지시한 대로 유수운의 생가와 그리 멀지 않은 곳에 위치하고 있었다.

"오셨습니까."

그가 들어서자 곧바로 객잔에 앉아 있던 정마련의 호위 무사 하나가 자리에서 일어나 무현종을 맞이했다. 그가 호위 무사와 합석을 하자 점소이 하나가 쪼르르 달려와 그 앞에 차를 올렸다.

쪼르르—

점소이는 차를 올리자마자 예의 바르게 무현종에게 주문을 받았다.

"주문을 하시겠습니까?"

"음, 죽엽청 한 병과 간단한 안주를 내오거라."

"알겠습니다. 돼지고기 볶음은 어떠신지요?"

"괜찮겠지."

가벼운 요깃거리를 주문한 무현종은 자기 앞에 놓인 뜨거운 차를 한 모금 들이키며 호위 무사를 바라보았다.

"……."

그는 담담한 표정을 지은 채 입을 열지 않고 가만히 앉아 있었다. 무현종도 딱히 그에게 할 말이 없어서 가끔 차만 홀짝이며 주문한 요리를 기다릴 따름이었다.

"여기 주문하신 죽엽청과 돼지고기 볶음이 나왔습니다."

점소이가 재빨리 탁자 위에 죽엽청과 소채가 잔뜩 들어간 돼지고기 볶음을 올려놓고는 머리를 조아리고 물러섰다.

"연 형, 한잔하시겠소?"

무현종은 호위 무사에게 죽엽청 한잔할 생각이 있는지를 물어봤으나, 그는 고개를 저었다.

"허허, 나는 몸이 노곤해서 염치불구하고 한잔해야겠소."

콸콸콸―

호위 무사는 잔에 죽엽청을 따른 뒤 죽 들이키는 무현종을 여전히 무표정하게 바라보고 있었다. 요리가 별로 마음에 들지 않는지 대충 깨작거리던 무현종이 잡담처럼 호위 무사에게 입을 열었다.

"일단 오늘은 한 바퀴 돌며 얘기만 들었으니 사실 별다른 건 없었습니다만… 아무튼 자세한 건 잠시 후 모여서 얘기하지요. 뭐, 방향이라도 잡아두고 움직이는 게 나을 테니…….

호위 무사가 힐끗 주위를 바라보곤 무표정하게 고개를 끄덕였다.

"그렇군요. 올라가서 준비해 두겠습니다."

그는 가볍게 고개를 숙여 보인 뒤 자리에서 일어나 이층으로 올라섰다.

"흐음……."

호위가 성큼성큼 위층으로 올라가는 모습에 힐끗 눈을 주던 무현종은 잔에 담겨 있던 죽엽청을 훌쩍 털어 넣었다.

"크으, 좋군."

요리는 그다지 마음에 들지 않지만 술맛 하나는 좋다고 생각했다.

겉보기엔 느긋하게 죽엽청과 요리로 때늦은 요기를 하는 무현종이었으나 머리 속은 조금 전까지 조금씩 들었던 주변 이야기와 서신으로 파악해 둔 정보들을 계속 조합, 정리하고 있었다.

톡— 톡—

'성장기의 긴 공백… 정체 모를 독선생을 들여 아이들을 가르쳤다는 이야기… 십 년 만에 귀가했으나 곧 친누이를 찾아 유성표국으로 길을 떠났다는 점. 흐음, 수상하게 생각하면 모두 수상한 이야기이고, 달리 생각하면 평범하기만 한 이야기이고……'

시전 상인들과 이야기를 나누면서 알아낸 것 중 가장 손쉽게 알아낸 것은 '포목점 유씨가 유성표국의 장무성 대표두와 사돈을 맺었다' 라는 이야기였다.

정마련에서 보내온 정보에는 유수운의 행적과 그의 본가에 대한 간략한 정보가 실려 있었으나, 시집간 딸에 대해서는 별 관심이 없었던지 그녀가 시집간 곳이 강호에서도 명성을 떨치는 패검 장무성이라는 정보는 빠져 있었다.

있을 수 있는 일이었다.

정보를 보내는 쪽에서는 무현종이 정확히 어떤 정보를 원하는지 모르는 상태에서 최선을 다해 무작정 정보를 보내왔을 테니, 이런 혈연 관계에 대해서는 놓칠 수도 있다고 생각했다.

짤랑—

이런저런 생각을 하며 느긋하게 식사를 마친 무현종은 스탁 위에 적당한 은자를 올려놓고 자리에서 일어섰다.

"감사합니다, 좋은 식사가 되셨는지요."

"술은 좋더구나. 하지만 볶음 요리가 조금 짜더구나."

"아, 대인께선 담백한 요리를 좋아하시는군요. 다음에는 신경 써서 숙수에게 그리 하라 전하겠습니다."

꽤 부지런하고 싹싹한 점소이였기에 무현종은 싱긋 웃으며 은 부스러기를 조금 더 꺼내 그에게 주며 몇 마디 이야기를 건넨 뒤 위층으로 올랐다.

그가 자신의 방으로 들어서자 이미 고권중과 오유란을 비롯, 몇 명의 호위 무사들이 자리를 잡고 있었다. 무인 몇이 보이지 않자 무현종은 대장인 고권중에게 시선을 보냈다.

"주변에서 번을 서고 있소이다."

그러리라 짐작하고 있던 무현종은 고개를 끄덕였다. 혹시 모를 염탐을 막기 위해 밖에서 몸을 숨긴 채 사방을 감시하고 있을 것이다. 사람들이 자신을 바라보고 있다는 것을 느낀 무현종이 조용히 말문을 열었다.

"앞으로 하루 정도는 더 지켜봐야겠지만, 일단 마지막 후보 중 하나인 유수운에 대해서 간략하게나마 설명을 드리고 시작하겠습니다. 기본적인 사항은 개방에서 우리에게 전한 것과 같습니다. 유수운, 유씨 포목상의 주인인 유정의 막내아들. 그러나 병 때문에 오랫동안 집을 떠나 있었으나, 이후성 부대주와 오유란 소저가 탁살장 마우와 격전을 벌였던 무렵과 얼마 차이 나지 않는 기간 내에 집에 도착했습니다."

무현종이 '오랜 기간 집을 떠나 있었다'는 부분과 '시기가 일치한다'는 부분을 강조해서 말하자 오유란이 고개를 끄덕인 뒤 끼어들었다.

"네, 그래서 유력한 후보 중 한 명이라고 하셨잖아요. 그 지긋지긋한 정보 분석이 끝난 뒤에⋯⋯."

"그렇지요, 오 소저. 오랫동안 집을 떠나 있었다는 것은 여러 가지 가능성을 나타내는 것이니까요. 십 년이면 누군가가 어떤 모습으로 바뀐다 해도 납득할 만한 기간인데다가, 그 기간 동안 무엇을 했는지 알 수도 없으니 가능성은 무궁무진하지요."

유수운은 사람들을 고난 속으로 몰아넣었던 정보 분류 작업에서 '깨 끗한 천과 금창약을 사 간 말없는 청년'으로 분류되어 있었다.

거기서 무현종의 주목을 받아 유력 용의자 중 한 명으로 지목된 셈 이니, 정보 분류 작업에 참여했던 자들은 이러한 사정을 대강 짐작하고 있었다.

"말이 십 년이지, 십 년이면 조그마한 아이가 명문거파(名門巨派) 의 당당한 제자로 거듭날 수 있는 시간이지요. 사실 이 점이 그의 등 장 시기보다 더 유력한 단서일 수도 있지요. 더구나 오늘 전해들은 바에 따르자면, 유수운은 어린 시절 희귀한 괴질(怪疾)을 앓고 있어 서 어떤 기인이 치료하겠다며 데려갔다고 하더군요. 소문난 명의라 는 얘기부터 낙향한 고위 무관이라는 얘기까지 있더군요. 그리고 그 기인이 유씨 포목의 다른 아이들도 가르쳤다고 하는 얘기도 있었 고⋯⋯."

고권중이 그의 이야기를 듣고 있다가 심각한 얼굴로 끼어들었다.

"흐음, 그렇다면 그 기인이사가 월광사신일 가능성도 배제할 수 없 다고 할 때⋯⋯. 그 집 자손들 전체가 위험할 수 있다는 얘기입니까, 무 대협?"

"월광사신이 자신의 무공을 아무에게나 전할 가능성은 희박하지만… 만약 유수운이 월광사신의 후인이라는 게 확인된다면, 그의 다른 식구들 역시 조사받을 필요가 있다는 점에는 동의합니다."

무현종은 어디까지나 만약이지만 그럴 가능성도 있다며 선선히 고개를 끄덕였다. 고권중의 반응은 다소 신경질적이긴 했지만 현 강호인들이 월광사신에 대해 품고 있는 공포를 생각해 보면 당연한 반응이라 할 수 있었고, 무현종도 은근히 그 가능성을 염두에 두고 있었기에 기인이 유가의 아이들을 가르쳤다는 얘기를 꺼낸 것이다.

"고 대협의 얘기를 듣고 보니, 오늘 들었던 저잣거리 소문이 떠오르는군요. 사실 오늘은 시간도 별로 없고 해서 달리 많은 얘깃거리를 얻어오지는 못했습니다만… 시간이 없는 점을 빼고라도 유수운 본인에 대해서는 별다른 소문이 없더군요. 당연하지요. 아무래도 십 년간이나 이 마을에서 떠나 있던 사람이니까요. 그런데 첫째 아들인 유수헌에 대해서라면 얘깃거리가 차고 넘치더라 이 말입니다."

"소문이라면……?"

"유씨 포목의 주인인 유정에게는 아들이 둘 있는데, 그중 장남이 유수헌이고, 막내가 유수운이지요. 말씀드렸다시피 이들은 모두 어린 시절에 유수운을 데려간 그 기인에게 기초적인 권술을 배웠던 모양인데, 유수헌은 그것을 밑천으로 인근 왈패들을 모두 휘어잡고 있는 모양입니다."

"흐음……."

고권중의 눈은 무엇을 생각하는지 조금 침잠해 들어갔으나, 같이 듣고 있던 오유란의 반응은 그다지 심각하지 않았다. 그녀로서는 이들이 아직 확인되지 않은 일로 너무 앞서간다는 생각이 들었던 것이다.

"더 재밌는 건… 칼 든 무인들도 몇 번 야료를 부리다 떡이 돼 나갔다더군요. 사실이라면 이류나 삼류 무인들이 거들먹거리다 당한 것 같지만, 아무튼 포목집 유수헌 하면 인근에서 알아주는 것 같더군요. 만약 어릴 때부터 체계적으로 무공을 익혔으면 알아주는 고수가 됐을 거라는 평판도 있고 말입니다."

느긋하게 이야기를 이끌어 나가는 무현종은 사람들의 반응을 즐기기라도 하는 듯한 모습이었다. 마치 포쾌나 판관이 죄수를 잡아놓고 사람들 앞에서 그자의 죄과를 소상히 밝히며 그에게 내려질 처벌의 당위성을 설명하는 모습처럼 보이기도 했다.

그때 오유란이 끼어들었다.

"무 대협, 결국 수상하다는 얘기신데, 이제까지 모든 후보들이 다 수상했잖아요."

사실이 그랬다.

이제까지 무현종이 추려낸 후보들은 모두 수상한 점에 있어서는 고르고 골라 추려진 사람들이어서 매번 확인할 때마다 일행들은 바싹 긴장해야 했다.

그렇기에 이런 오유란의 가벼운 투정은 어찌 보면 당연한 일이기도 했다.

한참 재미있게 이야기를 풀어나가던 무현종은 오유란이 뾰로통한 얼굴로 그리 말하자 난감한 미소를 지어 보였다.

"그렇지요. 어쨌거나 오 소저나 이 부대주가 확인해 주시기 전까진 수상한 점은 그냥 수상한 점일 뿐이지요. 하지만 우리가 처한 입장에서는 처음부터 이렇게 의심을 하며 접근하지 않으면 위험할 수도 있어서 그러는 것이니……."

"네, 그건 알고 있어요, 무 대협. 하지만 어릴 때 독선생이 있었다는 점도 수상하다는 건 좀 이상해서요. 십 년간 사라졌었다는 건 충분히 수상하지만요."

"허허허, 문제는 유수운을 데리고 사라진 명의와 유가에서 어릴 때 아이들을 가르친 독선생이 동일 인물이라는 점이지요. 아무튼… 그 문제는 나중에 다시 하기로 하도록 하고, 다른 이야기로 넘어가도록 하지요."

무현종이 '다른 이야기'에 힘을 조금 넣어서 말을 꺼내자 오유란이 빙긋 웃었다.

그간 무현종과 같이 다니면서 그가 대화하는 방식을 알고 있었기에 뭔가 재미있는 이야기를 남겨두고 있다는 것을 짐작했기 때문이다.

"헤에, 재미있는 걸 알아내셨나 보네요? 뭔데요?"

오유란의 은근한 재촉이 추임새라도 되는 듯 무현종이 슬쩍 고개를 뫼로 꼬며 헛기침을 했다.

"이것도 꽤 재미있는 얘기라……. 유수운에 대해 알아보려 얘기를 나누다 보니 어쩔 수 없이 듣게 된 정보지요. 아시겠지만 유정처럼 시전에서 장사를 하는 사람이라면 같은 시전 사람들끼리 여러 가지 사소한 이야기들이 오가게 되지요. 자세히 듣다 보면, 과장해서 말하자면 그 집 수저가 몇 개인지도 알 수 있을 정도로……. 그렇지요, 오 소저?"

끄덕.

그간 상(像)을 파악하는 법을 배우며 정보 수집에 대한 기초도 가르침받은 오유란은 크게 고개를 끄덕였다.

"그리고… 그렇게 얘기를 이끌어가다 보니까, 개방에서 파악한 정보

중에 의외로 중요한 게 빠져 있다는 걸 알게 되었습니다."

"그 꼼꼼한 개방에서 누락된 자료가 나왔다구요? 어떤 건데요?"

또다시 오유란이 끼어들어 묻자 무현종은 자신이 잘못 말했다는 듯 고개를 흔들었다.

"하긴, 누락이라는 말은 불공평하겠지요. 개방에서야 그저 부상을 입은 청년에 대한 정보만 보내왔을 뿐이니, 세부 자료가 빠진 것은 당연한 일이겠지요. 아무튼 시전에서 알아낸 바로는 유수운, 아니, 유씨집안 전체가 유성표국 장무성 대표두와 인연이 있습니다."

뜻밖의 말에 고권중의 눈썹이 조금 꿈틀거렸다.

장무성.

유성표국의 대표두로 대협의 풍모를 지니고 있으며, 그 무위가 강호 백대고수에 들어갈 정도로 고강한 무인.

더구나 최근에는 청혈교의 혈성곤 도유천을 잠재웠다는 소문이 강호무림을 진동시키고 있는 그가 어떤 연유로 유수운과 인연이 있단 말인가?

"장무성 대표두와?"

고권중이 믿기 힘들다는 듯 그의 이름을 중얼거리자 만리추종이 고개를 끄덕였다.

"그렇습니다. 따지자면 유수운과의 인연이라는 말은 잘못된 것이겠지요. 그러니까 그 집 여식이 장 대표두의 아들과 혼례를 올렸다더군요. 듣기로는 장 대표두의 아들이 이곳 유성표국 분점에 와서 일을 하다 유씨댁 여식과 눈이 맞았다고 하더군요."

"흐음, 그래서…….. 어쨌거나 장 대표두와 인척 관계가 되는 것이군요."

"그렇지요."

고개를 끄덕인 무현종은 다시 이야기를 진행시켰다.

"어쨌거나 일이 되려고 그런 것인지, 우리는 운이 좋은 편이었습니다. 유수운이라는 청년은 십 년 만에 집에 돌아오자마자 달포도 머물지 않고 곧장 유성표국으로 갔었더랍니다. 처음엔 시집가서 아이를 가져 거동이 불편한 누나를 만나고 온다며 떠났다던데, 글쎄, 거기서 일자리를 찾아 돌아오질 않았답니다. 난리가 났었다고 하더군요."

거기까지 듣던 오유란은 알고는 있지만 꽤 신기하다는 듯한 표정을 지으며 무현종을 바라보았다.

"그런데 그 짧은 시간 동안 많이도 알아오셨네요?"

그 말에 자못 자랑스러운 듯 그녀를 바라보며 활기차게 웃어 보이는 무현종이었다.

"오 소저, 내 분명히 일러드리지 않았소? 자고로 사람이란 흥이 나면 절로 남의 이야기를 흘리기 마련이라고. 하물며 이렇게 다른 사람의 자식 얘기는 석 달 열흘은 즐겨 씹어도 흥이 나게 마련이지요."

"그거야 잘 알아요. 저도 어릴 때 사형들 얘기를 많이 퍼뜨리고 다녔으니까."

해사하게 웃는 오유란을 보면서 사람들은 '저런 사매가 없었던 것이 다행이야'라는 생각을 품어야 했다.

"흠, 아무튼 유수운이라는 청년은 유성표국에서 일자리를 얻어 계속 연락이 없었는데, 며칠 전 서신 하나를 받고 유정 내외가 유성표국으로 떠났다고 합니다. 시전 사람들도 자세히는 모르지만, 평소 장사를 아들에게 온전히 맡기는 법이 없던 그가 급히 떠나간 것을 보면 사단이 나도 단단히 났을 거라는 얘기였습니다."

조용히 얘기를 듣고만 있던 호위 무사 중 한 명이 '사단이 나도 단단히 났다' 라는 얘기를 듣자 '흐음?' 하는 소리를 내며 무현종을 바라보았다. 그것은 고권중도 마찬가지여서 살며시 감고 있던 눈을 뜨며 무현종에게 질문을 던졌다.

"이 시기에 유성표국에 일어난 사단이라면……."

"예. 확실하진 않지만, 전 그 일이라고 생각합니다."

"역시. 무 대협도 얼마 전에 있었던 청혈교의 유성표국 습격 사건을 생각하고 계시는군요."

좋은 질문을 했다는 표정으로 무현종은 고권중을 바라보며 고개를 끄덕였다.

"백 중 백. 그럴 거라 생각합니다. 시기적으로 딱 들어맞지요. 물론 련에 문의해 보면 금세 알아볼 수 있겠지요. 오늘이라도 전서구를 날려야 할 듯합니다."

"그렇다면……."

고권중은 뭐라고 중얼거리며 뒷말을 삼켰지만 사람들은 모두 그 뒷말이 무엇인지 알고 있었다.

이해할 수 없는 청혈교 도유천의 패사. 만약 유수운이라는 자가 월광사신의 후인이라면 그 이유가 될 수 있지 않을까, 그는 그렇게 생각했다.

청혈교와 유성표국의 이야기를 대강만 알고 있는 오유란은 호위 무사가 무슨 이야기를 하려던 것인지 잘은 알지 못했지만, 분위기가 심각해지자 드물게 긴장하는 얼굴로 무현종을 바라보았다.

"새삼 느끼는 것이지만, 상당히 가능성이 높군요."

"……."

수상하게 생각하니 한이 없었다.

기인이 병을 고쳐 준 것도, 아이들을 지도해 준 것도, 무엇보다 그중한 아이를 십 년이나 데려가 있던 것도 모두 수상했다. 무현종도 말을하다 보니 생각보다 더욱 수상한 것이 많다고 여기기 시작했다.

물론 오유란의 말대로 이제까지 거쳐 온 후보들은 모두 수상했기 때문에 후보로 선정되었던 것이고, 정황상 월광사신의 후인으로 여겨질 만한 사람들뿐이긴 했지만 말이다.

그 점을 익히 알고 있는 무현종은 한껏 고조시켰던 분위기를 일소하려는 듯 어깨를 으쓱거렸다.

"뭐, 수상하다면 그런 점들이 있다는 겁니다. 가능성이야 있지요. 하지만 그저 심증일 따름이고, 어떤 증거도 없습니다. 결국 오 소저나이후성 부대주가 확인하는 것이 유일한 길이지요."

그 말에 오유란이 어깨를 으쓱거렸다. 이제까지 몇 번이고 해본 일이지만, 어쩐지 모든 책임이 자신에게만 쏠린 듯해서 적지 않은 중압감이 느껴졌다.

그런 오유란의 심정을 이해라도 하듯 무현종이 슬며시 화제를 돌렸다.

"어쨌거나 유수운이라는 청년이 월광사신의 후인일 가능성이 상당히 높다는 점은 확인했습니다. 이제 남은 것은 그를 자세히, 그리고 자연스레 확인할 방법을 찾아서 오 소저의 확인을 받는 것뿐입니다. 그러니 내일부터……."

무현종은 모여 있는 사람들에게 각자가 해야 할 일을 세세히 분배하기 시작했다.

　　　　　*　　　　　*　　　　　*

　일비영이 좋지 못한 소식을 가지고 문 안으로 들어섰을 때 정정운은 예상대로 서탁 가득 서류 뭉치를 쌓아놓고, 박자도 맞지 않는 엉터리 콧노래를 흥얼거리며 기분 좋게 수판을 튕기고 있었다.

　"에헤~ 가설라무네 황금 서른닷 냥~ 좋지, 좋아. 관은 세 관에… 어이쿠, 황금이 다시 석 냥……. 에헤~"

　"대인."

　"흐어어어어어억!"

　정정운은 갑자기 들려온 일비영의 목소리에 또다시 육중한 몸을 의자에서 튕기며 일어섰고, 서탁 모서리에 무릎을 찧었다.

　"크어어억!"

　고통에 몸부림치며 무릎을 감싸려던 정정운은 또다시 서탁 모서리에 머리를 짓찧었다.

　쾅—

　"아아악!"

　그는 머리를 움켜쥐며 쓰러졌고, 그 서슬에 수판이 서류들을 쳐 넘겨 집무실 가득 서류가 흩날렸다.

　"……."

　일비영은 또다시 눈 앞에서 일어난 경극을 보며 한숨을 내쉬어야 했다.

　잠시 후 고통에 몸부림치던 정정운이 벌떡 일어서며 고함을 질렀다.

　"야! 일비영, 이 자식아! 너 임마, 내가 등 뒤에서 소리없이 나타나지 말라고 했지! 니가 임마, 임시로 호위를 맡았으면 맡았지, 두슨 귀신이냐? 잡귀라도 돼? 아니, 왜 좋은 기침 소리 놔두고 잡음 하나 없이 등 뒤로 나타나는 거야! 응? 너 이 자식, 솔직히 말해봐! 너, 나한테 무슨 악감정 있지? 그렇지?"

"대인, 잠시 드릴 말씀이……."

"말씀은 개뿔! 그… 흐어억!"

정정운은 퉁퉁한 몸으로 날뛰다가 엉망으로 땅에 흩어져 버린 서류를 바라보며 망연자실한 표정으로 숨을 몰아쉬었다.

"두, 두 시진 동안, 두 시진 동안 진행하던 정산 서류가 모두 뒤섞여 버리다니! 안 돼, 이럴 수는 없어. *끄흐흐흑*……."

"대인."

일비영은 서류를 붙잡고 통탄하고 있는 정정운을 바라보며 짤막하게 말했다.

"실패했습니다."

"나도 알아, 이 자식아. 너, 정산하는 게 얼마나 피 말리는 일인 줄 아냐? *크흐흑*……."

"정산에 대한 얘기가 아닙니다."

"응?"

"장무성 대표두에 대한 암습이 실패했습니다."

그 말에 정정운의 표정이 일변했다.

"…무슨 소리냐? 십이비영 중 아홉 명이 갔는데, 실패했다는 소리를 하는 거냐?"

"뜻밖의 조력자들이 있었다고 합니다. 암습은 실패했고, 오비영과 육비영은 중상, 팔비영이 사망했습니다."

"……."

어지간한 정정운이었지만, 장무성을 암습하기 위해 파견된 십이비영이 한 명은 죽고, 나머지는 초죽음이 되어 돌아왔다는 소식을 듣자 아연실색할 수밖에 없었다.

"어떻게 된 건가?"

정정운이 머리를 숙이고 있는 일비영을 힐끗 바라보자, 일비영이 짧게 대답했다.

"자세한 사항은 나중에 말씀드리겠습니다만, 대단한 고수가 세 명이나 장무성의 옆에서 호위하고 있었고, 접전 이후에는 사천당문의 고수까지 지원했다 합니다. 팔비영은 당가의 암기에 당해 사망했습니다. 아이들은 창궁대팔식까지 내보였지만 역부족이어서 겨우 몸을 빼는 게 고작이었다고 합니다."

"으음……."

일비영의 짧은 상황 보고를 접한 정정운은 내심 동요를 감출 수가 없었다.

"그런 자들이 장 대표두를 돕고 있다는 것을 놓쳤다니, 내 실수로군. 염탐을 제대로 못했어."

정정운이 누구에게랄 것도 없이 중얼거리는 것을 들으면서도 일비영은 별다른 동요를 보이지 않았다.

"그나저나… 창궁대팔식까지……. 다른 곳도 아니고, 하필 남궁세가가 코앞인 곳인가……. 조금 곤란한 일이 생길지도 모르겠는데. 노야께서는 어떻게 생각하실지 모르겠지만……."

"죄송합니다."

정정운은 고개를 숙이는 일비영에게, 그가 고개 숙이던 이비영에게 했던 말을 비슷하게 돌려주었다.

"자네가 미안할 게 뭐 있겠나… 애초에 꼬일 일이었던가 보지. 이거야 뱀을 놀라게 한 것도 아니고, 땅꾼이 뱀 잡으려다 뱀에 물린 꼴이니……."

그렇게 일비영을 위로한 정정운은 바닥에 흩어진 서류를 그러모으며 뭔가를 중얼거리기 시작했다. 그 모습을 바라보던 일비영이 자신의 의견을 말했다.

"대인, 제 생각으로는 속히 움직이시는 게 좋겠습니다."

"그래야겠지?"

일비영이 고개를 끄덕였다.

"아이들이 철수할 때 흔적은 지우고 왔을 테지만, 꼬리들이 따라붙는다면 이곳이 드러나는 것은 시간문제입니다. 그가 멀쩡하니 혼란은 빠른 시간 내에 정리될 것입니다."

"그렇겠지. 그거야 당연한 일이지. 꼬리가 몇 개나 붙을까 생각하니 재미있군 그래. 어떻게 생각하나?"

일비영은 당연한 걸 왜 묻느냐는 표정으로 정정운의 질문에 답했다.

"장무성 대표두의 개인 세력, 그리고 유성표국, 청혈교. 지금은 이 정도이지만 시간이 흐르면 곧 정마련까지 따라붙을지 모르겠습니다. 하지만 알고 계신 것처럼 지금 가장 큰 문제는 청혈교입니다."

"그렇겠지. 그것들이 이번에 뒤통수 맞은 거 때문에 이를 바득바득 갈고 있을 테니까……. 거 자식들, 쥐도 못 먹은 것들이 성깔은 있어 가지고……."

"장무성을 이용한 교란계가 실패한 이상 그들이 곧바로 따라붙을 것입니다. 화급을 요합니다."

"흐음, 그래. 이거 장 대표두한테 미안한 짓까지 해서 편안히 튀려고 했는데……."

들고 있던 서류 뭉치를 탁자 위에 올려놓은 정정운은 손가락으로 탁자 모서리를 몇 번 퉁기더니 일비영에게 말했다.

"삼비영과 십이비영을 노야께 보내. 보내서 지금 상황을 알리고 도움을 받는 게 좋겠어."

"알겠습니다, 대인."

"그럼 그쪽은 그렇게 하도록 하고… 자, 이쪽은 어쩐다……."

"그야 곧바로 움직이셔야……."

정정운은 손짓으로 일비영의 말을 막은 뒤 자신의 퉁퉁한 배를 한 번 툭 두드리며 말했다.

"알고 있어. 움직인다고 말했잖아. 야, 일비영, 내가 몸이 둔하다고 눈치까지 둔한 거 같냐? 곧바로 도망갈 거야. 도망가는 방법을 생각하는 것뿐이야. 자네는 가서 부상당한 애들한테 약이라도 먹이라구."

"알겠습니다."

일비영이 부복한 뒤 몸을 돌려 나서자 정정운은 들고 있던 서류를 탁자 위에 올려놓고 목을 가볍게 돌려보았다.

"흐음, 노야께서 장 대표두를 치라고 지시하실 때부터 왠지 꺼림칙한 느낌이 들더라니……. 이렇게 뒤통수를 맞는구먼."

그는 팔짱을 낀 채로 현 상황을 돌아보기 시작했다.

우선 청혈교를 이용해 안휘 쪽 상권에 장난을 치려던 계획은 뜻밖에도 도유천의 죽음으로 인해 실패했고, 그 여파로 청혈교와 몇몇 마도 세력이 오히려 위축되는 부작용을 낳았다.

그런 상황에서 금선탈각의 계까지 실패로 돌아간 지금, 앞으로 대계(大計)에 어떤 영향이 끼칠 것인가.

긁적.

"정마련 분열이 더 빨라질 것인가, 아니면 늦춰질 것인가……. 젠장, 계산이 안 나오네. 에구, 노야, 이 정정운이도 이제 끝났나 봅니다."

잠시 머리를 두드리며 푸념을 하던 그는 머리를 흔들었다.

"그건 나중에 계산하기로 하고, 우선은 도망치는 일이 문제인데……."

그는 의자에 앉아 무언가 적어 내려간 뒤 그답지 않게 기민한 동작으로 밖으로 나섰다. 그리고 곧바로 자고 있던 총관을 두들기다시피 깨워서 조금 전 적어 내려갔던 문서를 건네며 '그대로 하라'는 지시를 내렸다.

그동안 준비된 바가 적지 않아, 잠들어 있는 하인들조차 모르게 은밀히 몸을 뺄 수 있었다. 그러나 모든 준비가 끝나 있었다고는 해도, 예정에 없던 이동이라 어수선한 건 어쩔 수 없었다.

"끌끌……."

정정운은 조심스레 빠져나가는 가솔들을 바라보며 혀를 찼다.

"안 그래도 이삼 일 후에 꼬리를 말고 도망칠 생각이긴 했지만, 이렇게 갑작스레 야반도주를 시켜야 되다니, 이거 체면이 안 서는군. 한동안 마누라한테 손톱으로 시달릴 생각을 하니 눈물이 다 난다."

"죄송합니다."

"그래? 그러면 어떻게 새 마누라라도 좀 알아봐 줄래?"

"제 목숨도 소중하기 때문에……."

농지거리를 하던 정정운의 모습은 침착하고 대담해 보이는 것이 이전과 다를 바가 없었으나, 어쩐지 초췌한 느낌이 들었다. 그럴 법도

했다.

가솔들을 먼저 다 내보내고 안으로 들어서던 정정운은 문득 입을 열었다.

"팔비영은 이미 갔으니까 그렇다 치고…… 다쳤다는 오비영하고 육비영은 어떠냐? 중상이라고 했지?"

"괜찮습니다."

"글쎄, 난 무공 같은 건 잘 모르니까 확실히는 모르겠지만, 아까 흘깃 보니까 걔네들 전혀 괜찮아 보이지가 않던데……"

"살아 있잖습니까. 설혹 팔 하나, 다리 하나가 떨어져 나가도 살아 있으면 괜찮은 거죠."

그 말을 들은 정정운이 기가 막힌다는 듯 혀를 찼다.

"야, 일비영, 이 녀석아. 넌 그러니까 나한테 음산하다는 소리를 듣는 거야."

"그렇습니까? 듣기 거북하셨다면 죄송합니다. 하지만 그런 겁니다, 무림이라는 건."

"흠, 살아 있으면 어떻게든 된다?"

"저는 그렇게 생각합니다. 그리고 노야께서도 언젠가 그리 말씀하셨지요."

"음……"

살아 있으면 어떻게든 된다는 말에 정정운은 내심 고개를 끄덕였다. 노야의 말이어서가 아니다. 그 자신이 자살의 유혹을 물리치고 살아남았고, 그리고 지금까지 왔다.

결국 살아 있으면 어떻게든 된다는 건 꼭 무림에 국한될 이야기가 아닐 것이다.

"그야 그렇지. 살아 있으면 어떻게든 돼."

"네."

"그나저나… 너희들한테 체면이 안 서는구나."

"네?"

"알면서 뭘 모르는 척하냐? 말했잖아. 모은 내부 정보만 가지고 안심하고 들어갔다가 이렇게 된 거잖아. 아까는 정신이 없어서 사과도 못했구나. 면목없다. 방심하고 있었어."

정정운이 일비영에게 고개를 숙이자 일비영은 곤란하다는 듯 정중히 마주 고개를 숙였다.

"대인 탓이 아닙니다."

"아니야, 장무성 대표두가 큰 부상을 당했다고 해서 안심하고 있었어. 그 정도의 고수들이 대표두 주위에 모여든 것을 몰랐다니, 이거 한심해서 원……."

"대인 말씀대로 운이 없었을 뿐입니다."

"운이라……."

정정운은 피식 웃으며 일비영을 바라보았다.

"그렇게 말해주니 마음은 편하지만……."

정정운은 혼잣말이라도 하듯 고개를 끄덕이더니 평이한 목소리로 다른 질문을 던졌다.

"팔비영 말야, 가족이 있던 걸로 기억을 하는데……."

"네."

"아들이 네 살이었던가?"

"네."

"귀여울 때였군……."

"네."

정정운은 한숨을 내쉬고는 품속에서 잡히는 대로 전표를 꺼내 보지도 않고 일비영에게 건넸다.

"가지고 있다가 나중에 팔비영 가족들에게 전해줘. 보살피는 건 따로 할 테지만, 그건 내 성의야."

일비영이 천천히 고개를 가로저었다.

"전에도 말씀드렸지만 은퇴할 때 몰아서 주시면 됩니다."

"그건 그거고, 그때까지 일단 그 가족들은 먹고살아야지."

여전히 전표를 내밀고 있는 정정운을 바라보던 일비영은 그가 내민 전표를 받아 들었다.

"그 정도면 혹시 우리가 잠적해 있더라도 몇 년간은 먹고살 수 있을 거야. 비상금 정도로 생각하면 되겠지."

"알겠습니다. 대인의 성의라 하시니 팔비영 가족들에게 확실히 전달하도록 하겠습니다."

정정운은 그런 그를 바라보다 무심히 한마디를 더 던졌다.

"유족들한테 뭐라고 말할 텐가?"

"글쎄요……. 나중에 생각해 봐야겠습니다, 천천히."

"힘든 일이겠군."

"……."

"그나저나 나도 슬슬 꼬리 말고 도망쳐야겠는데……. 미끼들은 대충 준비가 될지 모르겠군."

정정운이 어두운 밤하늘을 바라보며 그렇게 중얼거리자, 일비영이 그것은 걱정할 것 없다는 듯이 말했다.

"남은 아이들이 알아서 할 겁니다."

"하루나 이틀 정도는 괜찮겠지?"

"그러길 바랍니다만……."

일비영은 굳이 우려를 감추지 않았다.

"그러지 않기를 바라지만, 그쪽엔 추혈대가 있습니다. 이미 한 번 꺼내 든 칼이니, 어쩌면 이럴 때 다시 한 번 빼 들지도 모르지요. 행여 그들이 등장한다면 힘든 여정이 될 듯합니다."

정정운은 끔찍한 얘기를 담담한 목소리로 말하는 일비영을 힐끗 바라보며 중얼거렸다.

"추혈대는 오지 않을 거야."

"어째서 그렇습니까?"

"아마 다른 일로 바쁠 테니까."

정정운은 그렇게 중얼거렸다. 정마련 안에 있던 추령의 암살과 유성표국 습격 실패 덕분에 청혈교는 무림의 주목을 받고 있을 터였다. 이런 민감한 때 추혈대 같은 위험한 인간들을 함부로 풀어놓을 리 없었다.

"흠… 그렇다면 예상보다 빨라질 수도 있겠는데……. 하지만 그렇다면 벌써 터졌어야 옳지 않나? 그쪽 지도부가 갈팡질팡하고 있는 건가?"

"대인."

"그럴 수도 있겠군. 혈교도 옛날의 그 혈교가 아니니까……."

"대인, 지금 대계를 생각할 때가 아닙니다."

"…아, 그랬지."

한창 다른 쪽으로 빠져들던 정정운은 일비영의 적절한 참견 덕에 현실로 돌아와서는 투덜거렸다.

"아무튼 내 생각엔 그래. 청혈교가 가장 먼저 우리를 추적하더라도 추혈대는 없어. 다만, 그에 준하는 위험한 녀석들을 보낼 것은 확실할 것 같고……."

"제 생각도 그렇습니다."

"그래, 그 상태에서 며칠만 버티면 노야께서 손을 써주실 테니까 그때까지만 비영들이 버텨주면 될 것 같은데. 니들 세지?"

힘든 상황이 몰렸으나, 정정운이 노인에 대해 가지고 있는 믿음은 확고했다.

"대인께서는 그럴 리 없다 하셨지만, 만약 추혈대가 저희를 쫓는다면 머릿수에서 차이가 납니다. 더구나 저희는 나뉘어 있고, 방어하는 역할입니다. 당연히 그쪽이 유리하지요. 더구나 대인께서도 예상하시듯 아마 추혈대를 보내지 않더라도 상당한 수준의 정예들을 보낼 것이라, 머릿수에서 뒤지면 힘들 겁니다."

"그래, 하하, 이거 자칫하면 줄초상 나게 생겼구나."

"하지만 대인의 말대로 며칠만 지나면, 송구스럽지만 노야께서 손을 써주실 테니 저희도 썩 불리하다고는 말할 수 없겠지요."

정정운이 피식 웃어 보였다.

"그래, 노야께서 움직여 주시면……. 어이구, 수하들이라고 있는 것들이 처신을 잘못해 바쁘신 분을 다시 움직이게 해야 하다니, 송구스럽구만. 다시 뵈면 마누라를 닦달해서 음식이나 잔뜩 올려야겠어. 그러고 보니 마누라가 초상나면 노야께 음식도 대접 못하겠어. 일비영, 너 마누라 쪽으로 가서 호위 좀 해라. 사실 그쪽이 실세다."

"그러고는 싶으나, 아쉽게도 노야께서 내리신 명이 대인의 보호를 최우선으로 하라는 것이어서요."

"후우— 그래도, 아니, 아니다. 너처럼 고지식한 놈한테 더 이상 뭘 말하겠냐? 그저 하루라도 빨리 도망치는 게 더 낫겠구나. 근데 너 이 자식, 그동안 욕먹었다고 괜히 고생시키는 건 아니겠지?"

"미처 생각을 못했는데, 그런 방법도 있었군요."

새삼 깨달았다는 듯 일비영이 고개를 끄덕이자 정정운이 어깨를 으쓱거렸다. 둘은 자신들의 속마음을 감추기라도 하듯 가옥 안으로 들어섰다.

*   *   *

가주인 남궁천에게서 급전으로 들어온 암호문의 내용은 남궁선을 몹시 곤혹스럽게 만들었다.

"창궁대팔식에… 월광사신이라……."

만일 그것이 남궁천의 친서가 아니었다면, 콧방귀라도 뀌고 불살라 버렸을지도 모른다. 그만큼 허황된 이야기에 가까웠다.

우선 가문의 절기인 창궁대팔식이 장무성을 암습하는 데 쓰였다는 얘기조차 믿을 수 없는 일이었다.

믿을 수 없다를 떠나서 그의 가치관으로서는 상상조차 할 수 없는 일이었던 것이다.

한데 거기에 유출 연원이 월광사신과 이어진 것 같다는 추측이 덧붙여져 있음에야, 간담이 무쇠로 만들어져 있다 하더라도 놀라지 않을 수가 없었다.

"가주께서 잘못된 정보를 보내셨을 리는 없으니, 창궁대팔식이 사용된 것은 확실한 것 같고……."

곰곰이 생각하던 남궁선은 거듭 급전을 날려 그것이 정확한 내용인지 묻고 또 묻고 싶었으나, 갑자기 자신과 남궁세가와의 교신이 급증하게 되면 가뜩이나 날카로워진 정마련 정보 감찰단의 신경을 건드릴 우려가 있어 일단 자제했다.

남궁선은 가주가 서신을 련에 알리지 않고 자신에게 먼저 보냈다는 점 때문에 여러 가지 생각을 해야 했다.

'자, 형님이 뭘 어떻게 할 생각일까?'

누가 일부러 말하지 않아도 남궁천은 다혈질이었다. 그것도 그 급하기가 열화와 같아 앞뒤 재지 않고 일단 저지르고 보는 성격이었다.

반면 남궁선은 모든 일에 차분히 대처하며, 어떤 일이 닥쳐도 냉정을 잃지 않으며 그 해결 방안을 차분히 모색해 나가는 성격.

남궁가의 삼 형제 중 남궁천과 남궁선은 그 성격이 극과 극이었다.

열혈의 남궁천과 얼음의 남궁선. 그 둘의 궁합이 바로 당금 남궁세가의 번창을 이끌고 있는 비결이라고도 할 수 있었다.

즉, 남궁천이 사고를 치면 남궁선이 어떻게든 무마를 하는 사이라고 할 수 있었다.

막내인 남궁수는 형들의 그런 모습을 보며 '나의 할 일은 형님들이 오늘은 무슨 일을 벌일까 궁금해하며 한잔 술을 즐기는 것뿐'이라 말하곤 했다. 그는 실제로 세가 내의 일에는 그다지 관여하지 않으며 음풍농월(吟風弄月)할 뿐이었다.

이처럼 남궁천이 십 년 전 마흔이라는 젊디젊은 나이에 남궁세가를 맡은 이후 남궁선은 언제나 자신에게 쏟아지는 항의장과 사고 사례, 그리고 뜬금없이 날아오는 어음을 막기 위해 악전고투해야 했다.

그리고 그 일이 일어났다.

어느 날, 참고 참고 또 참던 남궁선이 그의 생애에서 최초로 폭음을 한 뒤 남궁천에게 달려들었던 것이다.

무슨 일이 일어났는지는 누구도 알지 못한다.

심지어 남궁선조차 다음날 술에서 깨어난 뒤 다른 이들에게 듣고서야 자신이 남궁천의 집무실에 쳐들어갔다는 것을 알 수 있었다.

그러나 그 일 이후, 남궁천은 적어도 사고(?)를 치기 전 반드시 한 번은 남궁선에게 언질을 주기 시작했다.

이러나저러나 결국 사고를 치기는 했으나 그래도 반드시 막아야 할 대형 사고는 어떻게든 마음을 돌리게 할 수 있었고, 자잘한 사고들은 그러려니 하고 대비를 할 수 있었으니, 이전에 비하자면 그야말로 극락에서 업무를 보는 기분이 들었다.

그리고 최근 들어 가문이 완연히 안정세에 놓이자 휴가 겸해서 정마련으로 들어와 쉬고 있는 것이 바로 남궁선의 현 상태였다.

"이제 남은 여생, 형님 눈치 안 보고 편히 쉬려고 했건만, 그조차 마음대로 안 되는군."

입으로는 푸념인지 한탄인지를 중얼거리고 있었으나 그의 눈만은 번쩍거리고 있었다.

그의 형이자 가주인 남궁천은 지금 일을 저질러도 괜찮느냐고 에둘러 묻고 있는 것이다.

련에 알리지 않고 독자적으로 일을 진행해도 되는 것인지.

자신이 여기서 침묵하거나, 혹은 가주 남궁천의 말에 동조하게 된다면 무슨 일이 벌어질지는 뻔했다.

'형님은 또 한 번 일을 벌이고 볼 것이 틀림없다.'

남궁천이 생각하고 있을 것.

보내온 내용으로 추론해 보자면, 그것은 굉장히 매력적이며 또한 위험한 일이었다.

그는 우선 창궁대팔식을 사용했다는 자들이 월광사신과 관계가 있다는 남궁천의 주장에 대해 다시 생각해 보았다.

'확실히……'

그의 기억에도 창궁대팔식의 진본이 유출된 것은 월광혈사 때였다. 그리고 그 이후 감히 창궁대팔식의 원류가 타인에게 전해진다는 것은 상상도 할 수 없는 일이었다.

'현재 남궁세가에서 창궁대팔식을 알고 있는 사람들은……'

말할 것도 없었다.

창궁대팔식을 일부라도 전수받은 것은 모두 직계 자손들뿐이었다. 지금 창궁대팔식의 진체를 모두 알고 있는 것은 가주인 남궁천과 자신, 그리고 동생인 남궁수뿐이었다.

그러나 남궁수조차 그 유유자적한 성품 때문에 창궁대팔식의 진체를 온전히 전수받지 못했다.

그리고 아직 어린 조카들은 윗 기수부터 대략 삼, 사 년 전부터 창궁대팔식을 전수받기 시작했다. 더구나 그 형(形)만 눈대중으로 본 아이들이 더 많았다.

당소류의 말을 그대로 믿자면, 장무성 본가를 습격한 자들의 창궁대팔식 수준은 놀라웠다고 했다.

그 말을 토대로 수련 기간을 생각해 보자면, 아무리 낮춰잡아도 튼실한 오성을 지닌 자가 최소 오 년 이상은 수련해야 오를 수 있는 경지일 것이다.

그렇다면 가전무학을 남에게 전수할 정도의 용의자에서 조카들을 제외하고 나면 남는 것은 윗세대들뿐이다. 거기에 전대 가주를 제외하고 나면 현재 창궁대팔식을 온전히 알고 있는 것은 겨우 여남은 명 정도이고, 그들도 외부로 무공을 빼돌릴 가능성이 전무한 사람들이었다.

'결국은……'

그는 남궁천의 짐작이 가장 타당하다는 것에 다시 한 번 동의해야 했다.

누군가 창궁대팔식을 사용했다면, 월광혈사 때 사라진 진본으로 창궁대팔식을 수련한 자들 외에는 유출될 가능성이 없었다.

그들이 누구든 월광사신과 관련이 있음이 틀림없었다.

더구나 마침 지금은 월광사신의 후인인 듯한 자도 세상에 출도하지 않았던가?

'월광사신이 모종의 이유로 준동하고 있다면……'

창궁대팔식을 사용한 무리가 정말로 월광사신의 일행이고, 월광혈사 때 사라진 수많은 비급 중 일부를 습득하고 있다면 기회를 노려 그중 일부를 회수할 수도 있을 것이고, 그리되면 남궁세가의 입장에서는 재도약을 위한 절호의 기회를 맞이할 수 있다.

창궁대팔식을 사용하는 자들이 있다면 월광사신이 그들을 수하로 거둬들였다는 이야기고, 그 수하들을 쫓다 보면 본거지를 발견할 수 있을 것이라는 생각이 들었다.

그렇게 된다면…….

더구나 훗날 타 문파에게 변명할 이유도 완벽했다.

그들이 사용한 무공이 창궁대팔식이기 때문이다. 남궁세가는 단순히 창궁대팔식을 무단으로 사용하는 자들을 조사하기 위해 무인들을 파견하고, 그 와중에 '덤'으로 각파의 실전 비급들을 얻게 되는 것이다.

'좋군.'

남궁선은 지그시 눈을 감고 그 헤아릴 수 없는 이득을 생각해 보았다.

"좋긴 한데……."

말 그대로 그 이상 좋을 수 없는 결과를 상상하던 그는 곧 고개를 흔들었다.

'좋은 일[好事]에는 수많은 마[多魔]가 따르는 법…….'

깊이 생각하지 않아도 치명적일 수 있는 두 가지 걱정거리가 있었다.

우선, 남궁세가 단독으로 월광사신을 건드리는 일이 된다.

그야말로 전 무림이 덤벼들었어도 어찌지 못한 월광사신이었다. 그가 보복을 생각한다면 어찌할 것인가?

그것은 그야말로 공포였다.

'생사강시가 있기는 하지만, 그것이 본 가에 배치되려면 선제 공격을 당한 이후일 것. 미리 월광사신을 포착해서 그를 제거하지 못한다면 그 화가 무궁하리라…….'

두 번째 걱정거리.

사실 남궁선으로서는 이 두 번째 일에 더 신경이 쓰였다.

지금은 월광사신 때문에 수뇌부가 생사강시까지 재생하며 전력투구하는 시점이므로, 아무리 작은 정보라 해도 마땅히 련에 먼저 보고하는 것이 옳다.

이건 단순히 도덕적인 생각이 아니었다.

런이 전력을 다하는 시점에서 남궁세가가 가장 중요할 수도 있는 정보를 은폐했다는 것이, 단 한 점 의혹으로만 남아도 치명적이었던 것이다.

'만약 사소한 의혹이라도 받게 된다면……'

그 결과는 그야말로 끔찍했다. 간신히 이루어놓은 남궁세가의 성세가 일시에 무너지는 것은 물론이요, 언제쯤이나 다시 그 성세를 이룰 수 있을지도 요원한 일이 되는 것이다.

무림은 배신자를 용납지 않는다.

아니, 실패한 배신자를 용납하지 않는다.

"후후후, 그야말로 형님이 가장 좋아할 만한 상황이 아닌가."

이것은 매우 위험한 모험이었고, 남궁천은 그러한 일을 몹시 좋아했다. 무림 자체가 비교적 안정되어 있는데다 남궁세가조차 반석에 오른 이후, 남궁천이 꽤 심심해하고 있다는 것을 누구보다 잘 알고 있는 남궁선이었다.

지금쯤 산더미처럼 쌓여 있을 진산지보들을 생각하며 안절부절못하고 있을 남궁천을 생각하며 그는 웃었다.

"하지만 안 되겠소, 형님……"

그는 한 장의 백지를 꺼내 책상에 펼쳐 놓았다.

'실제로 실행해 본다면, 아주 재미있긴 하겠지. 하지만 역시 불가. 실제로 겪어야 할 위험은 너무 많은 반면, 거두어들일 수 있는 이익은 모두 불확실한 것들……. 더구나 본 가는 이미 모험보다는 수성(守成)을 해야 할 시기.'

"게다가, 이 몸도 이제 형님이 저지른 일을 수습하기엔 너무 게을러졌단 말이오."

피식거리던 남궁선은 곧 두 통의 서찰을 쓰기 시작했다.

하나는 형인 남궁천에게 가는 것이었고, 하나는 인의폭렬도 장명에게 상황을 설명하고 긴급한 회의를 요청하는 서찰이었다.

*　　　*　　　*

무림에서 가장 위험한 사나이, 유수운은 침상에 누운 채 편안함을 만끽하고 있었다.

집에 도착한 지 벌써 사흘이 지나 있었고, 그 기간 동안 수운은 오래간만에 느껴보는 평화를 만끽하고 있었다.

모든 가족이 모이는 저녁 시간은 다른 의미의 가족애를 느낄 수 있지만, 이처럼 아무도 건드리지 않는 낮 시간의 평화는 오래간단이었다.

도착하자마자 긴장이 풀렸는지 '네 다리는 나의 것이다'라며 시도 때도 없이 수운의 다리를 다시 부러뜨리려던 아버지 때문에 난처한 일도 있었지만, 하늘이 그런 수운을 딱하게 여기셨는지 갑자기 포목점의 일이 바빠졌기 때문에 아버지에게서 잠시 벗어날 수 있었다.

히죽―

그 생각을 하자 수운의 입가에 행복한 미소가 맺혔다.

편안함.

그것이야말로 지금 유수운에게 가장 필요한 것이었기 때문이다. 지난 시간 그가 겪은 일들은 세상 경험이 일천한 그가 쉽게 받아들일 수 없는 일들이 대부분이었고, 너무 급하게 다가왔기 때문이다.

어떤 경험이든 그것을 차분히 소화시킬 만한 시간이 필요한 법인데, 그로서는 적기에 자택에서 요양을 하게 된 셈이었다.

'정말 많은 일이 있었구나…….'

수운은 차분히 사부와 헤어지고 난 뒤의 일을 하나하나 떠올려 보았다.

귀향하는 도중에 마우라는 자와 격전을 벌였고, 유성표국에 몸을 의탁한 뒤 소국주라는 놈에게 모욕당하기도 했다.

'지금 생각하면 그 뺀질거리는 얼굴 좀 뭉개 버리고 나올 걸 그랬나?'

그는 쩝, 입맛을 한 번 다셔보고는 다시 자신이 겪은 일을 하나하나 되짚어 나갔다.

표행을 나섰다.

그 표행에서 남궁세가의 무인들에게 농락당하다 맞아 죽을 뻔했다. 그러나 어떻게든 멸명마공을 사용하지 않고 절초 절대부동을 사용하여 그를 꺾었다.

'많이 맞긴 했지만, 아무튼 내가 이긴 거지. 흠.'

그리고 유탄곡.

그곳에서 청혈교의 습격이 있었다.

으득—

'선배…….'

자신의 눈앞에서 머리가 잘린 같은 쟁자수 장은의 모습이 선연히 떠올랐다.

그리고 복면 괴한들. 그들의 이 갈리는 연수 합격.

'하지만 그 살수들도 애들이었어. 그 도유천이라는 노인에 비하자면 말이야.'

수운은 혈성곤 도유천을 떠올리며 자신도 모르게 이를 악물었다. 그처럼 강한 사람과 부딪치다니, 자신도 어지간히 운이 없는 인간이었다.

"하아……. 그리고 보니 대단했구만, 나도."

어느 하나 평범한 경험이 없었고, 그때마다 수운은 적어도 하나씩의 교훈이나 마음가짐을 얻었다.

마우와의 대전에서는 자신감을, 하태진에게 모욕당했을 때는 인내심을, 남궁세가의 무인과 싸울 때는 독심을, 청혈교의 무리들과 싸울 때는 결단력이라는 것을 배웠다.

하나하나 스스로 돌이켜 생각해 보니 세상에 드러냈을 때 자랑스럽지 않은 일이 하나도 없었다.

흉포한 자의 손에서 사람들을 구해냈고, 교만한 자의 오만함을 참아냈고, 오대세가에 속한 무인과 겨뤄 내공을 쓰지 않고도 우위를 점했으며, 마도삼세의 일축인 청혈교와 겨뤄 아주 박살을 내놓았다.

그리고 가출을 시도했다가 상혁 조장에게 붙들려 처참히 두들겨 맞았다.

"이 일은 없던 걸로 하자……."

채신머리없이 가출했다가 며칠 만에 붙잡혀서 상혁에게 지긋지긋하게 시달린 일은 경험에서 제외하기로 마음먹었다.

그는 사부가 일러준 사문(師門)의 세 가지 할 일을 떠올렸고, 떠나올 때는 우습게만 생각했던 그 일들의 어려움을 뒤늦게 깨달을 수 있었다.

특히 세 가지 임무 중 가장 쉽게 생각했던 '삼 년간 정체 숨기고 강호 유람'은 정말 힘든 임무였다.

'아무 시비도 없이, 아무 충돌도 없이 강호를 돌아다니는 거 정말 어려운 일인데……'

그 자신은 강호라고 할 것도 없는, 사소한 '쟁자수' 로서 일해봤을 뿐이지만, 그것만으로도 산속에서 상상으로만 생각했던 많은 것을 실제로 경험할 수 있었다.

즉, 강호무림은 일반적인 상식으로 돌아가지 않는다는 것을 체험한 것이다.

일 년이 채 되지 않는 짧은 기간이었지만, 수운은 다양한 무림인을 접할 수 있었다.

포악한 사람, 교만한 사람, 교활한 사람, 우유부단한 사람, 자신을 감추는 사람. 이렇게 다양한 성격의 사람들이 복잡다단한 강호의 위계질서와 은원에 맞물려 돌아가다 보니, 언제 어디서 칼이 튀어나올지 모르는 게 강호라는 것도 깨달을 수 있었다.

더구나 수운의 상식으로는 도무지 이해가 가지 않는 게, 지금의 강호는 특별히 어지러울 것도 없고, 정마련을 구심점으로 하나로 통합되어 있는 상황임에도 빈번히 생사결이 벌어진다는 점이었다.

기분 나빠서 검을 뽑고, 상대가 잘나 보이면 검을 뽑고, 비천해 보여서 검을 뽑고…….

아무리 생각해 봐도 검을 뽑는 데에 특별한 이유가 없었다. 그야말로 마음 내키는 대로 검을 뽑고 사람을 해하는 복마전이 바로 무림이었다.

사부 진현우의 말이라면 절대적으로 신뢰하고 있는 수운이었지만, 지금 와서 생각하니 '좀 더 자세히 알려주셨으면 좋았잖아요' 라고 불평이라도 늘어놓고 싶었다.

모르고 있을 때는 이처럼 쉬운 일이 어디 있을까 싶었지만, 알고 나니 이렇게 어려운 일도 없었다.

여러 번 경험해 봤지만, 시비를 피하고자 가만히 있으면 상대를 우습게 보고 더 몰아붙여 무릎을 꿇고 머리를 조아리게 만들어야 만족하는 것이 바로 강호인들이었다.

그렇다고 강하게 나간다? 강하다고 소문이 나면 수운과 손을 섞어보기 위해 도전자들이 달라붙을 것은 뻔했고, 그러다 보면 아무리 운이 좋아도 자신의 손속이 만천하에 드러날 것이 뻔했다.

결국 묵묵히 자신을 숨기고 행동하는 것이 최선이긴 한데……

'어떻게 하는 게 가장 좋은 방법일까……'

수운이 아무리 생각해 봐도 어떤 길을 선택하든, 강호에 몸을 담고 있는 한 언제가 되었든 자신을 방어하기 위해선 적어도 한두 번쯤은 멸명마공의 사용이 불가피했다.

뒷일은 누구도 모르는 법이겠지만, 실제로도 이미 몇 번이나 사문의 무공을 사용해서 위기를 벗어나지 않았는가?

여러 가지 생각에 머리만 복잡해진 수운은 지겹다는 듯 눈을 감고 중얼거렸다.

"모르겠다. 뭐, 어떻게 되겠지."

지금은 그냥 누워서 잠이나 자고, 몸이나 회복한 뒤에 아버지에게 다리몽둥이나 부러지는 것 외에는 할 일이 없었다. 다른 것들은 모두 그 뒤에 생각할 일이었다.

수운이 그렇게 중얼거릴 때쯤 밖에서 형, 유수헌의 목소리가 들려왔다.

"어이, 막내. 자냐?"

"어, 아니야, 형. 들어와."

문이 덜컹 열리더니 큰형 유수헌이 손을 휘휘 저으며 수운을 불렀다.

"들어가긴 뭘 들어가? 빨랑 나와. 저녁 먹으러 가야지. 일어나."

"어, 알았어, 형."

집에 도착한 지 어느새 사흘이 지나 있었고, 첫날부터 혜월 대사가 그의 몸을 봐주고 있어 지팡이의 도움을 받으면 멸명마공의 힘이 없어도 천천히 조금씩 운신하는 데는 별 무리가 없었다.

유수운이 천천히 일어나서 지팡이를 짚고 걸어오는 모습을 보며 수헌이 턱을 긁적거리며 중얼거렸다.

"이거, 이거… 막내라고 하나 있는 게 몸이 영 부실해서 마음이 안 놓이는구만."

"마음이 안 놓이긴! 두고 봐. 곧 멀쩡해질 테니까."

"급할 거 없다. 천천히 멀쩡해져라. 어차피 부러질 다리, 언제 낫든 무슨 상관이겠냐."

그 말에 천천히 보행을 하던 수운이 크으ㅡ 하며 얼굴을 찌푸려 보였다. 다리몽둥이 부러뜨린다는 말을 하도 들어 귀에 못이 박일 지경이었다.

수헌은 얼굴 가득 인상을 쓰는 막내를 보며 피식 웃었다.

"어이구, 이제 제법 성깔도 부리게 됐구만. 처음 집에 도착한 서신에는 죽느니 사느니, 불구가 되느니 마느니, 살벌한 말이 잔뜩 써 있어서 발칵 뒤집혔었는데."

정말 그럴 뻔했다, 라고 말할 수 없는 수운은 적당히 형의 말에 맞장구를 쳤다.

"으응, 원래 의원님들이 다 그렇잖아. 뾰루지만 나도 죽을병이라고 소리치고 다니니까."

"크크큭, 그런 면이 있기는 하지. 그 왜 있잖냐, 나 어렸을 때……."

형제는 잠시 어렸을 때 수헌이 풍문으로 듣던 무림고수의 경공 흉내를 낸답시고 나무 위로 올라갔다 떨어져 크게 다쳤던 일을 얘기하며 키득거렸다.

"그나저나 수운아, 이 부상, 산적인지 뭔지 하는 애들이 습격해 왔을 때 생긴 거지? 그래, 칼바람 속에 서보니까 기분이 어떻든?"

수헌이 호쾌하게 생긴 얼굴을 가까이 들이밀자, 그는 손을 들어 가볍게 그 얼굴을 밀어냈다.

"기분이 어떻긴, 도망치다 보니 기절한 다음에 아무 생각도 안 나던데……."

"흐음, 그래?"

수헌은 턱 밑을 손가락으로 갈작갈작 긁어대더니 옆에서 걷고 있는 수운의 머리를 한 번 쓰다듬었다.

"그나마 다행이다. 그런 아비규환은 기억하지 않는 편이 좋겠지."

"내 생각도 그래."

"몸조리 잘해라. 그래야 빨리 나아서 아버지한테 다리몽둥이 부러지지."

"…정말 부러뜨리실까?"

"곳간에 쌀 대신 몽둥이를 쟁여놓고 계시더라."

"……."

유정은 생각보다 더욱 집요한 성품인 듯했다.

"아버지는 뼛속까지 상인. 절대 손해보거나 계산을 잊는 법이 없으시지. 크흐흐흐, 그러니까 무조건 빌어, 임마. 그나저나 좀 더 빨리 못 걷냐? 여기서 더 노닥거리다간 음식 다 식겠다."

수헌이 짓궂은 표정으로 보채자 수운은 자기가 지금 빨리 걸을 수 있는 상황이냐고 투덜거렸다. 몇 마디 재담 공방을 벌이던 도중 수운은 내심 마음에 걸렸던 일을 물어보았다.

"아참! 형, 손님들은 어떻게 하고 있어?"

"손님들?"

"있잖아. 대사님이랑 그, 검은 무복의……."

"아, 혜월 대사님? 대사님이야 뻔하시잖냐. 어머니가 계속 청하셔서 계속 설법도 해주시고 그러는 모양이고……. 어머니나 아버지가 감히 부처님과 함께 식사를 할 수는 없다며 따로 공양을 하시니까 다행이지, 야, 식사 시간에 대사님이 있으면 어디 큰 소리나 내겠냐? 괜히 흰소리라도 했다간 집에서 쫓겨나지."

그럴 가능성이 높았다.

수운이 움직이면 큰일나는 줄 알고 누워서 꼼짝 말라던 어머니조차 혜월 대사가 '이제 조금씩 움직이는 게 완치하는 데 이롭다'라는 의견을 내놓자 바로 식사 시간에 식당까지 걸어와서 같이 식사를 하라고 말했을 정도였다.

그만큼 유정 내외는 혜월의 말이 곧 부처님의 말이라 생각하고 있었다.

"설마 쫓겨나기야 하겠어?"

수운이 그다지 자신없는 목소리로 그렇게 중얼거리자 수헌이 코웃음쳤다.

"당연히 쫓겨나지. 이미 이 집안에서는 큰스님의 영향력이 가장 높다, 이 말이다. 네 형수랑 수란이도 낮 동안에는 설법을 옆에서 같이 듣고 있다는 걸 모르냐? 잘하면 이 집을 절간으로 고치게 생겼어."

"설마. 아버지가 반대하실걸?"

"반대하시긴. 만일 혜월 대사님이 주지로 눌러앉으시면 막대한 시주가 생길 거라고 찬성하실 거다."

내심 그럴지도 모른다고 중얼거린 수운은 가볍게 한숨을 내쉬었다. 혜월 대사의 원인 모를 호의가 부담스럽게 다가왔기 때문이다.

"다른 한 분은?"

"그 친구… 방에서 나올 생각이 없어 보이더만… 그래서 어제 한 번 인사를 했는데 분위기가 영 꿀꿀하더구만. 그래서 술을 들고 가서 한잔해 줬지. 안 마시려는 거 억지로 마시게 하느라 혼났어. 술 좀 마시니까 좀 사람 같더구만."

"…억지로 술을 마시게 했다고?"

"크하하하! 이 형이 일수천배(一手千杯) 유수헌이다. 내 앞에서 술을 안 마실 수는 없는 거야. 크하하하!"

"형."

"응?"

"혹시, 생명의 위협 같은 거 안 느꼈어?"

전욱의 싸늘한 성격을 떠올린 수운은 형이 살아남은 것에 하늘에 감사드리며 그렇게 물었다.

"아, 살면서 술을 마신 적이 없다며 빼긴 했지. 하지만 내 앞에서 빼는 게 어디 통하겠냐. 사나이는 그냥 마시는 거다! 안 마시면 사나이가 아니다! 그랬더니 심각하게 마시더라. 뭐, 나중에 술 취해서 내 앞에서 울 때는 좀 위험했지."

삐끗—

수운은 짚고 있던 지팡이를 놓칠 뻔했다.

술 먹고 우는 전욱.

'…심각하게 안 어울리잖아.'

"쌓인 게 뭐 그리 많은지, 나한테 유 형, 유 형, 하면서 울더라구. 그래서 입에 깔대기 하나를 물리고 술 좀 부어줬더니 푹 잠이 들더라구. 아침에 해장할 탕국 좀 보냈으니까 괜찮겠지. 아무튼, 쌓인 게 많은 친구 같더라구."

"음, 그럴 거야, 아무래도."

대강 전욱의 사정을 알고 있는 수운은 형의 말에 고개를 끄덕거렸다. 혈한에 얽매여 있으니 한시라도 편할 때가 없을 것이었다.

'그래도 술 먹고 우는 건 한번 봐두고 싶은데……'

그렇게 형 유수헌과 두런두런 얘기를 나누다 보니 어느덧 식당에 도착하게 되었다.

수운은 안으로 들어서서 부모님에게 인사를 올린 뒤 배정된 자신의 자리로 가 조금은 불편한 자세로 의자에 앉았다.

형수와 오래간만에 집에 돌아온 수란이 부지런히 접시를 나르고 있었고, 아버지는 음산한 표정으로 상석에서 수운을 노려보고 있었다.

곧 음식이 다 차려졌고, 가장 큰 어른인 유정을 시작으로 식사가 시작되었다.

"맛있니?"

왼쪽 어깨가 부서져 식탁에 손을 얹지 못하는데다 아직까지 오른손 바닥의 검상이 완치가 되지 않은 수운이었다.

그 덕에 마음대로 수저를 쥐지 못해 거의 얼굴을 처박고 식사를 하는 모습을 보며 한 부인은 안쓰러운 감정을 담뿍 담아 그렇게 묻고 있었다.

수운은 쑥스럽다는 듯 웃으면서 당연한 것을 왜 묻냐는 듯 고개를 끄덕였다.

"물론이지요. 너무 맛있어요."

"그렇지? 이래 봬도 네 형수가 음식 솜씨 하나는 일품이다."

"응? 이거 어머니가 해주신 음식이 아니었던 거야?"

"자식이. 서열과 지위가 있으신 어머니가 손수 부엌 출입을 하시겠냐? 비전은 다 내 집사람에게 물려주시고 이제 은퇴하셨지."

"아니에요, 여보. 오늘 음식은 어머니가 오래간만에 솜씨를 부려 만드신 거예요."

"어? 그래?"

"나도 도왔어."

자신의 공적이 빠져 섭섭하다는 표정을 지으며 수란이 끼어들자 수헌이 고개를 끄덕거렸다.

"총출동이었구만. 부엌이 좁았겠어. 수운이, 네 녀석 덕분에 오래간만에 어머니 요리도 맛보는구나."

"그런가……."

어느새 고개를 처박고 음식을 먹던 수운이 그렇게 중얼거리자 음산한 표정으로 음식을 먹고 있던 유정이 작게 중얼거렸다.

"수운아……."

"넵."

"많이 먹거라··· 그리고 빨리 나아야지······."

"넵."

"아니, 아버지. 아버지가 이리 인자한 모습을 보이시다니. 저랑 대접이 다르시네요? 이거 뭐, 막내라고 이리 편애하시니, 장남으로서 심기가 썩 불편합니다?"

"얘야, 그날의 일을 다시 겪고 싶지 않다면, 넌 잠시 닥치고 있거라."

"예······."

즉석에서 꼬리를 말고 다시 식사에 열중하는 유수헌이었다. 자신의 권위에 도전하던 아들의 반항을 간단히 잠재운 유정은 다시 음산한 표정으로 유수운에게 덕담을 건넸다.

"빨랑 나아라. 그래야 마음 놓고 다리몽둥이를 부러뜨려 놓을 것 아니냐."

"······."

수운은 '그럴 줄 알았다'는 심정이 되어 그저 말없이 접시에 얼굴을 처박고 음식을 깨작거렸다.

"아빠는. 얘가 뭘 그리 큰 잘못을 했다고 만날 다리몽둥이, 다리몽둥이 그러는 거예요?"

"잘못을 했지! 십 년 만에 구사일생 집으로 기어온 놈이 열흘도 못 채우고 튀어나가서 이 꼬라지로 돌아왔는데, 그게 잘한 일이야? 그것도 그 명성이 쟁쟁한 사돈 댁에서 잡부로 일하다가? 사돈 댁에서 우리 집안을 뭘로 생각하겠어! 안 그래도 그 도둑노무시키를 생각하면 내가 자다가도 벌떡벌떡 일어나는 판에 이번엔 막내 놈까지? 다리몽둥이 하나? 생각해 보니 두 개 모두 똑 분질러 놔야 정신을 차리지! 내 기놈을! 몽둥이 어디 갔어!"

말하던 도중 또다시 흥분하며 벌떡 일어서는 유정을 보며 수란이 매서운 눈초리로 말했다.

"아빠, 그 도둑 놈이라는 게 설마 우리 혜린이 아빠를 말하는 건 아니겠지요?"

"당연히 그놈이지!"

아직 흥분이 가라앉지 않아 버럭 소리를 지른 유정은 곧 수란의 매서운 반격을 받아야 했다. 수란은 우울한 얼굴로 품에 안고 있던 혜린을 꼭 끌어안으며 이렇게 중얼거리기 시작한 것이다.

"응, 혜린이 무서워? 할아버지 무서워? 엄마도 무서워. 할아버지 나쁘지? 어머, 우리 혜린이 울려고 그러네? 엄마도 울고 싶어. 혜린이 놀랐어? 놀랐어?"

혜린이를 내세운 공세에 흥분하던 유정이 순식간에 무너져 내렸다.

"아니, 수란아, 그게 아니라……."

"할아버지가 아빠 밉데, 엄마도 밉데, 우리 혜린이도 밉데. 할아버지 나쁘지? 그지?"

유정은 안절부절못하며 외손녀 앞에서 '그게 아니라'를 연발하며 뚱한 표정을 짓고 있는 혜린이를 어르고 달래기 시작했다. 이미 한 집안의 가장으로서의 권위는 사라져 버렸다.

'저거다.'

그 모습을 보던 수운은 자신의 구명줄은 오직 조카인 혜린이뿐이라는 큰 깨달음을 얻었다.

'이 난국을 타개할 대책은 혜린이밖에는 없다.'

조카를 어떻게 이용해야 자신에게 다가올 재난을 최소화할 수 있을 지를 궁리하기 시작했다. 실로 한 문파를 이끄는 장문인치고는 치졸한 마음가짐이라 하지 않을 수 없었다.

유정이 어르는 통에 오히려 혜린이 울음을 터뜨렸고, 애는 왜 울리 냐는 수란의 날카로운 목소리와 그 소란은 싹 무시한 채 밥을 더 달라 고 내미는 수헌의 재촉 등이 식당을 소란스레 채웠다.

시끌벅적한 식사 시간이었다.

소란한 가운데 어떻게든 식사가 끝났고, 유수헌의 처가 차려져 있던 음식 접시들을 내간 뒤에 가벼운 후식과 차를 내올 즈음엔 적당히 소 동이 가라앉아 있었다. 유정은 차의 향을 가볍게 음미하면서 수운을 향해 살기를 발출하는 것을 잊지 않았다.

"따지고 보면 집안이 이리 시끄러운 건 전부 저놈 탓 아닌가?"

"아버지도, 그게 왜 수운이 탓이에요."

"그럼 누구 탓이란 말이냐!"

"그야 도둑놈들 탓이죠. 도둑놈들이 없었으면 애가 다치지도 않았을 테고, 그러면 모두 무사태평, 태평성대, 좋잖아요?"

"혜린이 시끄러워? 시끄러워? 음, 괜찮아. 엄마가 조용하게 해줄 테 니까 코— 자."

다시 시끄러워질 기미가 보이자 수란이 반쯤 졸고 있는 혜린이를 앞 세워 유정을 위협하기 시작했고, 유정은 곧바로 입을 다물었다. 그러 나 곧 반쯤 졸고 있는 외손녀의 모습이 귀여운지 헤벌쭉 입이 벌어졌 다.

"나참, 우리 아들내미 때도 그렇고, 아주 애들만 보면 껌벅 죽으시네. 아니, 저는 매일 그렇게 팼으면서 왜 손자들은 그렇게 좋아 죽어요? 차별인데 그거."

"네놈은 그나마 매가 아니었으면 사람 되기 힘든 녀석이었지 않느냐. 그나마 내 매가 있었기에 오늘의 네가 있었으니."

부자 간의 싸움을 구경하며 수운은 얌전히 잔을 들어 차를 마셨다. 그저 속으로 이대로 화살이 자신에게 날아오지 않고 끝나기만을 바랄 뿐이었다.

"그나저나 이제 자식들이 모두 일가(一家)를 이뤄 손자, 손녀들까지 태어난 모습을 봤으니, 내가 그럭저럭 복이 많은 팔자인가 보다."

"그렇죠. 저 같은 아들이 흔한 게 아닙디다."

"네놈만 없었으면, 내 팔자는 화룡점정(畵龍點睛)이었을 게다."

"후후후, 과연 그럴까요?"

두 부자는 음산한 웃음을 흘리며 눈싸움을 벌였고, 다른 식구들은 포기했다는 듯 한담을 나누며 둘을 무시했다.

그리고 무림에서 가장 위험한 인물인 유수운은 속으로 안도의 한숨을 내쉬며 화살이 완전히 자신을 비껴간 것에 대해 부처님께 감사드렸다.

"그러고 보니, 이제 일가를 이루지 못한 놈이 딱 수운이만 남았구나."

"어라, 듣고 보니 그렇습니다, 아버지?"

"……."

비껴가던 화살이 심장을 관통하는 느낌에, 수운은 부처님께 드리던 감사를 취소할 정도로 암담한 심정이 되어버렸다. 사부는 유수운을 두고 '평범한 녀석'이라고 말했지만, 어쩌면 자신은 세상에서 가장 운이 없는 인간이 아닐까 하는 생각도 들었다.

그런 수운의 생각은 아랑곳없이, 식구들의 관심이 갑자기 수운에게 모아졌다.

"혼례라……. 그렇군. 저놈도 이제 애가 아닌데……."

"어머, 아빠. 오래간만에 좋은 화젯거리네요."

"후후후, 예전에도 말했지만 참한 처자를 소개시키는 일이라면 제게 맡겨두시는 게……."

"그렇게만 되면 이제 더 이상 걱정거리가……."

가족들이 동시에 그런 얘기를 중얼거리며 수운을 바라보자, 그는 처박고 있던 얼굴을 더욱 깊숙이 숙였다. 등 뒤에서는 혈성곤 도유천을 상대할 때도 흐르지 않던 식은땀이 진하게 흘러내리고 있었다.

'뭐야, 얘기가 왜 갑자기 이렇게 진행되는 거야?'

식은땀을 흘리며 그런 생각을 하고 있을 때, 유정이 이 급작스러운 의견이 무척 마음에 들었는지 근엄한 목소리로 수운을 불렀다.

"이놈, 수운아. 너 장가갈 생각 없느냐? 생각만 있다면 참한 처자를 골라주마."

"염려 마라. 아버지가 아니라 내가 골라줄 테니."

수헌이 신바람이 난다는 듯한 얼굴로 나서자 유정이 곧바로 일갈했다.

"시끄럽다. 네놈이 뭘 안다고 나서 나서길!"

수운은 순식간에 자신의 혼례 문제로 시끄러워진 식탁 앞에서 난처한 눈빛으로 가족들을 바라보며 중얼거렸다.

"저 그게……."

혼례.

수운으로서는 전혀 예상하지도 않았고, 당분간 꿈도 꾸지 않았던 일이다.

가끔 자신의 반려(伴侶)에 대해 몽환 속에서 상상해 본 일이 있긴 하지만, 그것은 대부분 무림을 위기에서 구하고 천하제일미(天下第一美), 천하제이미(天下第二美), 천하제삼미(天下第三美)를 처첩(妻妾)으로 거느린 뒤 행복하고 알콩달콩한 은거 생활을 즐긴다는 말도 안 되는 상상일 뿐이었다.

간단히 말하자면, 여자 문제에 있어서 그의 수준은 아이와도 같았다. 최근 험한 경험을 연달아 겪은 지금에 와서는 그것이 허튼 꿈에 지나지 않는다는 것을 몸서리치게 깨닫고 있다지만, 그래도 이렇게 남은 과일 처분하듯 덤으로 넘어가고 싶지는 않았다.

그렇기에 할 말을 잇지 못하고 멍하니 가족들의 재잘거림을 듣기만 할 뿐이었다. 수운은 뭐라고 말해야 이 위기(?)를 벗어날 수 있을까 생각하며 고개를 떨군 채 찻물을 입에 머금었다.

"뭘 그리 놀라는 척하는 거냐? 이 아비가 못할 소리 했느냐? 생각해 보니 너무 늦은 이야기 아니냐? 너도 이제 나이가 찬데다, 형제자매 모두 일가를 이루었으니. 이 얘기가 참 잘 나온 것 같다."

꿀꺽—

간신히 찻물을 삼킨 수운은 뭔가 말을 하려 했지만, 당황한 나머지 쉬운 단어조차 제대로 꺼내지 못하고 말을 더듬었다.

"하지만… 아버지……."

"하지만이고 뭐고, 생각해 보니 내가 너무 안일했어. 곧바로 참한 색

시감을 알아보마."

"아니, 그게, 아버지, 제가……."

수운이 필사적으로 유정에게 말을 거는 사이, 유수헌이 눈을 빛내며 끼어들었다.

"그러니까 내 말이. 내 수운이 이놈 집에 돌아왔을 때 참한 처자 소개시켜 준다고 했을 때, 딱 약혼이라도 시켜놨으면 이런 일은 없었을 거 아닙니까. 안 그래요, 아버지?"

"으음, 네 말투가 몹시 마음에 들지 않는다만, 그래도 내 할 말이 없구나. 맞는 말이다. 수운아, 네 몸이 좀 괜찮아지는 대로 바로 식을 올리자꾸나."

수운은 너무나 갑작스러운 말에 당황해서 계속 말만 더듬고 있다가 간신히 할 말을 생각해 냈다.

"하, 하지만 인륜지대사를 이렇게 간단히……."

그 말에 유정이 이를 으득— 갈아붙이며 무림에서 가장 위험한 사나이지만 현재 몹시 행복한 위기에 빠져 있는 수운을 노려보았다.

"모두 네 녀석이 자초한 일이다. 누가 이리 나다니며 신경 쓰이게 하라더냐? 내 생각에는 이게 모두 네가 마음 잡을 곳이 없어 객기를 부리다가 생긴 일이다. 그러니 돌봐야 할 사람들이 생기면 헛된 생각도 모두 사라지겠지. 수헌이 봐라. 젊을 때 그리 사고만 치고 다니더니, 가정을 이루고 나니 얼마나 진중하냐? 해서 하는 말이다. 다시 묻겠다, 장가갈 생각은 없느냐?"

"아니, 아버지! 제가 언제 사고를 치고 다녔다고 그러세요? 저처럼 착하게 청년 시절을 보낸 놈들이 이 근동에 있는 줄 아세요? 그렇잖아요, 어머니? 제가 사고 치고 다녔어요?"

"쳤단다."

"……."

부창부수(夫唱婦隨).

자신의 어머니이기 전에 내외(內外)는 한 몸이라는 것을 왜 잠시라도 망각했던가. 수헌은 인자한 미소를 지으면서도 칼같이 자신의 혐의를 인정해 버린 어머니 한씨 앞에 무너져 내렸다.

한편, 유정은 갑자기 나온 말이지만 생각하면 생각할수록 막내의 혼사를 빨리 앞당겨야겠다는 생각이 절실해졌다.

그로서는 유수운이 죽을 고비를 넘기고, 몸마저 성치 못할 정도로 심한 부상을 입은 것이 몹시 걱정되었다. 만약 운이 없었다면, 막내는 제대로 살아보지도 못하고 벌써 생을 마감했을 것이다.

더구나 유수운은 아직 젊었다. 유수헌도 젊었을 때 얼마나 속을 썩였던가? 해서, 이참에 고삐를 졸라맬 생각이었고, 그게 유수운에게도 좋은 일이라는 생각이었다.

"하지만 아버지, 저 아직 일가를 이룰 능력이 없어요. 대체 뉘 댁 따님을 고생시키려고……."

유정은 이제 자신의 능력까지 들먹거리며 손사래를 치는 수운을 보더니 씨익 웃으며 손을 들어 입을 막았다.

"걱정 마라."

"네?"

"혼례를 올릴 생각이 있다면 그런 건 걱정하지 말라는 얘기다. 능력이야 지금부터 키우면 되지. 말했잖느냐, 능력보다는 바람이 들어간 네놈 마음이 문제라고."

"저, 바람이 들어간 게 아니라……."

"시끄럽다. 바람이 안 들었으면, 어찌 표국에 기어들어 가 이 꼴이 된 게냐? 끌끌…… . 아무튼 생각할 것도 없다. 내 조만간 예쁘고 착한 아이를 골라주마. 어떻소, 부인?"

"참으로 옳고도 옳은 판단이세요. 수운아, 내 심정이 꼭 네 아버지 심정이란다."

"…… ."

부모님의 말에 수운은 뭐라고 답해야 할지 망설였다. 자신을 생각해서 하는 말이라는 건 알 수 있었지만 벌써 혼례를 올리다니, 그게 될 법이나 한 소리인가?

수운이 망설이는 표정으로 유정을 바라보자, 어머니 한씨가 슬그머니 끼어들었다.

"염려 말거라. 생각해 보니 네게 어울리는 꽃다운 처자들이 많이 생각나는구나."

지금 꽃다운 게 문제가 아니잖아요, 같은 반항 섞인 소리는 한마디도 못하고 수운은 고개만 숙인 채 어떻게 이 위기를 벗어나야 할 것인가를 생각하고 있었다.

그 와중에도 유정과 유수헌은 '보시오, 예쁜 처자라니까 수운이도 좋아하는 것 같지 않소' 나 '이 녀석이 순진한 얼굴로 예쁜 처자들을 좋아했었군' 같은 소리를 하면서 수운의 심기를 어지럽히고 있었다.

"아버지."

"왜 그러느냐?"

"제가 아직 나이도 어리고, 산에만 있다 나와서 아직 세상을 많이 겪어보지도 못했는데, 벌써 가정을 꾸리라니…… . 좀 무리한 말씀인 것 같은데요…… ."

"내 말을 여태 뭘로 들은 거냐? 세상은 천천히 겪어도 된다니까. 네가 네 가족들과 홀로 설 수 있을 때까지는 나나 네 형이 받쳐 줄 거다."

"그럼. 이 형님이 뒤에 있는데 무슨 걱정이 있단 말이냐?"

수운은 이 위기에서 벗어나게 해달라는 표정으로 수란을 바라보았으나, 그녀는 혜린을 어르며 수운을 외면하고 있었다.

"……."

가족들 표정과 하는 양을 보니 가만히 있으면 하루에 몇 차례씩 혼담 얘기를 들어야 하는 끔찍한 상황에 처할 것 같았고, 그것은 사실이 되었다.

*   *   *

식당에서의 한바탕 소란을 겪은 이후 수운은 깊은 한숨을 내쉬며 뒤뜰로 걸음을 옮겼다. 매일 저녁마다 혜월에게 치료 겸 지도를 받기로 했기 때문이다.

원래 혜월은 매일 아침, 점심, 저녁마다 지도하려 했으나 우선 유씨 가족이 그의 설법(說法) 듣기를 간청했고, 더불어 좀 더 생각해 보니 수운의 몸 상태로 괜히 무리할 필요가 없다는 생각에 한가한 저녁 시간에 가벼운 지도를 받고 있었다.

"혼례라……."

수운은 지팡이를 짚은 채 천천히 걸으며 조금 전 식당에서 오고 간 이야기를 떠올렸다. 아마도 이 화제는 한동안 집 안에서 없어지지 않고 끊임없이 흘러나올 것이다.

'썩 나쁜 일은 아니지만, 너무 갑작스러운 얘기라…….'

가족들은 웃으면서 오늘 하루의 이야기를 마무리하고 있을 것이란 생각을 하자 당황스러우면서도, 한편으로는 편안한 마음이었다. 내심 부모님의 걱정을 알고 있었기 때문이다.

　"아미타불. 무슨 생각을 그리 골똘히 하고 있느냐?"

　"아, 대사님."

　여러 가지 상념에 잠긴 채 어느새 뒤뜰에 도착한 수운을 향해 혜월이 웃으며 얘기를 걸자, 그는 퍼뜩 정신을 차리고 혜월에게 공손히 인사를 했다.

　"허허허, 무슨 생각을 했기에 사람이 앞에 있는데도 못 알아볼 정도더냐?"

　이제는 완전히 편안해진 말투로 혜월이 말을 걸자 수운은 얼굴을 붉혔다.

　"그게 좀……."

　차마 가족들이 자신을 억지로 장가보내려 한다는 얘기를 하기가 쑥스러워서였다.

　어차피 내일이면 어머니나 아버지가 혜월에게 좋은 날을 봐달라거나 축원을 부탁할 것이 뻔하긴 했지만, 자신의 입으로 말하기엔 무리가 있었다.

　수운이 말을 삼키자 혜월은 그 문제는 제쳐 놓고 천천히 수운의 완맥을 붙잡아 진맥을 시작했다.

　"아미타불. 몸이 많이 좋아진 듯하구나. 역시 집에 오니 편하지?"

　"네, 대사님. 집에 온 이후 많이 좋아진 것 같습니다."

　이 말은 사실이었다.

　딱히 멸명마공을 일으켜서 치상의 효과를 보지 않았음에도 도착한 이후 부쩍 몸이 좋아지는 느낌이었다. 그것이 혜월의 추궁과혈과 칠상도인체조의 효과인지, 아니면 편안한 환경 덕분인지는 스스로도 알 수 없는 일이었다.

수운의 맥을 잡아보던 혜월은 그의 맥이 안정되어 있음을 확인한 뒤 고개를 끄덕였다.

"치료의 근본은 곧 마음이지. 너에겐 생가의 분위기가 더할 나위 없는 영약이나 마찬가지 같구나. 생각보다 몸의 회복이 빠르니…… 하지만 노납의 생각으로는 지금이 고비야. 여기서 치료를 게을리 하면 오히려 더 나빠질 수도 있겠구나."

"네에……."

주변의 시선만 아니면 당장이라도 몸 상태를 급속히 호전시킬 수 있다는 것을 알고 있는 수운은 혜월의 당부에도 그저 '그렇습니까?' 라는 정도로만 반응을 했다.

"자, 엎드리거라."

혜월이 뜨락에 있는 툇마루를 가리키자 수운은 천천히 그쪽으로 다가가 조심스레 몸을 눕혔다. 혜월은 누워 있는 수운을 보며 가벼운 심호흡으로 준비를 한 뒤 미약한 내기를 담아 수운의 전신을 추궁과혈하기 시작했다.

고통이 있기도 했지만, 혜월이 한 번 전신 타혈을 하면 몸이 좋아진다는 것을 알고 있는 수운은 애써 흘러나오는 신음 소리를 참으며 생각했다.

'아마도 꿩 대신 닭이라고, 이 정도면 멸명마공의 치상 효과보다는 못해도 꽤 대단한 효과라고 할 수 있을 거야. 위험하게 멸명마공을 사용하는 것보다 얌전히 추궁과혈을 받는 편이 낫겠지. 이 스님에게 의

심도 받지 않을 테고······.'

적지 않은 기운을 소모하며 수운을 치료하고 있는 혜월이 이런 그의 생각을 읽었더라면 어처구니없어 했을 것이다.

반 시진 정도의 추궁 과혈이 끝나자 혜월은 나지막이 불호를 외운 뒤 말했다.

"네 몸의 급한 불은 모두 끈 듯하니, 며칠 상세를 본 뒤에 다시 추궁 과혈을 하자꾸나."

"네, 대사님."

그에게는 큰 의미가 없는 말이기에 혜월의 말에 공손히 머리를 숙인 뒤 다시 뒤뜰에 섰다. 이제 연공을 할 시간이 된 것이다.

혜월은 수운이 펼치는 나한권과 육합권을 세밀히 봐주었고, 칠상도 인체조는 그저 펼치는 것을 바라보기만 했다.

"나한권부터 시작하자꾸나."

"네, 대사님."

수운은 가볍게 심호흡을 한 뒤, 나한권의 기수식인 무화좌산(舞花座山)을 시작으로 나한권의 단순하지만 힘있는 초식을 전개하기 시작했다.

"그곳에선 허리를 반 치 정도 더 이동하거라. 또한 장이 뻗어 나가는 속도를 일 푼 정도 늦추는 것이 좋을 것이다. 다시 해보거라."

"네, 대사님."

수운은 내심 '우리 사부님 같았으면, 여기선 대충하고 넘어가라고 했을 텐데' 라며 투덜거리면서도 착실히 혜월의 조언에 따라 나한권을 시전했다.

소림의 고승인 혜월이 무슨 이유인지 자신에게 상당한 호감을 가지고 있으니, 내심 필요없는 가르침이라 생각해도 착실히 따라야 했다.

더구나 청혈교의 습격을 받은 이후, 무림에 대한 동경이 완연히 달라지긴 했어도 그는 상혁에게 외공 무학을 자청―강압에 의한―해서 배워왔을 정도로 기초 무학을 필요로 했다.

처음 혜월이 수운을 살폈을 때는 내심 '저 스님이 소림의 비전절학이라도 전수하려는 것인가' 하는 두려움에 경계했으나, 지난 사흘간 고급 무학이 아닌 기초적인 권장법을 다듬어주는 수준이라 상당히 안도하고 있었다.

이 정도면 멸명마공의 경지가 높아질 위험성(?)도 매우 적다고 생각되는 상황이어서, 혜월이 무엇을 바라고 있는지 찜찜하긴 했으나 적당히 만족하며 그의 가르침을 받아들이고 있는 중이었다.

더구나 유수운은 기본적으로 착실한 학생이었고, 혜월의 가르침은 어렵지 않고 자상했기에 어려울 것도 없었다.

사실 과거 그의 사부 진현우는 권법을 펼칠 때 신체 발육에 좋지 않은 습관만 지적해 주었고, 실전에서 치명적일 수 있는 버릇들은 그냥 방치해 두었다.

덕분에 수운이 펼치는 권법은 예전 하상혁이 윽박질렀던 것처럼 실전에선 시정잡배의 수준에도 못 미쳤으나, 신체의 굳은 부분을 풀어주고 몸을 지키는 데에는 상당히 효과적이었다.

더구나 나한권은 달마역근세수경과 마찬가지로, 주구장창 앉아서 참오하는 소림승들의 신체를 강건하게 만들기 위해 만들어진 권법이었으니, 고승인 혜월의 눈에는 실전성을 배제한 수운의 나한권이 오히려 본류에 가깝게 느껴진 것은 당연했다.

어쨌거나 혜월은 수운이 펼치는 나한권과 육합권을 세심히 가다듬어 주고 있었다.

더구나 수운은 자세히 알지 못했지만 혜월의 가르침은 상당 부분 달마역근세수경의 가르침을 따르고 있었고, 그것은 소림 무학에서 적지 않은 영향을 받은 권장편의 가르침을 그대로 구체화하는 고급 기법이었다.

즉, 수운은 혜월이 자신의 나한권이나 육합권을 가다듬는 줄로만 알고 있었으나, 사실 그는 달마역근세수경의 고급 기법을 어느 정도 받아들이고 있는 중이었다.

수운은 방금 혜월이 지적한 부분에 신경을 쓰며 차분히 나한권을 끝까지 펼친 뒤 심호흡을 해 탁기를 배출했다.

"아주 좋아졌구나. 아미타불. 이제 칠상도인체조를 하도록 하거라."

"헉… 헉… 후우……. 네, 대사님."

혜월은 육합권이나 나한권의 시연이 끝나면 중간중간 반드시 칠상도인체조를 펼치게 했다. 칠상도인체조에 대해서는 혜월도 그저 바라보기만 할 뿐 조언해 주지 않았다. 아무래도 타 파의 절기여서 말을 아끼는 것 같다는 생각이 들었다.

그러나 그것은 수운의 생각일 뿐이었다. 혜월은 적어도 수운의 어설픈 외형을 바로잡아 줄 정도의 안목은 갖추고 있었다. 그런 그가 유독 칠상도인체조를 펼칠 때 그저 바라만 보고 있는 데에는 다른 이유가 있었다.

'흐음, 오늘도 그 기운이 나타나지 않는 것인가……. 아미타불. 이 아이가 내 앞에서 일부러 감추는 것인가, 아니면 그 당시에 뭔가 다른 운공을 했던 것인가…….'

혜월은 당시 느꼈던 친숙한 소림 내공의 가공할 폭발을 다시 한 번 가까이에서 관찰하기를 원했다. 당시 그 느낌이 칠상도인체조를 했을 때 뿜어져 나왔기에, 잘못된 동작도 그 당시처럼 내버려 두고 계속 바라만 보고 있었던 것이다.

끝까지 수운의 칠상도인체조를 바라보고 있었다. 지난 사흘간 지켜본 그대로 상당히 숙련된 동작이 펼쳐지고 있었으나, 여전히 그 당시와 같은 내공력의 폭발은 일어나지 않고 있었다.

칠상도인체조가 끝이 나고 수운은 언제나처럼 땀을 비 오듯 쏟아내며 숨을 고르고 있었다.

"아미타불, 수운아."

"후욱… 후욱……. 네, 대사님."

"혹시 선사께 따로 배운 행공법이 있다냐?"

멈칫—

직접적인 혜월의 질문에 수운은 잠시 주춤거렸지만, 곧 신색을 회복하고 고개를 저었다. 이전에도 몇 번이나 들었던 질문인 탓이다.

"사부님께서는 그저 제 몸을 고쳐 주시고 몇 가지 권장법만 알려주셨을 뿐, 내공을 쌓지 못하는 몸인지라 특별한 연공법은 일러주시지 않으셨습니다."

"흐음……."

언제나처럼 뭔가 숨기는 듯한 대답이었으나 강호에서 사승(師承)과 비전(秘傳)에 대해 감추는 것은 흔한 일이었고, 그것을 캐묻는 것이 오히려 비례(非禮)였기에 혜월은 속으로 한숨을 내쉬고 말았다.

"알았다. 자, 이번엔 육합권을 펼쳐 보거라."

"네, 대사님."

수운은 서서히 몸을 움직이는 것이 힘에 부치기 시작했으나, 최대한 성의를 담아 육합권을 펼쳐 보였다. 그러나 채 두 초식도 펼치기 전에 혜월이 그의 움직임을 제지하는 소리가 들려왔다.

　"아미타불. 조금 더 느리게 펼쳐 보거라."

　"네? 하지만 지금도 충분히 느린데요?"

　지금도 몸 상태 때문에 평소보다 두 배는 느리게 권을 펼치고 있었는데, 여기서 더 느리게 펼치라는 말에 수운은 진행하던 투로를 멈추고 혜월을 바라보았다.

　"아미타불, 빠르면 빠를수록 강하고, 느리면 느릴수록 이롭단다. 지금 네 몸 상태로 봤을 때 육합권은 좀 더 느리게 펼치는 게 좋을 듯해서다. 해보거라."

　언제나 간단하고 자상했던 혜월의 가르침과는 다른 뜬구름 잡는 듯한 설명에 고개를 갸웃거린 수운이었지만, 적어도 그 가르침이 나쁘게 작용할 리 없다는 것은 알고 있었으므로 처음부터 최대한 느리게 육합권을 시전하기 시작했다.

　이미 익숙한 권법을 애써 느리게 시연하는 것은 생각보다 더 신경 쓰이는 일이었다.

　혜월은 수운의 느릿느릿한 육합권에서도 몇 군데 잘못된 곳을 잡아주었고, 그 부분이 제대로 되었는지 확인한 뒤 고개를 끄덕여 이날의 연공이 끝났음을 선언했다.

　"아미타불, 수고했구나."

　"허억… 허억……. 아닙니다… 대사님……. 후우……."

　"허허허, 육합권의 만련과 새로 다듬은 나한권이 익숙해질 때까지는 며칠 걸릴 듯하고, 그동안은 내가 직접 볼 필요가 없겠구나. 사나흘,

이 시간에는 혼자 연공하도록 하거라."

"후욱……. 그럼… 대사님께선……?"

혜월이 빙그레 웃었다.

"고해에 빠진 젊은이가 한 명 더 있어서……. 허허허."

'전욱이라는 사람의 얘기로군.'

원한을 짊어진 사람. 뭔가를 짊어진 사람이라는 데 묘한 동질감을
느껴야 했다.

"그러면… 끝내기 전에 마지막으로 칠상권을……."

그 말에 수운은 인상을 찡그리면서도 열심히 칠상도인체조를 행해
야 했다.

'대사님은 꼭 칠상권을 펼칠 때면 묘하게 뭔가 기대하는 눈빛으로
바라보신단 말이야.'

혜월이 무엇을 바라는지 모르는 수운은 녹초가 되도록 칠상도인체
조를 행한 뒤에야 자신의 방으로 돌아올 수 있었다.

◈ 第二十一章 ◈
유수운, 권장수신의 묘를 깨닫다

유수운, 권장수신의 묘를 깨닫다

갑작스런 습격으로 어수선했던 장무성 대표두의 자택도 시간이 지나며 서서히 평정을 되찾고 있었다. 더구나 표행에 나가 있던 장무성의 큰아들 장우식도 복귀하면서 장무성 진영은 급속도로 안정을 되찾아갔다.

이곳저곳에 눈을 번득이는 무인들이 눈에 띄는 것이 평상시와 다를 뿐, 다른 것은 모두 정상적으로 움직이고 있었다.

그러나 안정을 찾아가는 집안 분위기와는 별개로 막상 회의실 안의 분위기는 그다지 밝지 못했다.

장우식이 표행에서 돌아오자마자 곧바로 회의를 시작했지간 회의에 참여한 장우식, 우복 형제나 상혁, 장무성 대표두의 얼굴 표정은 편치 않았다.

바로 정정운의 유람, 그러니까 잠적 때문이었다.

"거, 그러니까 일 터지기 전에 바로 잡아 족치자니까, 고지식하게 뜸을 들이니까 놓친 거 아닙니까."

상혁이 투정 부리듯 장무성에게 말하자 팔짱을 끼고 앉아 있던 장우식이 혀를 찼다.

"족쳐? 누구를? 정정운을? 지금이라도 다시 돌아온다면, 정정운 정도의 거물을 쉽게 건드릴 수 있을 것 같더냐?"

"아니, 거 뭐, 일단 두드리고 보는 거지 형님도 참……."

상혁 역시 정정운 정도 되는 거물이라면 물증 없이는 건드릴 수 없다는 건 잘 알고 있었다. 그렇기에 사건의 배후를 캐려던 장무성도 조심스레 그 주위에 밀정만 풀어 감시하며 차근차근 사건을 캐 들어가려고 했던 것이다.

그런데 이렇게 느닷없는 암습 사건이 일어난 뒤 정정운과 그 일가 식솔이 잠적할 줄은 누구도 짐작하지 못했다.

정확히 얘기하자면, 정정운 정도의 거물이 그렇게까지 해야 할 이유가 전혀 없다고 판단했다는 얘기였다.

장무성은 여전히 장우식들이 티격대는 소리를 들으며 생각에 잠겨 있다가 무겁게 입을 열었다.

"그나저나 말이지 이해가 안 간다, 이거다. 확실히 정 대인, 그 사람이라는 심증은 있지만 말이다. 대체 무슨 일로 이렇게 급히 일을 벌였느냐, 이 말이다. 전문 살수라……. 돈이면 귀신도 부린다지만, 내 알기로 정 대인은 강호무림과는 그다지 연관이 없었다."

"그거야 모르는 일이죠. 청혈교와의 관계도 몰랐잖아요."

"그거야 그렇지만……. 아무튼 그때 우리를 습격한 놈들은 모두 일급살수였지. 더구나 남궁세가의 창궁대팔식을 사용했다. 절대로 쉽게

선이 닿을 수 있는 놈들이 아니야."

창궁대팔식에 얘기가 이르자 어지간히 시끄러운 장우복이나 하상혁
도 입을 다물었다. 한 문파의 비전절기는 쉽게 입에 담을 문제가 아니
었기 때문이다.

"정정운, 청혈교, 남궁세가……. 아버지, 이 셋은 겉으로 드러난 연
결 고리가 없습니다. 이래서야 어디서부터 시작할지도 막막해요."

장우식이 진중하게 말하자 장무성도 그 말에 동의했다.

"형님, 복잡하다는 말에는 동의하지만 막막하다는 말에는 동의할 수
없수."

"왜?"

"복잡한 거 다 까고 봅시다. 우리가 표행하다 청혈교 애들한테 뒤통
수 맞았잖수? 그런데 그 표행에 대해 굉장히 수상한 조건을 달아서 의
뢰한 게 바로 정정운이우. 간단히 말하자면 정정운만 두들기면 대충
알아낼 건 다 알아낼 수 있었단 말인데, 우린 그 기회를 놓친 거 아뇨.
지금도 부지런히 찾고 있으니 행방을 찾는 대로 조집시다."

"무작정 힘으로 윽박지르기엔 그는 거물이다. 그는 공식적으로 유람
을 떠난 것으로 되어 있어. 그의 저택엔 아직 하인들과 총관도 그대로
남아 있단 말이다."

"우라질, 거물. 요즘 우리가 만난 게 다 거물 아뇨. 혈성곤 도유천
도 거물이고, 장 대표두님도 거물이우. 거기 정정운 한 명 더 끼워 넣
는다 해도 무슨 상관이요, 씨발. 아무튼 다시 말하지만, 정정운을 잡
아다 대질이라도 해봐야 뭐가 어떻게 돌아가는지 알 수 있을 거 아
뇨."

상혁의 말에 옆에서 장우복이 고개를 끄덕거리다 빈정거리듯 중얼

거렸다.

"그리고 그 정정운이 튀었지."

"내 말이. 씨발, 그러니까 바로 잡아 족치자고 했더니만……."

"시끄럽다."

얘기가 쳇바퀴처럼 빙빙 돌 기미가 보이자 장무성이 미리 얘기를 끊어버렸다.

"아무튼, 이번 일은 쉽게 생각할 일이 아니야. 창궁대팔식을 제외하더라도, 대체 무슨 이유로 이런 일을 벌인 것일까? 정정운이 이 일을 벌였다 치고 생각해 봐, 그에게 무슨 이득이 있는지. 표행에 관련된 일은 우리 표국을 상대로 막대한 은자를 긁어들일 수 있었으니 그렇다치고, 날 암습해서 대체 무슨 이득이 있느냐 말이지. 더구나 행방을 감추다니? 무슨 생각으로? 상인이 그 막대한 이권을 모두 놓고 도망을 가?"

장우복이 잠시 생각을 정리하다 말했다.

"다른 건 모르겠고. 행방을 감춘 건 아버지가 뒤를 캐는 것 같으니까, 그게 겁이 나서 그런 게 아닐까요?"

그 말에 상혁이 탁자를 탕— 치더니 어처구니없다는 듯 장우복을 노려보았다.

"야이— 무식한 놈아. 씨발, 넌 어떻게 표두라는 놈이 그렇게 대세 파악을 못하냐? 옛날엔 안 그러던 놈이 딸내미 하나 낳더니 헤벌쭉해서 대가리가 썩기라도 했냐?"

"내 대가리가 왜?"

다른 사람도 아니고 하상혁에게 그런 얘기를 듣자 장우복도 인상을 구기며 하상혁을 노려보았다.

"이 새끼가 근데. 야, 장우복이, 생각을 좀 해, 새꺄. 처음 암습이 정정운이가 청혈교를 끼고 벌인 일이면, 청혈교에서 그 대단한 재산을 가진 정정운을 내버려 둘 거 같냐? 어차피 정마련에서 사면령도 내려졌겠다, 대놓고 고수들을 바리바리 풀어서 호위하겠지. 그런 상황이면 대표두님이 정상적인 몸이어도, 아니, 씨발, 거기 더해서 어디 소림 대환단이라도 구해 드시고 회춘해서 정정운 집에 쳐들어갔다고 쳐. 그렇게 가도 어설프게 건드렸다간 어디 한 군데 작씬— 부러져서 쫓겨나실 판에, 우라질, 이제 제대로 거동도 못하시는 노인네가 된 분이 뭐가 무서워서 암습을 하고, 그것도 모잘라서 애새끼들이랑 마누라까지 다 **빼**돌려 도망을 가? 멀쩡한 집 놔두고."

하상혁의 긴 발언이 이어지고 나자 방 안에는 침묵이 감돌았다.

"…군데군데 살의가 솟구치는 부분이 있긴 했지만, 네놈치그는 비교적 좋은 설명이었구나."

장무성이 손에 든 벼루를 던질까 말까 고민하면서도, 일단은 상혁의 말에 고개를 끄덕였다. 하지만 장우복은 어림없다는 듯 손을 휘저으며 상혁의 말에 콧방귀를 뀌었다.

"그걸 누가 모르나? 그 주장에는 두 가지 허점이 있다구. 먼저 정정운이 청혈교와 연관되어 있다는 증거가 없고, 둘째로, 이번 암습이 정정운이 사주한 거라는 증거도 없어. 아, 그리고 하나 더 있근. 정정운이 도주한 것인지 납치를 당한 것인지도 알 수 없는 상황이타구. 물증이 없다는 게 대체 뭐라고 생각하는 거야? 어쩌면 말이야, 정정운은 아무것도 모르고 있다가, 이번 청혈교 습격 사건이 나니까 자기가 범인으로 몰릴까 전전긍긍하다가 말이지, 또다시 아버지를 습격하는 사건이 일어나니까 겁나서 도망친 걸 수도 있다고."

"옘병, 그걸 말이라고 하냐? 이거 정말… 정황상 청혈교를 끌어들인 건 정정운이 분명해. 그리고 몸을 감춘 건……."

거기까지 얘기하던 하상혁은 한숨을 내쉬었다.

그 역시 정정운이 어째서 이런 일을 벌이고 도주했는지 짐작할 수가 없었던 것이다.

이야기는 결국 처음으로 되돌아갔다.

"그러니까 정정운을 처음에 조졌어야……."

"내 말이……."

장우복과 하상혁이 서로 얼굴을 보며 그렇게 중얼거리자 장무성이 '이런 것들을 믿고 무슨 일을 한다고……' 라고 중얼거리며 이마를 짚었다.

그렇지만 장무성도 장우복이나 하상혁이 말이 걸고 진중해 보이지 못하지만 바보가 아니라는 것을 알고 있었다. 실제로 정정운이 사라진 이상 내막을 알 도리가 없다는 것은 자신도 잘 알고 있다.

상혁이 얘기한 대로 정정운과 청혈교가 공모를 했다면 사라질 이유가 없다. 유성표국도 아니고, 고작 장무성의 힘을 겁내 도주했다면 청혈교와 아무 상관이 없다는 얘기다.

그러나 정정운은 청혈교와 일을 같이 한 뒤에 사라졌다. 간단히 생각해 보자면, 그가 청혈교의 명을 받고 사라졌다 생각할 수도 있다.

그렇지만 금전이 탐나 일을 벌였을 거라 짐작되는 청혈교가 이리 쉽게 정정운을 통한 이권을 포기한단 말인가?

어불성설이다.

여기에 살수들이 보여준 창궁대팔식이 일을 더 복잡하게 만들고 있다. 그저 뛰어난 살수들만 왔었다면 청혈교에서 파견했으려니 생각할 수도 있지만, 느닷없이 튀어나온 건 오대세가 중 수위를 자랑하는 명문무가 남궁세가의 창궁대팔식.

여기에 이르면 추론은 미궁에 빠지고 만다.

청혈교가 끼었으니 정정운의 단독 행사일 리도 없고, 창궁대팔식이 튀어나왔으니 청혈교에서 보낸 암습자들도 아니다.

그렇다면 거창하게 남궁세가가 배후?

남궁세가가 무엇이 아쉬워서 일개 살수에게 창궁대팔식을 전한단 말인가? 직계 혈손에게도 전수하기 아까워서 바들바들 떤다는 것은 칼밥 좀 먹었다면 누구나 아는 사실인데.

결국 정정운을 포획했어야 한다는 이야기인데, 습격받은 뒤 그 뒤치다꺼리한다, 무인들 규합해서 살수들의 흔적을 추적한다 난리 치다가 겨우 한숨 돌린 뒤 정정운에게 신경을 썼을 때는 이미 행방을 감춘 뒤였다.

개인적으로 사람을 풀어 그 행적을 찾고 있으나, 귀신처럼 사라졌기에 장무성의 연줄을 모두 동원하고 있지만 아직껏 어디로 갔는지 알아내지 못하고 있었다.

시큰둥하게 하는 농담처럼 들렸지만 우복과 상혁이 말한 대로 정정운이 없으면 내막을 알 도리가 없다.

"정 대인 건은 일단 뒤로 미루고, 이제 남은 건 남궁서가 쪽인데……."

"바랄 걸 바라십쇼. 걔들이 어떤 애들인데 대표두님 글줄 몇 개에 넙죽 튀어올 거 같습니까?"

"이 자식이, 그러니까 방법을 찾자는 거 아냐!"

"아따, 왜 저한테 화풀이십니까?"

장무성이 벼루를 집어 들고 으르렁거렸다.

"이 자식들아, 성의없이 빈둥거리지 말고 머리 좀 굴려봐."

"거, 머리도 쓰던 놈이 쓴다고, 저야 쟁자수 일만 몇 년 했더니 머리가 굳어도 한참 굳었는데 말입니다. 우식이 형이랑 우복이가 머리를 굴려도 굴려야죠."

상혁은 그렇게 말하며 하품을 늘어지게 했고, 그런 상혁을 힐끗 바라본 장우식이 중얼거렸다.

"상혁이 말대로 남궁세가에서는 도움을 주지 않을 것 같습니다, 아버지. 도움은커녕 기별이 올지도 장담 못하는 상황이 될 듯하군요."

"글쎄, 아마 노발대발하는 기별이 오긴 올 것 같소, 형님. 그때 남궁정의라고 뺀질거리는 남궁가 아들 녀석한테 아버지가 한소리 했으니까."

야습이 있고 나서 남궁세가에 창궁대팔식 건으로 연통을 넣은 것이 벌써 사흘째였지만 묵묵부답이었다. 상혁이 자못 한탄스럽다는 듯 한숨을 내쉬었다.

"거, 유성표국 끗발도 별거 아니로구만요. 질문에 대한 답조차 받지 못하니. 아니, 대표두님 명성이 땅에 떨어진 건가?"

"말버릇 하고는……. 그래, 내 끗발 별거 아니다."

장우식이 아쉽다는 듯 말을 거들었다.

"사정은 대강 들었으나……. 혜월 대사님을 전면에 내세울 수 있었으면 좋았을 텐데요."

"거 뭐, 현장에서 대사님을 본 사람들도 있고……. 대사님도 딱히 비밀로 할 필요는 없다고 하셨지만, 그래도 몇십 년간 소림에다가도 자긴 무공이 없다고 입 싹 씻고 살았는데 여기서 밝히긴 좀 뭐하잖소."

"누가 뭐라고 했더냐? 다만 혜월 대사님을 언급하는 것과 그렇지 않았을 때 차이가 있으니……."

남궁세가에 보내진 문의 서한에는 혜월의 이름이 빠져 있었다. 만약 현장에서 창궁대팔식을 목격한 사람 중 당금 소림 방장의 사형인 혜월의 이름이 적혀 있었다면, 남궁세가는 서신을 받는 즉시 반응을 보였을 것이다.

비록 혜월이 일선에서 물러선 지 오래되었다 해도, 그 이름은 결코 가벼운 것이 아니었기 때문이다.

"결국, 그렇게 당했는데도 우리는 기다리는 것 말고는 할 거 아무것도 없는 셈이로군요."

장우식이 분한 듯 그렇게 중얼거렸다.

"어쩔 수 없지. 그래도 넓게 보자면 누군지 모르는 적들이 마각을 드러낼 정도로 다급한 상황이라는 것은 알 수 있었으니, 위안을 삼아야지."

"두 번 넓게 봤다간 집 말아먹겠습니다, 아버지."

장우복이 그렇게 말한 뒤 처연한 목소리로 중얼거렸다.

"아, 빨리 이 일을 끝내야 천사 같고 귀여운 우리 수아도 마음껏 안아줄 수 있을 텐데……. 우리 예쁜 수란이랑도 빨리 만나야 될 텐데, 이게 무슨 때 아닌 홀아비 신세인지……."

기어이 벼루가 날았다.

땡—

경쾌한 소리와 함께 머리를 붙잡고 바닥에 쓰러져 끙끙거리는 우복을 누구도 불쌍히 여기지 않았다.

"저거 저… 자녀를 생산하고 나면 좀 나아질까 했더니 저놈은 텄어. 연륜 좀 쌓으라고 표사로 보냈더니, 일은 안 하고 애기 뒤나 졸졸 따라다닐 때부터 싹수가 노랬다고. 내가 저 자식 이름 지을 때 점쟁이 말을 들었어야 했는데……."

"냅두십쇼, 대표두님. 씨발, 저러다 죽겠죠. 야, 장우복이. 진짜 홀아비 앞에서 홀아비 타령을 해? 그냥 확!"

"그나저나 모두 무사히 도착했는지 모르겠구나……."

"혜월 대사님이 곁에 계셨다니 무탈할 겁니다. 곧 기별이 오겠지요."

장우식은 그렇게 대답하며 바닥에 처박혀 있는 동생을 제법 안쓰러운 표정으로 바라보았다.

"그리고 보니, 그 당가의 귀여운 아가씨는 길을 떠났으려나?"

파닥거리던 우복을 보던 상혁이 문득 당소류 이야기를 꺼내며 키득거렸다.

"아무튼 목숨을 빚졌으니 인사를 하러 가겠다라……. 유탄곡 때도 그렇고, 꽤 귀여운 구석이 있는 아가씨란 말이야."

그가 그렇게 중얼거리자 어느 틈에 자리로 돌아온 장우복이 맞장구를 쳤다.

"아직 안 갔을 거야. 그래도… 내가 보기엔 그 아가씨 확실히 처남한테 마음이 있는 거 같다, 이거지. 흐흐흐, 처남도 이제 봄날이 시작되는 거지."

"흐흐흐흐, 오, 장우복이, 씨발, 너도 그렇게 생각한다, 이거지?"

"그럼. 흐흐흐, 유탄곡에서는 모성애를 자극하고, 이번엔 위급 상황을 해결해 줬으니……. 흐흐흐, 그리고 보니 처남도 꽤 하는군 그래."

"흐흐흐, 씨발, 그 자식이 어리버리해 보여도 할 땐 하는 놈이지. 흐흐흐, 내 이미 그 아가씨가 그놈에게 심상치 않은 감정을 지닌 걸 알고 조언도 해줬지, 흐흐흐."

"으흐흐흐흐, 물론 잘해줬겠지?"

파삭—

퍽—

상혁과 우복은 날아온 찻잔과 꽃병을 각자 이마에 꽂은 채 바닥에 쓰러져 끙끙거렸고, 그 위에 짜증 섞인 장무성의 목소리가 쌓였다.

"안 그래도 그거 때문에 더 골치가 아프구만 흐흐거리기는……. 야 이 자식들아, 그 아가씨만 간다고 했냐? 사돈 총각이 못내 수상하다고 우기면서 태진이랑 혜진이도 가겠다잖아?"

"아따, 대표두님도……. 방해꾼이 있어도 될 사랑은 되는 거잖수. 아, 그렇다고 사람 대가리에 꽃병을 꽂아버리면……."

장무성이 혀를 찼다.

"그 철없는 것들이 가서 사돈댁에 무슨 패악질을 벌일지 몰라서 하는 소리다."

"나참, 대표두님은 걱정도 팔자지. 혜월 대사님에다가… 아니, 걔들이야 대사님이 누군지 모르겠지만, 여차하면 나서실 테고……. 대사님 빼고도 성질이 개차반인 흑랑이도 있는데 뭘 걱정이유? 걔네 거기서 성깔대로 했다간 흑랑이 검을 엉덩이에 꽂고 도망와야 할 거요, 낄낄낄."

"안다. 그래서 내 적극적으로 만류하지 못한 거지만, 태진이 놈 눈치가 심상치 않아서 말이다. 무슨 미운 털이 박혔기에 사돈 총각한테 이를 가는 건지……."

"흠……."

상혁이 거친 턱수염과 꽃병에 맞아 붉어진 이마를 한 번씩 쓰다듬으며 중얼거렸다.

"그러니까 애를 잡아도 적당히 잡아야지, 개처럼 잡아냈으니 그 소갈머리에 이를 박박 가는 거 아뇨?"

던질 게 없어 허공을 휘젓는 장무성의 노성과 함께 간단한 회의는 끝이 났다.

*　　　　*　　　　*

밤이었다.

달이 떠 있고, 수많은 별과 달빛에 비친 회색 구름이 너른 하늘 가득 떠 있었다.

그 아래에 한 소녀가 그런 하늘을 바라보며 너른 연무장에 누워 있었다. 지쳐서 누워 있는 것도 아니고, 그저 누워서 홀로 중얼거리고 있었다. 가슴께에 모아져 있는 그녀의 손에는 작은 노리개 하나가 소중히 들려 있었다.

"정말 오래간만에 사부님이 돌아오셨어요. 정말 기뻐요. 뵌 지 오래됐거든요. 하지만 언제 또 떠나실지 알 수 없어요. 전 혼자가 아니라고 말씀하시지만, 대부분 전 혼자거든요. 여기서 나갈 수도 없구요. 하지만 괜찮아요. 언젠간 그 사람이 오겠지요. 그러면 저도 다른 곳의 하늘을 바라볼 수 있을 거예요. 그럴 수 있을까요? 궁금한 게 있어요. 다른 곳에서 바라본 하늘은 당신과 다를까요? 그게 늘 궁금해요. 언제나 궁금해요. 사부님에게 물어봐도, 오빠들에게 물어봐도 대답해 주지 않아요. 그리고 지금은 물어볼 사람들도 없어요."

소녀는 하늘과 거기에 떠 있는 달과 대화라도 하듯 계속 중얼거리다 잠시 말을 멈추고 자신에게 쏟아지는 달빛을 향해 손을 휘저었다. 그 가느다란 빛의 선을 어루만지는 듯한 모습이었다.

"할 수 있을까요……?"

무엇을 할 수 있느냐는 것은 얘기하지 않았지만, 소녀의 목소리에는 여러 감정이 담겨 있었다. 낮은 바람 소리, 젖은 달빛이 퍼 올리는 구름 속에 그녀의 맑은 목소리가 조용히 스며들고 있었다.

스스슷—

그런 그녀의 이목에 누군가가 안으로 들어서는 것이 느껴졌으나 소녀는 미동도 하지 않았다.

'오빠들이네…….'

오히려 그 익숙한 느낌에 배시시 미소 지으며 속으로나마 그들을 반겼다.

정정운에게 '노야'라고 불리웠으며, 바깥에서 달과 이야기를 나누던 소녀에게 '사부'라고 불리운 청수한 복장의 노인은 의자에 앉아 반개한 채 얕은 명상에 잠겨 있었다.

그는 잠시 눈을 뜨고 창을 타고 들어오는 달빛을 바라보며 중얼거렸다.

"들어오거라……."

소리도 없이 삼비영(三秘影)이 그 앞에 나타나 부복했다.

"노야를 뵙습니다."

그의 예가 끝나고 어느 정도 시간이 흘렀을까, 묵묵히 명상에 빠져 있던 노인은 천천히 눈을 뜬 뒤 삼비영을 돌아보았다.

"무슨 일이더냐, 예까지……."

그 질문에 삼비영은 심호흡을 몇 번 한 뒤에야 대답할 수 있었다.

"장무성 암습은 실패했습니다."

실패라는 말에 노인의 눈가가 꿈틀거렸다.

"일비영이 저를 보내며 당부하기를, 그 때문에 적의 추적을 따돌리기 힘들 듯하니 노야께 방법을 들으라 하셨습니다."

잠시 침묵을 지키던 노인은 고개를 갸웃거리다 무겁게 입을 열었다.

"우선 왜 실패했는지를 들어야겠구나. 삼(三)아, 그 부분을 자세히 설명해 보거라."

노인이 다소 이해할 수 없다는 어투로 그렇지 말하자, 삼비영은 머리를 숙인 채 실패 상황을 자세히 보고하기 시작했다.

"잠입 자체에는 아무 어려움이 없었고, 장무성의 위치 파악도 쉽게 가능했습니다. 하지만 정보에 없던 고수들이 장무성을 호위하고 있었고, 습격이 일어나자 그 즉시 외부에서도 고수들이 지원에 들어왔습니다."

"허허, 정체 모를 고수들이라……. 수준은?"

삼비영이 송구하다는 듯 답했다.

"속하가 생각키로, 우선 일문(一門)의 장로 급 이상 되는 자가 한 명 있었습니다. 오른쪽 팔이 없고 낡은 승복을 걸친 노승이었는데, 한 번 장력을 날리면 비영 세 명이 연수하고도 튕겨 나갈 정도로 고강한 내력을 지니고 있었습니다. 그리고 일대제자 이상으로 짐작되는 고수가 두 명이었습니다. 수염을 기르고 길길이 날뛰던 자는 공동의 복마검을 사용했고, 흑의를 입은 젊은이가 쾌검을 사용하여 펼친 검법은 알아볼 수가 없었습니다. 살기가 대단한 검법이었다는 것만 인상에 남을 뿐입니다. 그리고 뒤늦게 장무성의 아들이 합류했습니다. 무당의 검을 사용했고, 검을 자세히 보지 못했기에 알 수 없지만, 그 역시 이대제자 수준은 훌쩍 넘어서는 것 같았습니다."

"흐음……."

노인은 삼비영이 했던 보고 내용 중 노승, 복마검, 쾌검이라는 말을 한 번 중얼거린 뒤 말을 이었다.

"그래, 금제까지 풀었어도 안 되더냐?"

삼비영이 고개를 끄덕였다.

"그렇습니다, 대야. 최초의 암습 실패 뒤 곧바로 금제를 풀고 지도해 주신 창궁대팔식을 사용했습니다만… 역부족이었습니다. 간신히 몸을 빼는 정도가 고작이었습니다."

창궁대팔식까지 사용하고도 적들을 제압하지 못했다. 노인은 창궁대팔식이 노출되었다는 것에 대해 잠시 생각해 보았다.

'어차피 상관없는 일이지…….'

그의 계획과 크게 어긋나지도 않는 소소한 일일뿐이다. 노인은 부복하고 있는 삼비영에게 가까이 다가가 그 어깨를 두드려 주었다.

"일어나거라. 운이 없었을 뿐이니……. 허허, 내 그걸 미리 알았다면 어찌 너희들에게 그런 명을 했을까. 정운이 놈 말대로 의인을 치려던 업을 받은 것 같구나. 어찌 되었든 정운이 놈이 곤궁에 처했을 테니 빨리 움직여야겠구나……."

실제로 그랬다.

'조금 더 손속을 잔혹하게 해야 했을까. 하지만 그 정도도 쉽지 않은 결단이었거늘…….'

노인은 한숨을 내쉬었다.

어쨌거나 운이 없는 것은 운이 없는 것이고, 여러 가지 이유로 감행한 암습이 보기 좋게 어긋났으니 일단 대응 방법을 찾아내는 일이 급했다.

"저, 노야, 드릴 말씀이 더 있습니다만……."

생각에 잠겨 있던 노인은 삼비영이 자신을 조심스레 부르는 말을 들으며 잡상에서 깨어났다.

"음? 무엇이더냐?"

삼비영은 잠시 망설이다 힘들게 얘기를 꺼냈다.

"작전 도중 팔비영이 그만……."

"……."

삼비영은 거기까지만 말하고 고개를 떨궜으나, 그 뒤에 따라올 말이 무엇인지는 뻔했다. 노인은 고개를 떨군 채 무릎을 꿇고 있는 삼비영의 모습을 말없이 지켜만 보다가 다시 한 번 한숨을 내쉬었다.

"후우……."

팔비영의 죽음.

이것은 노인에게도 정녕 충격이었다.

임무에 실패했다 들었어도, 그가 가르친 십이비영의 수준이라면 적어도 언제 어디서든 그 한 몸 빼내는 데 어려움이 없으리라 생각했는데…….

"네가…… 지켜보는 앞에서 갔더냐?"

"아닙니다. 팔비영은…… 예비조로 밖에서 대기하던 도중 우리를 지원하러 오다가 화를 당했습니다."

"……."

"세 명이 예비조로 남아 있었는데, 안에서 일어난 소란이 심상치 않아 지원하러 안으로 들어섰답니다. 그때 사천당문의 고수라고 짐작되는 젊은 여인이 뒤에 따라붙었고, 얼핏 그 수준이 보잘것없어 보여 팔비영이 홀로 막아섰다 했습니다."

"사천당문이라고 확신하는 이유가 있더냐?"

"팔비영의 등에 사천당문의 독질려가 꽂혀 있었습니다."

"등에?"

"소인도 그 점이 이상킨 합니다만……. 아무튼 약속된 접선 장소에 도착했을 때 팔비영은 등에 독질려를 맞은 채로 위중한 상태였습니다. 어떻게 된 일인지는 알 수 없었습니다."

"사천당문이라……."

노인은 조용히 그의 말을 곱씹어보다 의자에서 일어섰다.

사천당문은 암기와 독을 주무기로 하는 특성상, 비밀을 지키기 위해 시집을 보내야 하는 여성들에게는 가전 무공을 제대로 전수시키지 않았다.

예외라면 데릴사위를 들인 뒤 그제야 가전 무공을 전수받기 시작한 중년 부인들이나, 당씨 가문에 시집을 온 타 문파의 여고수들뿐이었다.

잠시 여러 가지 생각을 정리하던 노인은 눈앞에서 고개를 숙이고 있는 삼비영에게 말을 걸었다.

"혹시나 해서 묻는다만, 팔비영 외에 다른 아이들은 무사하더냐?"

"오비영과 육비영이…… 작은 부상을 입긴 했습니다."

노인은 그 말을 듣자 짙은 한숨을 내쉬었다.

"크게 다쳤다는 말이로구나."

"……."

"되었다. 가서 쉬거라."

"노야, 일이 틀어진 이상 지금쯤 정 대인과 나머지 형제들이 어떤 일을 당하고 있을지 걱정이 되옵니다. 일비영은 필히 그리되리라, 그리 말했습니다."

"손을 쓰겠다. 그래, 일비영이 너 혼자 보내진 않았겠지?"

"십이비영을 저와 같이 보냈습니다."

"그렇구나……. 일이 이리 된 이상 너희가 바삐 움직여야겠다. 나도 나가봐야겠구나. 허허허, 말년이 심심치 않음이야."

"송구스럽습니다."

삼비영이 밖으로 나서자 잠시 달을 바라보던 노인은 서랍을 열더니 그 안에서 책 두 권과 단검 하나, 그리고 지도 하나를 꺼내 책상 위에 올려놓았다.

책은 모두 낡디낡은 고서였고, 그 제목은 각각 월광심공(月光心功), 창천팔식(蒼天八式)이라 쓰여 있었다.

지도 역시 아주 오래된 양피지로 보였고, 단검은 날과 손잡이에서 모두 은은한 혈광이 배어 나오고 있었다.

이 중 월광심공과 장보도는 노인이 제작한 가짜였으나, 창천팔식과 단검은 모두 진품이었다.

창천팔식.

이것이 바로 남궁세가에서 창궁대팔식으로 불리우는 무공의 진본 비급이었고, 혈광이 감도는 보도는 십만마교의 신물인 성화비(聖火匕)였다.

"월광심공, 창천팔식, 장보도, 성화비……. 모두 내년쯤에야 써먹을 생각이었는데……. 허허, 조금 급히 써먹게 되었군."

그는 가볍게 한숨을 내쉬었다.

"오래간만에 진경이와 같이 있어주려 했거늘……."

측은한 눈으로 창밖, 소녀가 있는 쪽을 바라보던 노인은 생각을 가다듬고 빈 종이 하나를 꺼내 수하들에게 해야 할 일을 세세히 적기 시작했다.

*   *   *

손쉽게 끝날 것 같은 마지막 후보의 확인은 조금 지연되고 있었다. 더구나 자연스러운 방법으로 후보들을 확인하던 것과는 사뭇 다른 방법을 사용해야 될 듯했고, 거기에는 이유가 있었다.

다소 수상한 점이 많긴 했지만 다른 곳에서 했던 것과 마찬가지로 대략 후보자의 생활 습관을 알아낸 뒤 자연스레 오유란에게 확인을 마치게 한다, 이것이 첫날 모두의 생각이었다.

그러나 다소 따분해하는 오유란에게 무현종이 직접 비전인 상(像)을 유추하는 법에 대한 고급 이론을 가르치고, 주변의 정보와 정마련에서 보내온 유수운에 대한 추가 정보를 살핀 지 벌써 나흘째였다.

예정대로라면 추가 정보는 둘째 치고, 오유란이 벌써 확인 과정을 마쳤어야 할 때였다. 그러나 그 기본 구상이 크나큰 장애에 가로막혀 있었다.

"아예 운신을 못할 정도라니……."

그랬다.

첫날 무현종이 예측한 대로 유수운에게 벌어진 사단은 부상이었으나, 그 부상의 정도가 운신하기 힘들 정도라는 점이 예상 밖이었다.

거동조차 힘든 부상이어서 집 밖으로 나올 수 없다 하니 오유란이 후보자를 확인할 수가 없는 것이다.

이 점은 소문뿐 아니라 정마련에서 보내온 서신에서도 확인할 수 있었다.

이곳에 도착한 첫날 밤, 유수운이 청혈교 습격 사건 당시 현장에 있지 않았을까 하는 추측을 했던 무현종이 정마련으로 전서구를 날렸던 것이다.

정마련에서는 유수운의 부상 정도와 자세한 내용을 기록하여 무현종에게 전했었다. 그는 지금도 자신이 들고 있는 서신을 힐끗 바라보았다.

간략하게만 쓰여 있었지만 무현종이 확인하고자 했던 내용들은 모두 들어 있었다.

소속 직위—유성표국, 쟁자수.

부상 정도—당시 생명 위독. 괴의가 손을 써서 간신히 연명. 왼쪽 어깨, 오른손, 넓적 다리 모두 불구가 될 가능성이 있는 깊은 상처를 입었음. 괴의의 처치가 있었으나 정상 생활에 대한 장담은 하지 못함.

질문에 대한 응답—유탄곡 혈사에서 사망한 청혈교인 모두에게서는 월광사신의 흔적이 발견된 일이 없음.

특이 사항…….

"어떻게 하는 것이 좋겠습니까?"

고권중은 누구에게랄 것 없이 그렇게 물었고, 질문을 들은 오유란과 무현종은 어깨를 으쓱거렸다.

"거동조차 하기 힘든 부상이라면 달리 방법이 없지 않겠습니까? 오 소저가 확인해야 끝나는 일인데, 아예 집 밖으로 벗어나질 않는다니."

"허허, 참. 난처하게 되었군요. 이대로 그가 몸을 일으키기만 기다리고 있을 수도 없고."

"그럴 수야 없지요. 기일이 정해지지는 않았으나 시급한 일 아닙니까?"

"으음, 어쩔 수 없는 상황이니까 그냥 밤에 숨어 들어가서 확인하면 되지 않을까요?"

미간을 찌푸리던 오유란이 가볍게 '월담'을 입에 올리자 무현종은 조용히 고개를 내저었다.

"역시 안 될까요?"

"허허, 그렇지요. 안 될 말입니다. 우리가 왜 이리 조용히 움직인다고 생각하시는 겁니까, 오 소저?"

그 말에 오유란은 역시나 하는 표정을 지으며 고개를 끄덕였다.

너무 한가해서 가끔 잊곤 했지만, 자신들은 월광사신 후계자의 뒤를 캐고 있는 것이다.

"섣불리 월담 같은 것을 했다가 유수운이 월광사신의 후계자가 맞다고 하면, 돌이킬 수 없는 일이 벌어질지도 모르지 않습니까? 그런 일을 벌여놓고도 지난 세월 조용히 있었던 이유는 모르지만, 우리가 군이 그를 자극할 필요는 없겠죠."

오유란 역시 그들이 하는 말이 일리가 있다는 듯 고개를 끄덕였지만 그녀도 할 말은 있었다.

"저… 그런데요. 그 유수운이라는 사람, 쟁자수였다면서요?"

"……."

"아니, 저… 쟁자수를 무시하는 게 아니라……. 그래도 그 정도 인물이 왜 군이 쟁자수를 하려고 했을까 싶어서……."

그 말에 신중을 기해야 한다며 한껏 몸을 사리고 있는 무현종과 고권중도 조금쯤 얼굴이 바뀔 정도였다.

천하의 장무성을 인척으로 두고도 그가 유성표국에서 했던 일은 쟁자수.

아무리 정체를 숨기려고 해도 무공이란 주머니 속의 송곳과 같은 것이다. 표사 정도라면 모를까, 월광사신의 후인쯤 되는 자가 쟁자수 생활을 택했을 리가 없다.

표사라면 몸을 은둔한 채 어느 정도 유유자적한 생활을 할 수 있을 테지만, 쟁자수라면 고된 노동만이 기다리고 있을 뿐이었으니까.

"쟁자수가 된 것 때문에 그 유수운이란 사람의 아버지가 한동안 길길이 날뛰었다면서요? 어차피 잡일을 할 거면 집안일이나 도울 것이지, 쓸데없이 사돈댁에 가서 체면을 구기고 있다고. 무 대협이 직접 수집한 소문이잖아요."

"음……."

"흐음……."

"더구나 그 유수운이라는 사람, 불구가 될 정도로 심한 부상을 입었다면서요? 그 사람이 그, 후계자라면 말이 된다고 생각하세요?"

'월광사신'이라는 단어는 살짝 빼고 던진 질문이지만, 그것을 못 알아들을 사람은 아무도 없었다.

"그건……."

그 말에는 무현종도 입맛을 다실 수밖에 없었다.

생명이 위독하고 불구가 될 정도의 상처를 입었다면, 아무리 긍정적으로 본다 해도 그가 월광사신의 후예라 생각하기에는 무리가 있었다.

마왕 혈성곤 도유천이, 그리고 추혈대가 현장에 있기는 했어도 월광사신의 후예에게 그만한 부상을 입힐 수 있을 거라고는 생각할 수 없었다.

월광사신은 당년에 무신이라 불려도 무방할 괴물들의 연수합격을 받고도 역으로 그 무신들을 일거에 도륙해 버린 인물이었다. 아무리 그 후인으로, 아직 월광사신의 무공을 대성하지 못했다 가정해도 고작(?) 도유천 따위에게 목숨이 위험할 정도의 상해를 입을 리 없다는 건 당연한 상상이었다.

더구나 자신도 유탄곡 근처의 싸움터를 발자국 하나까지 샅샅이 조사해 봤었다. 그 흔적들은 압도적인 무위를 가진 자가 주변을 정리한 것이 아니라 치열한 격전을 벌였던 흔적이다.

그저 소문뿐이라면 혹시 눈속임이 아닐까 의심이라도 해보겠지만, 이 정보는 그의 치료를 담당했던 정마련에서 직접 보내준 것인데다 수운을 치료했던 이는 명성이 자자한 괴의라고 했다.

그것도 정마련 한복판에서 직접 치료했기 때문에 눈속임이 아닐까 하는 의심은, 말 그대로 씨알도 먹히지 않을 짓이었다.

혹시나 해서 당시 사망자 중 월광사신의 독특한 무공 흔적이 발견된 시신이 있지 않나 하는 질문에 대해서는 그 당시 사망자들은 자상과 강맹한 권장, 내가중수법 등이 사인이라는 명확한 답변이 돌아왔다.

"으음……."

사실 오유란이 던진 말은 무현종도 생각하고 있던 것들이었다.

"오 소저의 말에도 일리가 있소."

"그렇죠?"

"하지만 다른 정황들도 같이 고려해야 합니다, 오 소저. 유수운은 십 년간 누구의 눈에도 띄지 않고 은거해 있었고, 그가 돌아오던 기간과 탁살장 마우가 격살당했던 기간이 일치하며, 그 스승 된 자의 정체 역시 아무도 알지 못한다는 점을 생각해야 합니다. 비록 그가 쟁자수였고 생사를 장담할 수 없는 부상을 입었으나, 오히려 역으로 그가 있던 자리에서 도유천과 추혈대가 몰살당했다는 것도 생각해 봐야 할 일입니다."

"……."

틀린 말이 아니었으므로 그녀는 고개를 끄덕였다. 그러나 막상 그런 말을 하고 있는 무현종 자신의 내심은 결코 좋지가 않았다.

실패.

사실 그로서도 내심 그렇지 않을까 생각하고 있었기 때문이다.

'부끄러움은 없다.'

최선을 다했기에 추적을 실패한 데 따른 부끄러움이나 수치감은 없었다.

'내가 못했으면 다른 누구도 할 수 없는 일이지.'

그에게는 그런 자신감이 있었고, 이 일을 맡긴 정마련주 인의폭렬도 장명도 그렇게 생각했기에 무현종에게 모든 것을 위임한 것이다.

그러나 이제 이후성이 맡은 후보들도 대부분 확인이 끝났고, 마지막 후보를 확인하러 가는 도중에 잠시 이쪽으로 들르겠다는 연통이 왔다.

대부분의 후보가 확인이 끝난 상황이지만, 아직 후인을 골라내지 못했으니 말은 않고 있었으나 내심 씁쓸했다.

"쉽게 생각할 일이 아니오, 오 소저. 우리는 언제나 천에 하나, 만에 하나를 생각해야 하고……."

"네, 알고 있어요. 저는 그냥, 답답해서……."

사람들은 잠시 침묵에 빠져들었다.

밖으로 거동하지 않는 유수운을 자연스레 만날 수 있는 방법, 단지 그가 거동하기를 기다리는 것 외에 어떤 방법이 있을까?

"아!"

생각에 잠겨 있던 무현종은 떠오르는 것이 있었다. 최근 전해들은 유수운 가족의 새로운 화젯거리를 떠올린 것이다.

'그 방법이라면…….'

"어쩌면, 아주 자연스레 오 소저와 유수운을 대면시킬 수 있을지 모르겠습니다. 아니, 확실히 될 것 같군요."

갑자기 뭔가 떠올린 듯한 환한 표정으로 좌중을 돌아보는 무현종이었다.

"네?"

"그런 방법이 있소이까, 무 대협?"

눈을 동그랗게 뜬 오유란과 흥미가 동한다는 표정이 된 고권중의 질문에 무현종은 머뭇거림없이 고개를 끄덕였다.

"충분히 가능하다고 생각됩니다. 오 소저가 조금 분장을 하고, 연기만 조금 하면……."

"무슨 연기요?"

눈을 동그랗게 뜬 오유란이 그리 묻자 그는 헛기침을 한 번 한 뒤 정황 설명을 하기 시작했다.

"최근 소문을 들어본 즉, 유씨 집안에선 총각 귀신이라도 면하게 할 모양인지 유수운이란 청년의 혼사를 서두르고 있다는군요. 하지만 벌써 몸이 정상이 아니라는 소문이 퍼진지라 쉽게 처자들을 찾지 못하고 있다 합니다. 유씨 쪽에선 아니라고 금방 나을 거라 우기고 있다지만, 보고서를 봐도 그렇고 소문을 들어도 그렇고……. 아마 불구가 될 아들이 가여워 평생 수발을 들어줄 처자를 급히 구한다는 얘기가 돌고 있습니다. 매파들도 손을 휘휘 내젓고 있는 실정이지요."

"…그런데요?"

"예, 그러하니 오 소저가 유수운이란 청년과 정분이 나 있다가 그 청년이 떠나자 찾아왔다고 하는 겁니다. '사모하는 님을 잊지 못해 만 리 길을 마다 않고 예까지 찾아왔습니다', 그렇게 우기면 유수운이란 청년이 병중이건 혼수 상태건 간에 자연스레 그를 대면할 수 있……."

거기까지 말하던 무현종은 발갛게 달아오른 오유란의 시선을 받고 말을 멈추었다.

"…왜 그러시오, 오 소저?"

"저보고 꽃단장하고 그 집 가서 제가 댁의 아드님에게 한눈에 반해 가문을 버리고 도망 나온 바보입니다, 그렇게 말하라고요?"

"아니, 뭐, 그렇게까지 말하라는 게 아니라 상황이……."

"싫어요."

"오 소저, 이것이 가장 합리적인……."

"안 해요."

"그래도……."

"문파의 명예와 제 청명과 자존심을 걸고 안 해요."

"그저 잠시 잠깐 대면하는 것이고, 가장 손쉬운 방법이 아니겠소이까?"

조금은 궁색한 표정을 지으며 무현종이 오유란을 설득하려 했지만 그녀는 난색을 표했다.

"소저, 듣자하니 현 상황에선 그 방법이 가장 안전한 방법인 듯합니다만……."

"아니에요. 생각해 보시라구요. 만나서 확인이 끝난 다음에 뭐라고 그럴 거예요?"

"그야 사람을 잘못 봤다고 하면 되지 않습니까?"

"사모하는 님을 잊지 못해 만 리 길을 마다 않고 여기까지 찾아온 여자가, 남자를 보자마자 '어머, 실수!' 그러고 나오라고요?"

얼굴이 발갛게 달아오른 오유란이 그리 묻자 무현종은 그게 뭐 대수로운 일이냐는 듯 고개를 끄덕였다.

"그렇지요."

"못해요."

"이게 하고 싶어 하고, 안 하고 싶어 안 할 일은 아니지 않소이까, 오소저?"

"하지만 지금 그 유수운이라는 사람이 만에 하나 그의 후인이 아닐까 싶어 이렇게 편법을 사용하는 거 아니에요? 거기에 처음 보는 여자가 갑자기 약혼녀라고 나타난 다음, '보니까 아니네요' 그러고 가버리면, 그게 더 위험한 일일 거 같은데요?"

오유란으로서는 하기 싫은 일이라 적당히 둘러대는 것이겠지만, 그도 그럴 법한 일이라 무현종과 고권중은 답이 궁할 수밖에 없었다.

이렇듯 오유란의 의지는 꽤 확고했지만 '어차피 두 번 다시 볼 사이도 아니니 상관없지 않느냐'라는 무현종의 의견과 '무인은 수치를 두려워하지 않는다'는 다소 뜬금없는 고권중의 권유가 계속되자, 결국 수긍할 수밖에 없었다.

오유란이 마지못해 승낙을 하자 무현종은 그 즉시 점소이에게 은자를 주고 몇 가지 물품을 구해올 것을 명했다.

채 일각도 되기 전에 점소이는 그가 부탁한 물건들을 가져왔고, 그 '물건'들을 바라본 오유란의 표정이 묘하게 변했다.

"그거… 뭔가요, 무 대협?"

"그야 당연히, 작업복입니다."

그가 꺼내 든 것은 화사한 비단옷과 몇 가지 장신구였다.

"그런 게 왜 필요하죠?"

"왜 필요하다니요? 멀리 떨어진 님을 만나러 온 길에 이 정도 옷은 당연한 거 아니겠습니까, 오 소저."

"아니……."

"자, 일단 입어보십시오. 옷이 맞는지도 확인해야 하고, 몇 가지 훈련도 해야 하니까."

그녀가 뭐라 말하기도 전에 무현종은 오유란에게 옷을 들려준 뒤 호위들과 함께 밖으로 나가 버렸다.

"훈련? 무슨 훈련?"

오유란은 뭔가 당한 것 같은 기분이 들긴 했으나, 어쩔 수 없이 옷을 입을 수밖에 없었다.

그리고 훈련이 시작되었다.

"허허, 이리 아리따운 자태를 하시고 어찌 찌푸린 얼굴을 하십니까, 오 소저. 자, 얼굴 펴시지요."

능라(綾羅) 옷으로 몸을 감싼 오유란은 자신을 보며 비척비척 웃고 있는 무현종을 바라보며 얼굴을 찌푸렸다.

"어째 무척 좋아하시는 거 같네요, 무 대협."

어느 틈인지 전형적인 하인 복장을 하고 나타난 무현종은 그 말에 손을 설레설레 흔들었다.

"어허, 무 대협이라니요. 아복이라고 부르시지요. 전 아씨 마님을 뫼시는 충직한 하인, 아가씨는 사랑에 빠진 대갓집 규수. 이렇게 평상시에도 제대로 불러야 실전에서도 들통이 나지 않습니다, 오 소저."

"계속 오 소저라고 부르는 무 대협은 뭔데요?"

"저야 이 바닥에서 굴러먹은 지 두서너 성상이 지났으니, 실전에 들어가면 실수가 있을 수 없으니 이리 하는 것이지요. 오 소저는 그게 아니지 않습니까. 자, 아복이라고 불러보시지요."

"…아, 아복."

"좀 더 자연스럽게, 좀 더 부드럽게 하대해 보시지요."

이런 일에는 좀처럼 익숙해지지 않는 오유란은 이를 악물고는 다시 한 번 무현종을 향해 입을 열었다.

"아… 복, 수운… 공… 공자의 일은… 아무 탈이 없겠… 느냐?"

"물론입니다, 아가씨."

무현종은 웃음을 감추지 않은 채 그렇게 대꾸한 뒤 손가락을 펼쳐 절레절레 흔들었다.

"아직도 너무 어색합니다, 오 소저. 허허, 분명 정마련 감사대에서 잠입, 가장에 대한 훈련도 받으셨을 분이 어찌 이리 어색하십니까?"

"감사대가 무슨 특감대인 줄 아세요? 우리는 새로 부기, 회계에 대해서는 기초적인 교육을 받았어도 그런 교육은 받은 일이 없어요."

"그렇습니까? 아무튼 자, 다시 한 번 해보지요. 사모하는 공자님을 잊을 수 없어 만 리 길을 마다 않고 예까지 찾아왔습니다."

"…꼭 그렇게 말해야 되나요?"

"꼭 그렇게 말해야 됩니다. 자고로 사랑하는 님을 찾아 가출을 한 여인들은 모두 이렇게 말하는 법이지요."

전혀 그렇지 않았으나, 무현종은 나름대로 오유란을 괴롭히며 좋아하고 있었다.

이제까지 그녀와 동행하며 오유란을 이겨본 일이 있었던가? 한 번도 없었다.

그녀가 이처럼 괴로워하는 모습을 본 일이 있었던가? 그 역시 한 번도 없었다.

그러므로 무현종은 작전의 성공 여부를 떠나, 그저 이 일 자체를 무척이나 즐기고 있었다. 그는 머뭇거리고 있는 오유란을 한 번 더 채근했다.

"자, 어서요."

"하아……."

오유란은 작게 심호흡을 한 뒤 무현종이 일러준 대사를 읊기 시작했다.

"사, 사모하는…… 공자님을…… 잊을 수 없어 만 리 길을 마다 않고 예까지…… 찾아왔습니다."

"거기서 눈물을 한 방울 흘려보세요."

"……."

눈물이라는 고난도 연기까지 요구하는 무현종을 향해 오유란은 상당히 강렬한 눈빛을 날렸다.

"어허, 사랑하는 님을 찾아 만 리 길을 왔는데 어찌 그런 눈빛이 나온단 말입니까, 오 소저? 마치 씻을 수 없는 원한을 풀기 위해 만 리 길을 밟은 것 같지 않소? 자자, 눈물 흘리기는 생각보다 쉽답니다, 오 소저. 진기를 돌려 누혈을 자극하면 눈물이 펑펑 쏟아질 테니, 해보세요. 이래서야 대사를 망칠 수 있으니, 다시 한 번 해봅시다."

오유란은 잔뜩 인상을 구겼으나, 결국 무현종이 시키는 대로 연습을 할 수밖에 없었다.

"자, 다소 미흡하지만 그럭저럭 다듬어졌으니, 내일 날이 밝는 대로 실행에 옮기도록 하지요."

만족한 듯 웃음 지으며 밖으로 나서는 무현종을 보며, 오유란은 무슨 생각을 했는지 눈을 반짝였다. 그리고 비단옷을 벗고, 몰래 야행복을 챙기기 시작했다.

＊　　　　＊　　　　＊

한 번 시작된 혼례 괴담은 전혀 수그러들지 않았다. 죽을 맛으로 저녁 식사를 마친 수운은 아버지의 흉흉한 눈빛을 피해 곧바로 누나인 유수란을 따라나서야 했다.

며칠 전부터 시작된 '유수운 장가 보내기' 운동이 갈수록 그 열기를 더해갔기 때문에, 그나마 가장 소극적인 참가자인 그녀에게서 해결책을 찾기 위해서였다.

그러나 수란은 애걸하는 수운을 거들떠보지도 않았다.

"다아—"

"응, 그래. 엄마 손가락? 여~기."

혜린—후보가 되는 이름은 세 개가 있었으나, 수운은 이미 대세(大勢)는 기울었다 판단하고 있었다—때문이었다.

'얼마 전까지는 그렇게 예뻐해 놓고는······.'

혜린과 장난치느라 자신의 말은 들을 생각도 않는 수란을 보며 그는 속으로 웃었다. 그리고 아주 조금 서운한 감정을 느껴야 했다.

"애는 그만 울리고, 제발 좀 살려주라, 누나. 그날부터 계속 장가가라고 온 집안 식구가 작당해서 덤비고 있잖아."

"어머, 얘는, 그게 뭐 죽을 일이라고 살려달라 말라 그러니? 장가가면 되는 거지. 너도 가서 요렇게 예쁜 딸 하나 낳고 살아봐. 흐응, 혜린이 왜? 재밌어?"

수란은 하소연하는 막내 동생은 거들떠보지도 않고 혜린의 작고 통통한 볼을 손가락으로 살짝살짝 찌르고 있었다.

그것이 어지간히 귀찮았는지, 아기는 몇 번 얼굴을 찡그리다 할 수 있는 최선의 반항으로 울음을 터뜨렸다.

"미안, 미안. 혜린이 그만 울어. 뚝. 엄마가 잘못했어요. 그치? 괜찮지?"

"······."

이미 수운이 했던 말은 근두운에 실려 십만 팔천 리 밖으로 던져진 듯했다. 그는 아기와 함께 자신만의 세계에 빠져 있는 누나를 원망스런 눈초리로 바라보다 조용히 자리에서 일어섰다.

유씨 가문의 권력 서열에서 상층부에 위치하고 있는 유수란의 권력을 빌어 이 위기를 타파하려던 시도는, 새로 급부상하고 있는 신성 장혜린에 의해 시도도 해보기 전에 끝나 버리고 만 것이다.

수운은 아이를 어르며 행복해하던(?) 누나의 모습을 떠올리며 자신도 모르게 실소했다. 그리고 구체적으로 날을 잡으려 일을 꾸미고 계신 부모님의 모습을 떠올리며 다시 웃을 수밖에 없었다.

가족들은 아직도 자신을 병약한 열 살짜리 꼬마로 생각하는 것 같았다. 자신은 성장했으되, 그분들 마음속에선 전혀 자라지 못한 것 같았다.

"아아, 도망가 버릴까……."

입가에 웃음을 달고서도, 그런 식의 위험한 발언을 중얼거리며 수운은 지팡이를 짚으며 천천히 뒤뜰로 향했다. 홀로 수련을 하다 보니, 마치 사부 밑에서 하던 수행이 생각나 절로 흥겨웠다.

'그때는 참 재미있었는데…….'

사부가 시킨 기초 수행을 빼먹고 몰래 잠을 자던 일이나, 읽으라던 경전에 침을 흘리고 자서 경전을 아예 망쳐 버렸던 일 등이 떠오르자 수운은 다시 입가에 웃음을 흘렸다.

뒷마당에 도착한 수운은 지팡이를 내려놓고 자세를 잡았다.

'순서대로 하자. 우선은 칠상도인…….'

막 기수식을 시작하려던 수운은 문득 뒷마당에 앉아 있는 희미한 그림자를 보고 움찔했다.

분명히 사람이었고, 더구나 손에는 검으로 추정되는 기다란 무기가 달빛을 은은히 반사하고 있었다. 더구나 그 몸에서는 살기라고 불러도 될 차가운 기운이 내뿜어지고 있었다.

겨우 며칠 전 장무성의 집에서 격투를 벌인 기억이 생생한 그는 잔뜩 긴장한 채로 그림자를 주시했다.

여차하면 가족을 지키기 위해서라도 멸명마공을 사용할 생각이었다. 수운이 굳은 목소리로 괴인영을 향해 낮게 외쳤다.

"누구요?"

돌아온 괴한의 목소리를 들은 수운은 긴장이 풀리는 것을 느꼈다.

"놀라게 했나? 미안하군."

그렇게 그다지 미안하지 않은 말투로 수운에게 사과하는 사람은 분명히 혈랑검 전욱이었다.

"아, 전 소협이셨군요."

수운은 놀란 가슴을 쓸어 내리며 전욱에게 다가섰다. 그는 날이 선 검을 가슴 앞에 올린 자세로 지그시 눈을 감고 있었다.

"여기서… 뭘 하고 계시는 건가요?"

"수련."

'언제 봐도 냉정한 사람이야.'

수운은 자세를 흐트러뜨리지 않고 짧게 끊어 말하는 전욱을 보며 그렇게 생각했다.

"아, 그렇군요."

그것 말고는 그다지 할 말이 없었다.

그렇지만 묵묵히 앉아 있는 전욱을 바라보던 수운은 뒤늦게 자신이 그의 수련을 방해하고 있다는 것을 깨닫고 머리를 숙였다.

"아, 죄송합니다. 수련하는 데 방해할 생각은 없었어요."

전욱은 살짝 눈을 뜬 뒤 수운을 바라보았다.

"여긴 자네 집이네. 그리고 내가 알기로 여기는 자네가 몸을 가다듬는 곳이지."

그의 말대로였다.

적어도 수운이 미안해할 이유는 전혀 없었으나, 어쩐지 전우의 기세에 눌려 그런 마음이 들었던 것이다.

"아……."

수운은 머쓱해져서 입을 다물었다. 어색했다. 야밤에 칼을 들고 냉기를 풀풀 날리는 사내를 앞에 두게 되었으니 어색할 만도 했다.

"적어도 자네는 형처럼 술을 들고 오지는 않았잖은가."

"……."

그 말에 수운은 술 먹고 우는 전우의 모습을 떠올렸다. 역시 전혀 상상이 가지 않았다.

"저… 혹시… 형님을 피해서 나오신……."

"아니네."

"……."

대답이 너무 즉각적으로 나왔기에 수운은 적어도 절반쯤은 자신의 추측이 맞았다고 생각했다.

이 냉혈무사를 술로 굴복(?)시켜 도주까지 시키다니, 여러 가지 의미로 대단한 형이었다.

"수련을 하러 나온 것 같은데, 하게."

"아, 네……."

그러나 수련을 하겠다고 대답한 수운이 난처한 듯 꾸물거리자 전욱이 작게 한마디를 덧붙였다.

"그 덩어리 수염이 전했다는 무공 때문이라면 신경 쓰지 말아. 그런 것엔 관심도 없고, 난 지금 눈을 감고 있으니까 없는 사람으로 생각하면 되는 거야."

'그야 구결을 모르고, 동작을 본다고 해도⋯⋯.'

사실 상혁이 수운에게 칠상권론을 전할 때 잔뜩 겁을 준 것은 그가 펼치는 동작이 만에 하나 칠상권을 알고 있는 사람의 눈에 뜨일까 걱정이 되어서였지, 그 비전이 유출될까 저어해서가 아니었다.

사실 그 동작만으로도 강건한 신체를 이끄는 데 큰 도움이 되겠지만, 구결을 모르는 이상 칠상권의 오묘한 비전은 누구도 훔쳐 배울 수 없었다.

아무튼 그 말을 듣고 나자 수운은 천천히 뜰 한구석으로 이동해서 조심스레 지팡이를 내려놓았다.

편안한 기분은 아니었다.

전욱은 그의 말대로 기척조차 느껴지지 않을 정도로 묵묵히 앉아만 있었지만, 그 몸에서 풍겨나는 이상한 기도가 있었다.

'으음, 뭐랄까, 말하자면 늑대 같군.'

수운은 전욱이 혈랑을 표방한다는 점에서 유성표국에서 기르던 늑대들을 떠올리고 그렇게 중얼거렸다.

멸명마공을 펼친 이후로는 뒷집 강아지보다도 더 얌전해지긴 했지만, 처음에 푸른 눈으로 그를 바라볼 때 느껴졌던 맹수의 기도가 전욱에게서 풍겼던 것이다.

'저런 사람을 일컬어 검귀(劍鬼)라 부르는 거겠지.'

전욱이 신경에 걸리는 불편함을 털어내기라도 하려는 듯 수운은 몇 번에 걸쳐 심호흡을 한 뒤 천천히 자세를 잡아갔다.

'아무래도 칠상권은 부담이 되니까, 오늘은 그냥 육합권과 나한권만

간단히 수련하고 돌아가자.'

　그렇게 결정한 수운은 곧 혜월에 의해 여기저기 보완이 된 나한권을 펼치기 시작했다.

　투학—

　나한권 연무가 다 끝나자 혜월의 지시로 만련(慢練)과도 흡사한 육합권을 시전했다.

　오랜 세월 그와 함께한 육합권이지만, 아직도 느리게 펼치는 것에 익숙해지지 않아 묘하게 불편했다.

　'같은 권법을 고작 느리게 펼친다고 이리 불편하다니.'

　아직까지 몸에 익지 않는 위화감 때문에 영 마음이 불편한 수운은 자기도 모르게 수신편의 한 구절을 떠올렸다.

　빠르고 느린 것은 모두 착각이니 급하기 때문에 빠른 것이 아니다. 필요할 때 있는 것이 빠름이요, 원치 않을 때 벗어나 있는 것이 곧 느림이니…….

　'으음…….'

　한동안 멍하니 경구에 빠져 그 의미를 깊게 사색하던 수운은 가만히 허공에 손을 뻗었다.

　스읏—

　그의 왼손이 느리게 뻗어 나갔다.

　후웅—

　오른손이 기민하게 움직이며 수많은 선을 만들어내기 시작했다.

수운은 쾌, 변, 환이 하나로 어우러진 선을 허공에 수놓고 있었다.

그것은 육합권이었으되, 이미 육합권이라 부를 수 없는 것이었다. 육합권, 나한권, 칠상권이 절명문의 권장수신편의 묘에 따라 절묘하게 뒤섞이고 있었다.

그가 이전에 무아지경에서 경험했던 칠상육합이 의식의 표면으로 흘러나오고 있는 것이다.

그리고 그런 그의 모습을 바라보고 있는 눈이 있었다.

'아미타불, 저것은…….'

몸을 숨긴 채 전욱의 연공과 수운의 연공 모습을 유심히 지켜보던 혜월은 갑자기 펼쳐지는 수운의 몸놀림에 내심 크게 놀라고 있었다.

'저것이 육합권이라고? 어찌 된 것인가, 저 움직임은?'

그가 이곳에서 몸을 숨기고 있는 것은 수운보다는 전욱 때문이었다. 이제껏 자신이 건네준 화두를 참오하며 방 안에만 틀어박혀 있었지만, 혜월의 눈으로 봤을 때 전욱에게는 많은 문제점이 있었다.

그렇기에 상세가 안정세에 들어간 수운을 잠시 버려두고 전욱의 심기를 안정시키기 위해 여러 가지 대화를 나누며 간접적으로 수련의 틀에 대해 일러주고 있었다.

사실 전욱의 입장에서는 여러 가지로 불만족스러운 나날이었다.

그는 아버지 전소추가 남겨준 비급으로 수련을 했고, 그 비급은 철저히 실용적인 문장으로만 이루어져 있었다.

그렇기에 도무지 혜월이 남기고 가는 말의 실체를 잡을 수 없었다. 뭔가 가슴을 울리기는 하는데, 그것을 어떻게 적용해야 할지 몰랐기 때문이다.

더구나 저녁이 되면 수헌이라는 작자가 술을 들고 찾아와 '안 마시면 졸장부' 라고 화를 돋우며 도발해 왔다. 전욱이 생각하기에, 그가 술을 권하는 솜씨는 가히 천하일품이었다.

놀리고, 화를 돋우고, 칭찬하고, 화를 내고, 시무룩해지고……. 도무지 주는 술을 안 받을 재간이 없었다. 가장 어이없을 때는 진한 살기를 날려 보냈더니 화들짝 놀라며 '아니, 술을 그렇게 무서워하다니!' 라고 비웃음을 날릴 때였다.

그래서 억지로 몇 잔 마시다 보면 기억이 끊기고, 어느새 아침이었다.

즉, 전욱이 생각하기에 자신은 시간이 모자랐다. 그래서 수헌이 찾아오기 전 혜월에게 다시 한 번 자신의 무공에 대해 따져 물었다.

"대사."

"허허, 말씀하십시오, 전 시주."

전욱은 손에 들린 검을 바라보다 조용히 입을 열었다.

"도저히 모르겠습니다, 대사. 대사가 말한 법어가 내 무공에 무슨 영향이 있는지, 아니면 그 말이 내 무공의 잘못된 곳을 고쳐 줄 수 있는지 도무지 알 수 없소. 감조차 잡을 수 없으니, 과연 대사가 내게 일러 주는 그 여러 가지 조언들이 내 무공의 잘못된 곳을 바로잡아 올바른 곳으로 이끌 수 있는지, 과연 그런 효과가 있는 것인지 회의가 듭니다."

모든 것이 의심스러웠다.

과연 이 노승의 말을 믿어도 되는 것일까, 정말 그 속에 상승 무공으로 가는 지름길이 있는 것일까.

혈랑검 특유의 감각 수련법을 수행하며 혜월이 내놓은 두 마디 법문에 몰두했으나, 그 두 마디에서 사소한 어떤 것도 느낄 수가 없었다.

　부처께서는 실로 어떤 경계가 있지 않은 곳에서 *아뇩다라삼먁삼보리*(阿耨多羅三藐三菩提)를 얻었다.
　여래가 얻은 아뇩다라삼먁삼보리 가운데는 실다움도 없고 헛됨도 없다.

　기실 여러 가지 조언을 해주긴 했으나 나머지 말들은 모두 이 두 가지 화두에 대한 풀이에 지나지 않았다.
　과연 초식의 허실이 필요없다는 말일까? 상대를 공격할 때 망설임을 끊으라는 얘기일까?
　전욱은 보다 단순한 가르침을 원했다.
　혈랑검은 애초에 혈투 속에서 만들어진 무공이었다. 초식의 변화무쌍함보다는 빠르기와 힘이 우선이었고, 순간의 틈을 파고들어 상대를 공격함에 있어 무자비했다.
　은유와 깨달음이라는 나긋나긋한 명문정파의 무공과는 태생 자체가 다른 것이다.
　홀로 행하는 수행에 이골이 난 전욱은 도무지 이 두 가지 가르침이 자신의 무공과 무슨 상관이 있는지 알 수가 없었기에, 크게 마음먹고 혜월에게 따지듯 물었던 것이다.
　전욱의 질문을 듣고 잠시 무언가를 생각하던 혜월이 전욱에게 되물었다.
　"효과라는 것은 무엇을 말씀하시는 것이오, 전 시주?"
　"그야, 이 수련을 통해 내 검이 보다 강해질 수 있느냐는 뜻 아니겠습니까, 대사."

"허허허, 그렇구려."

혜월은 젊은 무인을 잠시 바라보다 인자한 미소를 지어 보이며 살짝 자신이 생각하는 바를 그에게 말했다.

"아미타불. 일전에 시주께서 노납에게 물어본 것은 강해지는 방법이 아니라 시주의 무공이 올바른 길로 돌아올 수 있는지, 그것을 알려달라 한 것이 아니었습니까?"

과연 '강함이 아닌 올바른 길'이라는 말에 전욱의 눈살이 찌푸려졌다.

"무공이 올바른 길로 들어서면 당연히 더욱 강해지는 것 아닙니까? 올바름과 강함, 그 둘이 다르다는 말씀입니까?"

"아미타불. 그것은 실로 어려운 화두로군요. 노납 같은 가짜 중은 감히 그 질문에 대답하지 못하겠습니다."

그 말에 전욱의 눈은 더욱 깊이 찡그려졌다.

"대사, 나는 스님들의 빙빙 돌리는 말에는 익숙하지 못합니다. 돌려 말하지 말고 똑바로 말해주시오. 대사가 말해준 법문을 참오해서 내 무공에 반영한다면, 진정 올바로 강해질 수 있소?"

그 말에 혜월은 고개를 가로저었다.

"조급해하지 마십시오, 시주."

"조급해하는 것이 아니라 과연 내가 대사가 일러준 길을 가도 후회가 없을 것인지, 그것을 묻는 것이오. 헛된 길을 좇기엔 내가 갈 길이 너무 머니까."

"허허허, 그렇다면 염려 마시지요. 부처님 말씀에 헛된 것이 있겠습니까?"

대화가 헛돌자 전욱은 화가 난 듯 입술을 굳게 다물었다. 혜월은 어린 후배의 투정이라도 받아들이는 듯한 인자한 미소를 유지하고 있다가, 염주를 하나하나 넘겨가며 전욱을 바라보았다.

"조급해하지 말고, 의심을 품지 말고, 오로지 아뇩다라삼먁삼보리에 마음을 두고 시주의 무공을 돌아보도록 하십시오. 그리고 스스로 느끼는 바가 있다면, 그때 시주의 무공은 원숙해질 것입니다."

후우—

전욱은 한숨을 내쉬며 혜월을 불렀다.

"대사, 대사께서 내리는 가르침은 아무래도 나에게는 맞지 않는 것 같습니다. 아주 약간이라도, 실질적으로 도움이 되는 말을 해주실 수 없으시겠습니까?"

"아미타불. 전 시주의 마음은 굳건한 금강과도 같아서, 이미 노납의 사소한 충고는 헛되이 흩어지고 말 것이니……."

혜월은 끝내 고개를 흔들고는 자리에서 일어섰다. 가르침은 이미 내려졌으니, 그것을 깨닫는 건 온전히 전욱의 몫이라는 듯한 몸짓이었다.

"후우……."

혜월이 그렇게 모습을 감추자 방에 홀로 남은 전욱은 다시 한 번 가볍게 한숨을 내쉬었다.

"과연 나는 길을 잘못 든 것인가? 그렇다면 어디서 잘못된 길을 찾아든 것일까?"

스릉—

가벼운 소리를 내며 검이 뽑혀 나왔고, 그는 방 안에서 묵묵히 검을 쓰다듬으며 명상을 시작했다.

'환경을 조금 바꿔볼까?'

뒷마당을 떠올렸다. 사실 그곳을 떠올린 더 큰 이유는 환경을 바꾼 다기보다, 수헌이 술을 들고 오기 전에 수행을 해야 했기 때문이다.

'나쁘진 않지⋯⋯.'

전욱은 수헌의 넉살 좋은 모습을 떠올리며 자신도 모르게 피식 웃음을 흘렸다가 자신도 모르게 얼굴을 굳혔다.

'웃음⋯⋯. 몇 년 만인지⋯⋯.'

전욱은 멍하니 앉아 있었다.

'살기가 옅어지고 있어. 안 돼, 이래선⋯⋯.'

전욱은 검을 들고 밖으로 나섰다.

전욱이 밖으로 나가는 것을 본 혜월은 자신의 기척을 지운 뒤 전욱을 뒤따라 나섰다.

밖으로 나선 뒤에도 홀로 방에 앉아 흘려내는 거친 살기를 느끼고 내심 걱정이 되었던 탓이다.

'보기 드물게 뛰어난 젊은이거늘⋯⋯. 너무나 원한에 집착해 있으니, 안타까운 일⋯⋯.'

그러나 혜월도 전욱의 심기에 약간의 변화가 있음을 감지하지는 못했다.

그런 혜월의 심사는 아랑곳없이 전욱은 제법 수련하기 좋은 곳을 찾아 집 안을 거닐고 있었다.

사르르―

밤바람을 맞이한 전욱은 왠지 가슴이 탁 트이는 느낌을 받았다. 산 속에선 토굴 속에 한 달이고 두 달이고 틀어박혀 있어도 아무 느낌이 없었건만, 그저 방 안에 며칠 있었다고 바람이 이리 시원하게 느껴진다는 게 신기했다.

'환경이 바뀌니 감각도 바뀌는 것인가.'

이리하여 희미한 달빛 아래에서 그는 아버지가 남긴 혈랑검의 야수 수련법에 따라 모든 감각을 검에 쏟는 수련을 시작했고, 전욱을 걱정하는 혜월은 기척을 감추고 그를 유심히 살피기 시작했다.

그리고 얼마 뒤 수운이 도착했고, 육합권을 펼치는 도중 기묘한 몸놀림을 보이고 있는 것이다.

혜월은 전욱이 밖으로 나서자 나름 걱정이 되어 그를 지켜보다가, 뜻밖에도 수운의 감춰진 모습 중 한 가지를 보게 되자 기꺼운 마음이 들었다.

'저런 것을 보게 될 줄이야. 아미타불…….'

혜월은 속으로 불호를 외우며 이어지는 수운의 육합권을 세심히 살펴보았다.

육합의 틀을 쓰고 있으면서 아무 경력도 없이 펼쳐지는 연무이되, 그 움직임은 가히 일절이라 부를 수 있었다.

'호오…….'

혜월은 흐뭇하게 고개를 끄덕였다.

'열매가 실한 가지로고……. 허허허.'

"하아."

문득 수운은 허공에서 두 손을 마주 친 뒤 중얼거렸다.

'수신편의 내용이 권장편과 연결되다니……. 이 느낌은 대체 뭐야?'

잠시 수신, 권장 두 요결을 중얼거리던 수운은 곧 머리를 흔들고는 자신의 손을 들여다보았다.

'어떻게 된 거야, 이 느낌은?'

나한권이나 육합권은 별로 문제가 되지 않는다고 생각했다.

칠상도인체조는 내기(內氣)를 움직이지 않으면 괜찮다고 생각했었다. 그런데 이 느낌은 대체 무언가?

이전부터 사문의 수신권장편은 가능한 한 떠올리지 않으려고 했건만, 이전부터 가끔 백일몽(白日夢)처럼 한 구절 한 구절 떠올라 자신을 괴롭히고 있었다.

정확히 말하자면, 청혈교와 생사가 불분명할 정도의 사투를 겪고 난 이후부터였다. 그때부터 그는 점차 수신편과 권장편의 모호한 구결들을 자신도 모르는 사이에 하나씩 깨닫고 있었다.

그렇지만 지금처럼은 아니었다.

이것은 유수운에게는 심각한 문제였다.

강해진다는 것은 사문의 가르침에 정면으로 도전하는 셈이어서 기분이 좋을 리 없는 것이다.

'그런데 이건 정말……'

이전까지는 읽어도 무슨 뜻인지 모르겠고, 알아도 어떻게 써먹어야 되는지 모르겠고, 가끔 꿈에서나 이상한 선이 떠오르는 게 전부였다. 그런데 조금 전에는 자신이 권장편의 구결을 궁리하다 권을 펼친 것이다.

"쳇……."

여러 혈전을 거치는 과정에서 알게 모르게 깨닫게 된 권장수신편의 묘용이 어느새 무르익은 과일의 향처럼 무의식의 영역에서 의식의 영역까지 흘러들어 온 것이다.

'육합권이랑 나한권도 수련하면 안 되는 거였나?'

수운은 고민에 빠져들었다.

특히, 지금은 언젠가 흐릿하게 스쳐 보냈던 권장편의 '선(線)'을 자신도 모르는 사이에 좌우의 권장을 이용해 따라 움직인 것이다.

정마련에서 치료를 받을 때 놓쳤던 권장편의 그 환상적인 '선'. 가끔 꿈결에서 목격하곤 했으나 금방 잊곤 했는데, 이번엔 절반쯤 자신의 의지로 그 선을 불러낸 것이다.

방금 수운이 허공에 펼쳤던 오른손과 왼손의 선은 그 파편의 일부분이었다.

다행이라면, 절명문 무공의 정수를 이루고 있는 멸명마공에 대한 이해도나 수준은 그대로 오성에서 머물고 있다는 점이었다.

멸명마공을 머금고 휘둘러지는 자신의 주먹이 얼마나 무서운 것인지 몸으로 체험하게 된 수운은 가급적 이 정도에서 성장을 멈추고 싶었다.

"휴……."

고생도 이런 고생이 없다, 수운은 그렇게 중얼거리며 다른 생각을 떠올리려고 해보았다.

하지만 한 번 떠오른 무공 구결들은 떨치려 하면 할수록 연인의 속삭임처럼 그의 마음을 어지럽히고 있었다. 더구나 기묘한 즐거움이 있었다. 그 순간의 긴장감과 새로운 경지에 들어설 때의 황홀함이 연거푸 떠올라 수운의 마음을 조금씩 자극하기 시작했다.

"에휴……."

권을 멈추고 근처 나무로 다가가 손을 짚은 수운은 눈을 감고 있다가 인상을 쓰며 하늘을 올려다보았다.

억지로 떠올리지 않으려 하자 오히려 권장편과 수신편, 그리고 각종

무결들이 홍수처럼 그의 마음속으로 밀려왔기 때문이다.

"이건 뭐, 안 하겠다는데 왜 자꾸……. 약 올리는 것도 아니고……."

유달리 심난한 밤이었다.

그는 하늘에 떠 있는 달을 바라보았다. 집에 도착하자마자 어머니가 구해온 지팡이를 바라본 수운은 그때 어머니의 성화가 생각나 빙그레 웃었다.

그는 천천히 지팡이를 잡은 뒤 호젓함을 즐기며 지팡이에 몸을 의지한 채 다시 밤하늘을 올려다보았다.

달빛에 검게 빛나는 하늘, 그리고 쥐라도 발견했는지 푸드덕거리며 날아가는 올빼미. 달빛으로 물든 채 유유히 흘러가는 구름, 스쳐 가는 바람들이 좋았다.

권장편과 수신편의 내용들이 밤하늘의 별만큼 반짝이며 그를 비추고 있었다.

'그냥 둬야지. 막으면 더 신경만 쓰이니 이거야 원…….'

그렇게 생각한 수운은 권장수신편의 가결들이 그냥 마음속을 헤집도록 내버려 두었다.

그 방법이 주요한 것인지, 그의 마음은 더할 나위 없이 편해졌다. 심신이 극히 편안하고 안정된 지경에 이르자 권장수신편의 구결들과 함께 수많은 생각들이 튀어나오기 시작했다.

그는 당황하지 않았다.

가끔 참선이 깊어지면 겪어본 일이었기 때문이다.

'그래 봐야 십 년간 서너 번 정도지만…….'

한 번씩 이런 과정을 거치면 이상하게 머리가 맑아지곤 했기에 수운은 크게 걱정하지 않았다. 어쩐지 처량했다. 수운도 주워들은 것은 많기 때문에 이런 청정삼매의 경지가 무인이나 학자들이 그토록 빠져들기 원한다는 것은 알고 있었다.

'나에겐 소용이 없는데 말이지…….'

그야말로 맹인에게 아름다운 그림이 선물로 들어온 격이었다. 그런 생각을 하고 있는 동안에도 머리 속에서는 여전히 무공 구결들이 치열하게 흘러나오고 있었다.

'어?'

갑자기 권장수신편들 사이에 섞여 멸명마공의 내가운기법이 흘러나오기 시작하자, 수운은 그제야 조금 당황하기 시작했다.

'권장편이야 상관없지만, 멸명마공의 수위가 지금보다 높아지면 좀 곤란한데…….'

이 깊은 참오의 순간을 어떻게 깨고 나가야 할까 그런 생각이 들자, 수운은 문득 자신의 처지가 매우 불합리하다는 것을 느껴야 했다.

일반 무인들은 어떻게든 무공 수위를 올리려는 상황에 자신만은 애써 찾아오는 깨달음의 순간들을 깨버릴 생각만 해야 하다니, 우스웠다.

'어차피 쓸 수 없는 무공…….'

수운은 문득 그런 생각이 들었다.

천하제일이라고는 해도 어차피 쓸 수 없는 무공이다. 많은 사람들이 이로 인해 목숨을 잃었고, 많은 사람이 불행해졌다.

부들—

그런 생각을 하자 생전 처음 느끼는 파동이 그의 기혈을 타고 흘러들었다. 오싹하고 가려운 기운, 마치 선 채로 가위에 눌리는 기분이 들었다.

그리고 귓가에 누군가 입을 대고 끈적하게 중얼거리는 소리가 들려왔다.

쓸 수 없는 무공은 허망한 것, 멸명마공에는 한 푼 가치도 없다.

'그럴지도⋯⋯.'

모든 것은, 그 사소하고도 사소한 의심에서 벌어지기 시작했다.

'이 무공은 아무 쓸모도 없는 것이 아닐까?'

'나는 공허한 발버둥을 치고 있는 것이 아닐까?'

'멸명마공은 존재하는 것 자체가 역천(逆天), 소멸하는 것이 올바른 법도가 아닐까?'

'지금이라도 모든 것을 버리고 즐겁게 사는 것이 좋지 않을까?'

'실력을 밝히고 무림을 발아래 꿇리는 것도 좋지 않을까?'

이제까지 마음속에 켜켜이 쌓아두고 있던 의혹과 불만과 욕심이 봇물처럼 터져 나오기 시작했다.

그것은 심마(心魔)였고, 수운이 쌓아놓은 불만과 의심들이었다. 무공을 익히는 자라면 누구나 이런 현상에 대해 경계하는 마음이 있겠지만, 멸명마공의 호심(護心) 능력은 그 어떤 심공보다 뛰어났기에 오히려 심마나 입마경에 대한 경계심이 부족한 상태였다.

그렇기에 어찌 보자면 절명문 역사상 최초로 수운은 무방비 상태로 심마경에 빠져들기 시작했다.

스윽―

그의 눈앞에 불쑥 탁살장 마우의 손에 떠올랐다. 남궁세가의 무인이

떠오른다. 하태진의 경멸 섞인 미소가 떠오른다. 당소류의 머뭇거리는
눈길이 가슴에 박힌다.

　'날 이렇게 대접하지 마!'

　수운은 심마들에게 악을 질렀으나, 심마들이 한 목소리로 수운을 비
웃었다.

　'그것이 너의 마음이다.'

　'내게 이러지 마.'

　'너의 마음을 보여라.'

　마우가 피를 토한다. 남궁세가의 무인들이 피를 흩뿌리며 쓰러진다.
당소류가 자신의 앞에 무릎을 꿇으며 피를 토한다. 하태진과 하혜진의
피를 허공에 흩뿌린다.

　너무도 끔찍한 광경에 수운은 비명을 질렀으나 피 칠을 한 하태진이
비릿한 웃음을 짓고 수운에게 말했다.

　'그것이 너의 마음이다.'

　'이것은…… 아니야.'

　그는 필사적으로 변명했으나 심마들은 비웃음으로 일관했다.

　'네가 익힌 것은 마공이야. 악마의 무공이야.'

　그들이 한 목소리로 말한다.

　'너는 악마야.'

　'마귀.'

　'나락에서 빠져나온 수라.'

　도유천이 혈루(血淚)를 흘리며 그를 가리킨다. 원한이 그 어깨 위로
십만 장을 넘게 뻗어 있었다.

　'이놈! 너 때문에 이리 되었거니와, 네놈이 무엇이기에 인세에 뛰쳐

나와 패악을 저지르는 것이냐!'

도유천의 원한과 그 말이 또다시 유수운의 심맥을 자극했다.

'그렇지 않아!'

"끄윽……"

갑작스레 빠진 황홀경 속에서 수운은 때를 놓치지 않고 튀어나온 심마(心魔)들의 극심한 공격을 받아야 했다.

집이 불타오른다.

어머니와 아버지가 광포한 무인들에게 죽임을 당한다. 그들이 입을 모아 외친다.

'마귀! 유부의 마귀!'

그렇지 않다고 외치며 수운은 외쳤다.

'아니야! 그렇지 않아!'

울면서 사부를 찾았다.

'사부님! 사부님! 도와주세요!'

사부가 그 앞에 모습을 나타냈다. 그 인자한 모습에 수운은 눈물을 흘렸다.

'모두 죽이거라.'

백만 관은 될 듯한 곰이 나타나 눈에서 불덩어리를 흘리며 사부에게 덤벼든다.

'모두 죽여라.'

웃는 사부의 손짓 한 번에 곰이 터져 버리고, 하늘과 땅이 모두 피로 물들었다.

그리고 사부는 자신들을 향해 손가락질하고 있는 사람들에게 걸어갔다.

형인 유수헌의 앞으로 걸어간 사부가 손을 치켜든다.

'안 돼요, 사부!'

'모두 죽여라.'

유수헌의 몸이 터져 나간다.

'안 돼!'

수운이 울부짖었다.

진현우가 그를 돌아보았다. 어느새 사부의 얼굴은 사이하고 괴상한 마귀의 형상으로 바뀌어 있었다.

그가 말한다.

'마음가는 대로 행한다. 참을 필요가 무엇이더냐. 행하라.'

진현우의 모습을 한 마귀가 조카 혜린을 들어 그 목을 깨문다.

까드득─

여린 뼈가 으스러지는 소리가 수운을 소름 돋게 만들었다.

사람들이 그 모습을 보며 손가락질을 한다.

'보라, 너희가 마귀다!'

'유수운, 마귀의 제자.'

'나락의 힘을 빌어 사람을 해치는 악귀들……'

"끅……"

수운의 안색이 점점 창백해졌고, 입가로 짙은 선혈이 배어 나오기 시작했다.

매우 위험한 상황이었다.

그간 마음속에 켜켜이 쌓여 있던 모든 의혹과 충격, 의심이 가장 편안한 가운데 무방비 상태인 수운의 정신을 뒤흔들고 있는 것이었다.

혜월이 수운의 이런 상태를 목격했다면 즉시 그의 혈을 짚어 심마에서 구해냈겠지만, 수운은 혜월에게 뒷모습만 보인 채 달을 바라보는 자세 그대로였다.

혜월은 수운이 새로운 경지에 도달해 그것을 음미하고 있는 것으로 생각하고 있었고, 실제로 수유 전까지 그것이 사실이었기에 혜월이 수운의 상태를 알아보지 못한 것도 무리가 아니었다.

그는 그저 수운이 대견한 듯 그의 청정삼매를 방해하지 않고 조용히 바라만 보고 있었다.

수운이 이런 상태에 빠진 것은 순간적으로 찾아온 미망 속의 평안함 때문이기도 하고, 그의 몸속에 쌓여 있는 절명기와 탁기의 작용 덕분이기도 했다.

웅— 웅— 웅—

'괴로워…….'

몸 안의 압력 때문에 이명(耳鳴)이 시작되었다.

그 스스로는 유난히 힘들다는 정도로 생각하고 있었지만, 칠상도인을 행할 때마다 그 몸속에 쌓여 있는 진기는 혈맥을 따라 움직이기 위해 요동치고 있었다.

그는 모르고 있었으나 장무성 대표두의 집에서 무의식적으로 흘렸던 진기의 길을 몸은 기억하고 있던 탓이다. 그러나 몸의 주인인 수운은 그 모든 것을 억눌러 두고 있었다.

즉, 고비 고비마다 수운은 더 높은 곳으로 올라서려는 그의 무공을 억지로 잡아 눌러놓고 있었던 것이다.

마음(心)이 몸(身)을 박대하자 그 정신적인 악기(惡氣)가 온전히 수운의 마음에 쌓이고 있었다. 그야말로 마(魔)가 마음속에 소리없이 둥지를 틀어버린 것이다.

이런 부조화를 어떻게든 해결하고자 멸명마공은 더 높은 단계로, 이 모든 부조화를 한꺼번에 해결할 단계로 나아가고자 꿈틀거리고 있었다.

그 단 한 번의 계기에 수운의 평정심이 불을 지폈고, 숨어 있던 심마들이 튀어나온 것이다.

"끄윽……."

입가에서 흘러나온 한가닥 피가 수운의 옷 앞자락을 적시기 시작했다. 곧 심맥이 모두 단절될 지경에 이르렀을 때였다.

고오오오—

한가닥 청량한 기운이 수운의 심맥을 보호하기 시작했다.

멸명마공.

정종심법으로 탁월한 호심기공이기도 한 멸명마공이 뒤늦게 심마에게 빼앗긴 유수운의 이지를 돌려 받기 위해 반격을 시작한 것이다.

천행이었다.

'…사부?'

혜린의 피를 마시던 마귀 진현우가 문득 수운을 바라보았다.

그는 더 이상 마귀의 얼굴이 아니었다.

'사람은 누구나 아상(我相)으로 자신을 세우고, 인상(人相)으로 남을 구분한다. 알고 있지 않니? 세상 모두가 이 덧없는 상에 사로잡혀 자신을 자신이 아닌 것으로 보며, 남을 남이 아닌 것으로 보게 되느니…….'

진현우가 웃으며 들고 있던 조카 혜린의 시신을 내밀었다.

'이것이 무엇이냐?'

그것은 혜린이 아니었다.

손에 들려진 것은 더 이상 혜린이 아니었으며, 그가 마시던 것은 피가 아니었다.

'사부님……. 저는……. 제자는…….'

사부가 빙그레 웃으며 한 구절 게송을 읊었다.

그것은 유마경의 한 구절이었다.

부처가 그의 생각을 읽고 이리 말했다.

[佛知其念 卽告之言.]

너의 생각은 어떠한가, 해와 달이 맑지 못하여 장님이 보지 못하는 것인가?

[於意云何 日月豈不淨耶 而盲者不見.]

대답하여 가로되, 세존이시여 그렇지 않습니다, 그것은 가히 장님의 흠이라 할지라도 해와 달의 허물이라 할 수 는 없습니다.

[對日 不也世尊 是盲者過 非日月咎.]

그 한 구절에 부처의 가피력이 스며 있기라도 하듯, 심마가 만들어 낸 피비린내 나는 허상에 균열이 가기 시작했다.

"사부님……."

멸명마공이 나쁜 것이 아니다. 멸명마공이 피를 부른 것도 아니다. 가히 그것을 사용하는 사람들과 그것에 달려들던 사람들의 흠이지, 멸명마공은 그저 존재하고 있을 뿐이었다.

수운은 격동에 몸을 떨기 시작했다.

마우가 사라졌다.

도유천이 머리를 조아리고, 당소류가 연꽃을 내밀며 염화기소를 지어 보였다.

지옥은 순식간에 정화되었고, 다시 한 번 둘러보니 피비린내 물씬하
던 그 자리가 곧 서방정토였다.

불만이 가득하던 유수운의 몸은 그의 정신 세계가 새로운 세상으로
들어서자 환호성을 내지르기 시작했다.

환희로 자연스레 춤추던 그의 내면 세계에서 기경팔맥을 흐르고 흐
르던 내기가 그대로 자신들을 가로막는 멸명마공 육단공의 벽과 충돌
했다. 그의 몸으로서는 그 벽을 부수고 자유로워지는 것이 오랜 숙원
이었던 것이다.

쿵!

수운의 정신은 자신의 몸이 보이지 않는 무형의 벽과 충돌하는 소리
를 들었다.

쿵! 쿵! 쿵!

소리가 크고 빨라질수록 수운의 몸이 꿈틀거리기 시작했다. 마치 경
련과도 같았다.

쿠와아아아—

압력이 극도로 높아지자 수운의 경련은 오히려 진정되었으나, 그 대
신 옅은 떨림이 시작되었다. 마치 거센 바람 속에서 용케 부러지지 않
고 흔들거리는 대나무와도 같았다.

그리고 그 순간이 왔다.

쩌정!

벽이 무너져 내렸다.

멸명마공 육단의 벽이 깨지며 수운은 새로운 세계에 발을 들이게 되
었다.

더불어 오단인 풍의 단계에서 육단인 완(婉)의 단계로 들어서며, 몸에 남아 있던 부상이 멸명마공의 치상 효과에 의해 자연스레 치유되기 시작했다.

우둑―

그의 몸에서 뼈마디가 조금씩 맞추어지는 듯 미약한 소음이 일었고, 갑작스레 그 몸에서 일시 폭풍 같은 기세가 일어났다.

수운은 그대로 달빛 아래에서 춤을 추기 시작했다. 더불어 그의 손이 점(點)에서 시작해 선(線)을 쌓았고, 그 몸이 선을 타고 이동해 면(面)을 깨어내기 시작했다.

"음?"

검에 정신을 집중하고 있던 전욱은 몸이 짜릿해지는 기분에 자신도 모르게 감고 있던 눈을 꿈틀거리다 번쩍 치켜떴다.

그 순간 전욱은 눈앞을 수놓는 한줄기 선(線)을 목격했다. 수운의 손이 달빛을 빌어 허공에 그려 넣고 있는 순수한 움직임을.

'아아……'

'아미타불, 저건……!'

청정삼매를 경험하는 듯 움직임이 없던 수운의 몸이 잠시 경련을 일으키자 걱정스러워 그에게 다가가려던 혜월은, 어느 순간 눈을 부릅떠야 했다.

수운이 찰나간에 폭발시키듯 뿜어낸 기, 그것은 소림의 것이되 소림의 것이 아니었다.

'이것은……'

자신도 모르게 몸이 부들부들 떨려온다.

익숙했다.

평생을 함께한 소림의 내공처럼.

더구나 수운이 내뿜는 내기는 혜월이 몸으로 느꼈다. 그가 이전 짧은 순간 수운이 뿜어낸 절명기를 소림 내공으로 느낀 데에는 몸이 먼저 반응했기 때문이기도 했다.

혜월은 득도한 고승답지 않게 말을 더듬기 시작했다.

"이, 이것은……."

이것은.

왼팔을 타고 올라오던 그 미미한 반탄지력.

수많은 고수를 상대로 흩뿌리던 그 가공할 마공.

혜월은 뒤에 따라 나올 단어를 삼켜야 했다.

월광사신.

월광무.

그는 나한권과도 닮은 동작으로 허공에 표표히 선을 그어내는 수운의 모습을 보며 눈가에 경련을 일으켰다.

믿을 수 없었다. 그러나 그가 내뿜던 강렬한 기운은 순식간에 먼 과거의 기억을 되살려 놓고 있었다.

'월광사신……. 설마 저 아이가 그의 진전을 이었단 말인가? 내가 느낀 친숙함이 소림 무공의 기운이 아니라 뼛속에 각인된 월광사신의 반탄지기였단 말인가? 아니야, 그때 저 아이에게 느낀 것은 분명 소림 무공의 한 갈래였거늘……. 아니겠지, 아닐 게야. 내 이제 한 줌 재로 변할 날이 얼마 남지 않아 착각을 한 걸 게야. 아미타불…….'

혜월은 복잡한 눈빛으로 그를 바라보며 찰나지간 수십 년 세월을 유추해야 했다.

"후우……."

아무튼, 수운을 저대로 내버려 둘 수는 없는 일이었기에 혜월은 천천히 그에게 다가갔다.

전욱도 천천히 검을 거둔 뒤 말없이 수운의 곁으로 다가서고 있었기에 두 사람은 누가 먼저랄 것도 수운의 근처에 도착했다.

수운은 마치 꽃을 받아 든 자세로 오른손을 내밀고 있었고, 그 얼굴에는 행복한 빛이 가득했다.

"언제부터 계셨던 겁니까, 대사?"

"아미타불……."

"모두 보셨습니까?"

"그렇소이다, 전 시주."

전욱은 혜월이 나타난 순간 그가 기척을 죽인 채 자신을 보고 있었음을 눈치챘지만 내색하지는 않았다.

"아까 그 움직임……. 대사가 가르치신 겁니까?"

수운의 손이 만들어내던 수영(手影)을 떠올리며 그리 묻자 혜월은 가만히 고개를 흔들었다.

"아마, 저 아이 사부가 가르친 듯합니다……."

"대단하더군요. 그나저나 저 친구, 괜찮을까요, 대사? 토혈을 한 듯싶은데……."

"아미타불……."

혜월의 표정이 좋지 못했지만, 아마 수운의 가슴에 흘러 있는 선혈을 봤기 때문이라고 생각하는 전욱이었다.

"이대로 둘까요? 아니면 안으로 옮길까요?"

입가에 묻어 있는 선혈이나 여러 상태를 보고 그렇게 물었으나, 혜월은 언뜻 파리한 안색으로 고개를 저었다.

"보아하니 어떤 깨달음이 있었던 듯하니……. 잠시 이대로 두는 게 좋겠소, 전 시주."

전욱은 고개를 끄덕였다.

그 상태로 전욱은 그 행복해 보이는 수운의 얼굴을 바라보며 조금 전 그가 내려친 선을 떠올려 보았다. 왠지 가슴 한구석에 그 선이 그려진 듯한 느낌이 들었기 때문이다.

근처에서 야수감각 수련을 하고 있던 전욱은 수운의 몸에서 뻗어 나온 기운에 눈을 뜨고, 그가 내뻗는 선을 보고 상당한 충격을 받은 상태였다.

'별것 아닌데…….'

마음이 두근거렸다.

'아무리 생각해도 그저 그런…….'

느렸다.

아니, 제법 빠른 편이었던가?

혈랑검의 쾌속함에 비할 바는 아니었다. 그럼에도 전욱은 찰나지간 스쳐 지나간 수운의 동작 하나를 머리 속에서 떨쳐 버리지 못했다.

위력도 없었고, 살기도 없었으며, 특징도 없었다. 아이들이 장난처럼 허공에 그어버린 작은 선.

'어째서 이리도 신경 쓰인단 말인가…….'

그는 곰곰이 생각하다가 혜월이 자신에게 건넸던 말을 떠올렸다.

부처께서는 실로 어떤 경계가 있지 않은 곳에서 아뇩다라삼먁삼보리(阿耨多羅三藐三菩提)를 얻었다는 그 한 구절.

'빠르지도, 늦지도, 억세지도, 유하지도 않다……?'

그가 쥐고 있는 검병은 어느덧 손바닥에서 흘러나온 땀으로 축축해져 있었다.

그는 모르고 있었으나, 혜월이 건넨 말은 현재 그에게 가장 중요한 가르침이 될 수 있는 말이었다.

혈랑검 전소추 스스로가 무학의 깊이를 모른 채 비급을 만들었었고, 애석하게도 그는 자신이 느낀 모든 것을 글로 표현할 만큼의 문재(文才)가 없었다.

그는 실전에서 느낀 바를 바탕으로 자신의 무공을 정립했으나, 막상 그 스스로는 그 이상을 바라고 있었기에 자신이 틈틈이 만들던 비급에는 자신이 바라는 이상적인 검술을 적고 있었다.

그러나 그것은 결코 살기 넘치는 검술이 아니었다. 따지자면 패도적이고, 실용적인 검술일 뿐 전소추 스스로가 넘치는 살기를 제어하지 못한 적은 없었다.

전욱은 애초에 아버지가 남긴 비급을 해독함에 있어서 혈한에 치우쳐 있어 애매한 모든 구절에 살기를 담아 해석해 왔다. 그 덕에 현재 전욱의 검술은 살기가 넘치고 있었으나 그것을 어찌 터뜨려야 할지, 혹은 터뜨릴 수 있을지 알 수 없이 그저 속으로 쌓이고만 있었던 것이다.

간단히 말하자면 그가 쌓아놓고 있는 살기는 상대방을 향해 제대로 해소되지도 못하고, 자신이 그것을 제어할 수도 없는 애물단지였던 것이다.

'이것을 말함이었던가…….'

혜월이 던진 법어는 정확히는 전욱이 생각하는 뜻이 아니었지만, 그는 그렇게 생각할 수밖에 없었다.

그것은 어떤 의미로도 해석될 수 있었고, 더불어 그의 무공이 성장하는 과정에서 몇 번이고 몇 번이고 새로 깨우칠 수 있는 화두였다.

바람이 시원했다.

혜월과 전욱은 서로 전혀 다른 생각을 하면서 행복한 표정으로 서 있는 수운의 앞에 서서 그를 주시하고 있었다.

그때였다.

달그락—

극히 미세한 소리였으나 그 소리가 혜월의 주의를 이끌었고, 그 순간 혜월은 자신이 다른 곳에 주의를 빼앗겨 집 안에 들어선 낯선 침입자의 기척을 놓치고 있었음을 깨달았다.

문득 혜월은 장무성 대표두를 습격해 왔던 괴한들을 떠올리며 기척이 난 곳으로 몸을 날렸고, 그의 눈에 야행복을 입은 괴한이 급히 몸을 빼려는 모습이 들어왔다.

쉐액—!

도주하는 인영을 향해 혜월이 장력을 날리며 창노음을 내뱉었다. 식구들이 놀랄까 저어하여, 괴한을 향해 집중시킨 사자후였다.

"갈(喝)!"

오유란, 사로잡히다

스스슥—

담 위에 언뜻 사람 그림자가 스치는가 싶더니, 그 그림자가 순식간에 집 안으로 스며들기 시작했다.

호리호리한 그림자.

그림자의 정체는 잠시 바람을 쐬러 나간다고 한 뒤에 겁도 없이 유씨 집 담을 넘고 있는 오유란이었다.

"흠, 정말 다른 방법이 없으면 그때, 그때는 먼저 나서서 머리에 꽃 한 송이 소담하게 꽂고 장래 시부모님 찾아뵐 테니까……."

그녀는 맑은 눈을 빛내며 조심스레 집 안을 헤집고 있었는데, 은신술이 상당한 경지에 이르러 있었다.

아마 무현종이 목도했다면 '제법이군' 하며 칭찬할 정도였을 것이다. 그 정도로 그녀의 잠입, 은신의 기술은 쓸 만했다.

당연한 일이었다.

그녀가 친인들과 함께 있을 때 가끔(?) 치기 어린 행동을 내보이긴 했어도, 오유란 역시 화산검의 예를 이은 당당한 무인인데다 정마련 감사대에 배속되어 나름대로의 실전도 경험해 왔기 때문이다.

사실 이번 임무를 맡은 뒤 오유란이 부렸던 심통 중 상당수는 무현종이 서찰 분류 작업을 고되게 시킨 뒤 독이 오를 대로 오른 상태에서 부린 것이었고, 그 외에 그녀가 경망되이 행동한 일은 거의 없다고 볼 수 있었다.

'…역시 이번 일은 무 대협이 너무 소심한 것 같아. 치장을 하고 여염집 규수 흉내를 내라니, 으으……'

그녀로서는 유수운이 월광사신일 리 없으니, 오늘 밤이라도 대략 확인하고 속히 임무를 끝내자는 생각이었다.

결과가 좋게 나오면 무현종이나 고권중도 싫은 소리 몇 마디는 하겠지만, 그 싫은 소리가 혼약자 흉내를 내는 것보다는 훨씬 나았다.

그녀는 무현종에 대해 투덜거리며 느긋하게 신형을 움직여 나갔다.

유정의 집은 중심가 바깥에 떨어져 있는데다, 땅값도 그리 비싸지 않아 일개 상인 집안치고는 상당히 넓은 편이었다. 그렇기에 처음엔 그녀도 상당히 긴장했으나, 집은 넓지만 있어야 할 하인이나 하녀 등이 거의 없다는 것은 곧 알아낼 수 있었다.

유씨 집이 넓은 것은 가끔 찾아오는 대상(大商)들을 접대하기 위해 몇 대에 걸쳐 집은 증축했기 때문이고, 손님들이 없을 땐 그 넓은 자택의 대부분은 비어 있었다.

'어디쯤일까……'

들어오고 나서야 집 안이 제법 넓고, 어디에 유수운이 들어가 있는지 찾기가 힘들 것 같다는 것을 알게 된 그녀는 방 몇 군데를 살피다 헛물을 켠 뒤 지붕 위에 걸터앉아 턱을 괴었다.

'아아, 빨리 안 끝내면 무 대협과 고 대협께서 날 찾을 텐데…….'

생각보다 시간이 오래 걸릴 것 같다는 것을 확인한 오유란은 초조해졌다. 이보다 더 시간을 끌었다간 눈치를 챈 무현종이나 고권중이 번개처럼 날아와 자신을 끌고 갈 것이었다.

그 이후 들어야 할 잔소리는 얼마나 험할 것인가?

*   *   *

"근처에 없다는 보고입니다."

"역시……."

무현종은 그럴 줄 알았다는 듯 허탈하게 한숨을 내쉬었다.

"…내일 있을 일이 안쓰러워 풀어준 게 잘못이에요. 분명히 월담하여 유수운을 확인하러 들어갔을 겁니다."

우울한 얼굴로 잠시 바람이나 쐬러 나간다던 오유란이 한참 동안 돌아오지 않고 있었다. 근처에 그녀의 행적이 보이지 않는다는 보고를 받고 무현종은 곧바로 결론을 내렸다.

"허허, 비록 그가 월광사신일 가능성이 많이 떨어진다고 해도, 이렇게 막무가내로 행동에 돌입할 줄이야……."

"너무 놀리신 게 화근이 된 거 아닐까요?"

"놀리긴 누가……."

그러나 명백히 놀렸기 때문에 내심 뜨끔 하는 무현종이었다.

"어찌시겠습니까, 무 대협?"

무현종이 한숨을 내쉬었다.

"뭘 어쩝니까? 가서 조용히 데리고 나와야지요, 조용히……."

그가 밖으로 나서자 고권중이 물었다.

"제가 동행할까요?"

"아닙니다. 아무래도 저 혼자 가는 게 덜 시끄러울 것 같습니다……."

고권중이 고개를 끄덕였다. 단순히 무공을 겨루는 일이라면 자신보다 한참 떨어지는 무현종이지만 은신, 추적, 잠입에 대해서라면 천하제일을 다툰다는 무현종이었다.

'하아, 아무리 그래도……. 설마 이런 중대사를 앞두고 마음대로 행동할 줄이야…….'

무현종은 한숨을 내쉰 뒤 스륵 모습을 감추고는 자신이 펼칠 수 있는 가장 빠른 경신술을 발휘하여 유정의 집으로 달려가기 시작했다.

*　　　　*　　　　*

콱—

'음?'

어쩔까 고민하고 있을 때 저 멀리서 누군가 진각을 밟는 듯한 소리와 함께 기묘한 느낌이 오유란에게 전해져 왔다.

유란은 눈을 번쩍 뜨고 기척이 난 쪽을 바라보았다.

'가보자!'

즉시 몸을 낮추고 자신이 할 수 있는 최대한의 잠입술로 기척이 난 쪽으로 다가가기 시작했다.

스르르─

무리없이 목표한 지점에 도착한 오유란은 지붕에 붙어 천천히 아래쪽을 내려다보았다. 그녀의 눈에 십여 장 떨어져 있는 뜰의 상황이 한눈에 들어왔다.

'검을 들고 있다니……. 무인인가? 식구는 아닐 테고, 혹시 형 유수헌? 그리고 저 승포를 입은 노인은?

그녀는 안력을 돋우어 뜰에 서 있는 사람들을 하나하나 훑어보았다.

'…저 사람들은……?'

그녀는 지금 집에 있을 사람들에 대해 유추해 보았다.

그녀가 무현종에게 전해 듣기로 현재 유정의 집에 있을 사람은 유정과 그의 처, 그리고 큰아들 유수헌과 그의 처, 그들의 아들.

거기에 유성표국에서 몸을 풀러 온 유수란과 그의 딸, 그리고 유수운. 그 외에는 하인과 부엌일을 거드는 하녀가 몇 있을 따름이었다.

넓은 집을 생각한다면 극히 단촐한 가솔들이었다.

'그 외에는…….'

유정이 동네방네 '우리 집에 부처님이 오셨다' 자랑을 하고 있다는 이름 모를 고승 한 명도 있었다.

혜월이 바로 그 유정이 자랑하고 다니는 고승이라는 것은 곧 알 수 있었지만, 검을 든 젊은이에 대해선 생각나는 이가 없었다.

'흐음, 젊은 사람이 두 명이라면……. 저 중에 유수운이 있을 거야. 혹시 저 검을 든 사람이 유수운?'

그렇게 생각하기에는 듣던 것과 상당히 달랐다. 일견하기에도 검을 든 사내는 날이 바짝 선 검과 같았던 것이다.

'…아니겠군. 누구지? 형이라는 유수헌인가?'

사실 아무리 날고기는 무현종이라지만, 전욱에 대해서는 알 수가 없었다.

혜월이 특별히 유정에게 그의 일을 소문내지 말아줄 것을 부탁했고, 전욱 역시 도착하자마자 방에 틀어박혀 거동을 하지 않았으니 소문날 일도 없었기 때문이다.

검을 찬 사내가 꽤 신경에 거슬렸으나 그녀는 유수운이 쟁자수였다는 점, 그리고 유정이 뿌리 깊은 지방 상인이었다는 점 등을 생각해 내고 그가 자신의 기척을 알아챌 정도의 고수일 리 없다고 판단했다.

'으음, 역시 저기 가운데 서 있는 사람 같은데…….'

오유란은 최대한 기척을 죽인 채로 그들을 바라보았다.

'방심하진 말아야겠어. 누군지 알 수 없는 검객도 있고……. 그나저나 아무래도 저기 저 사람이 유수운 같은데…….'

그녀는 손을 내밀고 하늘을 바라보고 있는 젊은 사내를 바라보며 그리 되뇌었다. 그리고 빛나는 눈동자로 그 젊은이를 관찰하기 시작했고, 그 첫 느낌은…….

'…바보 같아.'

그랬다.

그 젊은 사내는 뭔가 붓이라도 쥔 듯 오른손을 내밀고 미소를 지은 채 하늘을 올려다보고 있었는데, 그 모습이 젊은 여인에게 썩 호감을 줄 만한 모습은 아니었다.

그렇게 사내를 관찰하던 유란은 문득 수운의 입가에서 한줄기 핏물이 흘러내려 있다는 것을 발견하곤 확신을 굳혔다.

'부상 후유증…….'

부상 후유증을 앓고 있는 젊은 청년.

적어도 이 집안에서 그런 사내는 유수운밖에 없었다. 더구나 척 보기에 고승(?)처럼 생긴 노승 하나가 옆에 붙어 있지 않는가.

'위험해 보이는데……. 지금은 손 쓸 방법이 없고……. 옆에 사람들이 붙어 있으니 알아서 하겠지만…….'

그보다 문제가 되는 것은 유수운이라 짐작되는 청년이 움직이질 않아 그 기질이나 목소리를 확인하지 못한다는 것이다.

'시간이 없는데…….'

그녀는 초조했지만 진득하니 기다리는 것밖에는 방법이 없었다.

별수없이 지붕 위에 착 달라붙은 채로 오유란은 유심히 그를 살피기 시작했다.

'어라?'

어느 순간 오유란은 귀여운 눈망울을 데굴 굴려야 했다.

유수운이라 짐작되는 청년의 얼굴이 희미하지만 왠지 낯익은 듯한 기분이 들었던 것이다.

'평범하게 생긴 얼굴이라서일까?'

그런 생각을 하던 오유란은 자신도 모르게 흠칫 몸을 웅크렸다. 월광사신을 가리러 온 자리에서 낯익다면, 설마 저 젊은 청년이 그 당시, 그 마우를 격살하고 도주(?)한 그자일까?

나름 긴장한 오유란은 좀 더 안력을 돋우어 자세히 그 청년을 뜯어보기 시작했다.

'…아닌가? 확실히 어딘가 본 것 같긴 한데……. 어디서 봤지? 좀 움직이거나 목소리를 들으면 더 확실할 텐데…….'

그가 마우를 격살한 자인지를 확인하기 위해서는 그의 목소리와 뒷

모습, 그리고 움직임을 확인해야 했다.

오유란은 마음을 차분히 가라앉히고 그 당시 들었던 그의 목소리를 기억 속에서 끄집어냈다.

"그게, 죄송하지만 전 해혈 방법을 모릅니다."
"정마련…… 소속이셨어요?"

그 두 마디와 함께 자신들을 버리고 경공도 아니고 '뛰어서' 도망치던 그 자의 뒷모습은 그녀의 기억 속에 생생히 틀어박혀 있었다.

처음 장명에게 명을 받았을 때는 조금 걱정이 되었으나, 이제껏 후보들을 확인하러 돌아다니면서 그 부분에 있어서는 꽤 자신감을 찾게 된 오유란이었다.

'그러고 보니 후보 검증을 할 때 낯익다 싶은 사람도 저 사람이 처음인데……'

스스로 '낯익다'는 생각을 떠올린 게 이번이 처음이라는 것을 깨닫자, 그녀는 잠깐 동안 초긴장 상태로 돌입했다. 한 방울의 식은땀이 그녀의 등을 타고 흘렀다.

'어쩌지? 진짜 월광사신이면… 그러면……'

그냥 무현종의 말을 들을 걸 그랬다는 후회감이 아주 조금 밀려들었다.

'아냐. 침착하자, 오유란. 저자가 월광사신이면 날 눈치채지 못했을 리가 없잖아.'

이렇듯, 유수운은 매우 수상한 용의자에서 별 볼일 없는 후보로 격하되었다가 한순간에 엄청나게 수상한 용의자로 격상되고 있었다.

시간이 조금 더 지나 긴장감이 가라앉자 눈앞에서 피를 토하고 있는 허약한 모습의 청년이 월광사신의 후신이라고는 믿기 힘들어졌다.

'으음, 그리고 보니……. 뭐랄까, 그냥 달밤에……. 평범해서 그냥 낯익어 보인 걸까?'

유수운의 얼굴은 꽤 평범하고 정감 어린 얼굴이라 그런 생각도 들었다.

하지만 아무리 생각해 봐도 분명히 어디선가 본 듯한 느낌은 떨칠 길이 없었다. 마우를 쓰러뜨린 자라면 얼굴이 낯익을 리는 없었다.

그때는 뒷모습과 목소리만 들었기 때문에…….

그런데 저 청년은 어쩐지 낯익다.

'어디서 본 것이지?'

그렇게 중얼거리며 오유란은 최대한 안력을 돋우어 유수운을 바라보고 있었다. 십여 장의 거리와 어둠이 그의 얼굴을 가리고 있어서 답답하기만 했다.

'조금만 더 가까우면…….'

그녀는 자신도 모르게 몸을 최대한 앞으로 뻗어냈다.

달그락—

극히 미세한 소음이었으나 긴장하고 있는 오유란에게는 천둥소리보다도 크게 울리는 소리였다.

'……이런!'

무의식중에 몸을 움직이다 돌출되어 있던 기와를 건드려 기척을 내는 실책을 범한 유란은 곧 몸을 움츠렸다.

'괘, 괜찮겠지?'

놀라긴 했으나 고수들이 없는 이상 이 정도의 실책은 별일 아니라는 것을 알고 있었기에 오유란은 두근거리는 가슴을 진정시키며, 일단 몸을 빼기로 했다.

그 순간, 그녀가 신경 쓰던 검객이 아니라 그다지 신경 쓰고 있지 않던 노승의 얼굴이 정확히 자신이 있는 곳을 노려보고 있다는 것을 깨달았다.

'아앗!'

놀라는 오유란을 향해 혜월의 신형이 놀라운 속도로 거리를 좁히며, 말 그대로 놓은 살처럼 날아들었다.

그리고,

"갈!"

자신도 모르게 몸이 휘청일 정도의 내력이 실려 있는 사자후였다.

'뭐야, 뭐야, 뭐야! 고수잖아! 저런 엄청난 내력을 가진 고승이 왜 이런 곳에? 무 대협, 바보!'

…생각과 원망과 욕은 나중에 할 일이었다.

눈앞으로 육박해 오는 저 허술해 보이는 노승은 가공할 만한 내공을 지닌 고수였고, 우선은 몸을 빼내야 했다.

그녀는 재빨리 신형을 일으켜 반대쪽으로 몸을 돌려 빠져나가려 했다.

파르륵—

'헉!'

그러나 어느새 노승의 신형이 십 장의 거리를 격하고는 그녀를 덮치고 있었다.

질끈—

그저 몸을 뺐다간 순식간에 따라잡힐 것이기에 오유란은 이를 악문 뒤 오히려 노승을 향해 몸을 날렸다. 몰래 나오느라 검도 들고 오지 않은 오유란으로서는 한 가지 공격 수단밖에 가지고 있지 않았다.

'칫! 매화산수(梅花散手)!'

그녀는 무려 칠 할의 내공을 쏟아 부어 매화산수 중 매향번천의 일초식을 전개했다.

그 정도면 충분히 노승을 떨구고, 그 반탄지력으로 자신도 다시 반대쪽으로 몸을 날려 순식간에 빠져나갈 수 있으리라 생각했다. 그녀에게는 그 정도의 자신감을 지닐 자격이 있었다.

그러나 그녀의 자신감은 노승과 일장을 교환하는 순간, 장과 장이 마주치는 그 순간 굉음과 함께 부서져 나갔다.

콰앙!

'까아!'

방심하고 있던 오유란은 오히려 노승의 일장에 밀려 공중에서 그 경력을 해소하지 못하고 중심을 잃었고, 곧바로 아래쪽으로 추락해야 했다.

'뭐야, 뭐야, 뭐야!'

신형이 추락하는 그 짧은 순간에도 오유란은 투덜거림(?)을 멈추지 않았다. 노승은, 적어도 자신보다 한 수 위의 고수라는 것을 여실히 깨달을 수 있었기 때문이다.

떨어져 내리는 촌각 동안 그녀는 어떻게 해야 할까를 고민했다.

'어쩌지? 저 스님 꽤 센데. 제압은 불가능할 거 같고……. 땅에 닿자마자 반대쪽으로 전속력!'

촌각의 시간 동안 정리를 끝낸 그녀는 발이 땅에 닿는 순간 곧바로 신형을 움직이려고 했다.

그러나 그마저 뜻대로 되지 않았다.

스팟—!

"핫?"

신형이 떨어지는 자리에 느닷없이 한 자루 검이 덮쳐 오자 그녀는 대경하여 몸을 틀었다.

쉬익—!

자신이 떨어지는 곳을 노려 빠르게 짓쳐드는 쾌검을 간신히 피해낸 오유란의 손바닥은 식은땀으로 축축해졌다. 자칫, 조금만 늦었더라도 목이 꿰뚫릴 뻔했던 것이다.

그녀는 가까스로 몸을 빼낸 뒤 자신을 공격한 자를 확인했다. 검을 들고 있던 젊은 무인이었다.

'왜, 왜 이런 자들이 일개 상인의 집에……?'

그러나 고민할 시간은 많지 않았다. 젊은 무인은 한 번 잡은 승기를 놓치지 않겠다는 듯 검을 기묘하게 진동시키며 그녀에게 달려들고 있었다.

스— 스— 스— 슷!

허공에서 찰나간 기묘한 진동을 하던 전욱의 검이 오유란을 덮쳐 갔다. 혈랑검 후삼식(後三式)의 절초 낭아환(狼牙幻)이었다.

'검이……. 검만 있었어도…….'

적수공권인 오유란은 번개처럼 자신의 요혈(要穴)을 점해오는 전욱의 검을 맞이하자, 말 그대로 목숨이 경각에 달렸음을 깨달았다.

그녀는 검이 없음을 한탄하며 어쩔 수 없이 매화산수를 극성으로 펼쳐 자신을 향해 날아오는 검을 맞이했다.

디리리리링!

오유란의 매화산수와 전욱의 낭아환은 허공에서 짧은 순간 백중세를 유지했으나, 곧 낭아환이 매화산수의 귀퉁이를 찢어버리고 그녀의 목을 치러 날아들었다.

'아악……!'

자신의 목을 향해 날아오는 하얀 빛을 바라보며 오유란은 정신이 아득해졌다.

파앙—

그 순간 강렬한 권풍이 몰려들어 오유란의 복부를 때렸고, 그 덕에 오유란은 검의 공세에서 벗어날 수 있었다.

울컥—

권풍에 휩쓸려 담에 심하게 몸을 부딪친 오유란은 여력을 해소하지 못해 한 모금 선혈을 토해내야 했다.

"이런……."

급히 일권을 내질러 복면인을 구해낸 혜월이 혀를 찼다.

전욱의 검이 생각보다 더 빠르게 괴인영의 목을 파고들자 검의 궤도를 틀어버리기엔 늦었다 생각하여 복면인에게 장력을 발출했는데, 담벼락에 몸을 부딪치면서 온전히 권력이 빠져나가지 못한 것이다.

눈을 질끈 감은 채 바닥에 쓰러져 숨을 몰아쉬는 오유란에게서 눈을 뗀 혜월은 책망하는 눈빛으로 전욱을 바라보았다.

"아미타불. 손속이 과하오, 전 시주."

그 짧은 순간 치명적인 살초를 몇 번이나 펼쳐 낸 것에 대한 이야기였다.

"……."

전욱은 불만 섞인 눈으로 그를 바라보면서도 곧 검을 검집에 꽂아넣고 물러났다. 그로서는 자신을 인정해 준 장무성의 사돈댁이자, 미운 술 친구 유수헌, 그리고 시원한 탕국과 기분 좋은 미소를 보내주는 민하유가 있는 이 집에 침입한 괴한을 용서하고 싶지 않았던 것이다.

전욱이 묵묵히 한 걸음 뒤로 물러서자 혜월은 쓰러진 오유란에게 다가가 우선 복면을 벗겼다.

사라락—

복면인의 본색이 드러나며 긴 머리가 허공중에 흩날려 달빛에 반사되었다.

"여자?"

뜻밖에 아름다운 미소녀의 얼굴이 나타나자 전욱은 눈살을 찌푸렸으나, 드러나는 몸의 선으로 이미 여인임을 짐작하고 있던 혜월은 별 동요 없이 그녀의 상세를 살폈다.

"아미타불……."

생각보다 중한 내상을 입은 것을 확인한 혜월은 혀를 차며 혈도 몇 곳을 점한 뒤, 명문혈에 손을 올려 내력을 흘려 넣어주었다.

"으음……."

정신을 잃어가던 오유란은 한가닥 내력이 흘러들어 오자 저항하지 않고 가만히 노승이 내력을 유도하는 대로 내버려 두었다. 혜월이 불어 넣어주는 내기(內氣)는 몹시 정순한 느낌이었고, 본능적으로 치유를 목적으로 한다는 것을 알기에 저항을 포기한 것이다.

어느 정도 위급한 상세를 다스린 혜월은 손을 뗀 뒤 그녀에게 질문을 던졌다.

"여시주, 시주는 뉘시오?"

그녀는 가물거리는 눈으로 질문을 던진 혜월을 바라보았다.

"……."

"어째서 이 집을 감시하신 것이오?"

혜월은 그것이 가장 궁금했다.

그가 알고 있기로, 이 집에 야행복을 입은 자가 월담을 했다는 자체가 비정상적인 일이었다. 더구나 파락호나 일반 도둑도 아닌, 제대로 된 무공을 지니고 있는 자가 담을 넘어든다는 것은 이해할 수 없는 일이었다.

생각할 수 있는 건 장무성이 암습당한 일과 관계가 있지 않을까 하는 정도였다.

"보아하니 살수가 아니라 명문정파의 귀한 아가씨인 듯한데, 무슨 일로 예까지 찾아드신 게요?"

혜월은 그녀가 펼친 공세에 살기가 없으며, 더구나 그녀가 펼친 장법이 화산파의 절기인 매화산수라는 것을 알아차렸기에 그렇게 말한 것이다.

"저는… 쿨룩."

붕 뜬 기분이었다. 뭔가 말하려다 콜록거린 오유란은 멍멍한 상태에서도 내심 뭐라고 대답해야 할지 막막했다.

'월광사신을 찾으러 왔어요? …나중에 금마동 십 년 당첨. 지나가던 도둑? 관아에 하옥, 정마련 망신, 금마동 오 년에 시집도 못 갈 거야. 달빛이 좋아서 산책……. 뭔 소리야, 오유란. 답을 찾아, 답을 찾으라구.'

"그… 그러니까……."

그녀는 흐릿한 의식 속에서도 필사적으로 머리를 굴리다가 문득 아직도 정신을 차리지 못하고 있는 수운을 바라보았다.

'아아, 그렇지! 그게 있었어! 제발 지금 당장 정신 차리지는 말아 줘…….'

"저… 저는……."

그녀는 말하는 것이 힘든지 말을 끌다가 수운을 바라보았다. 그리고 한마디를 남기고는 혼절했다.

"수운 공자와… 혼약을…….."

"……."

침입자가 뜬금없이 '혼약'이라는 말을 내뱉고 기절하자, 전욱이 어처구니가 없다는 듯 혜월을 바라보았다.

"…방금 내가 제대로 들은 것이오, 대사?"

"아미타불……. 혼약자라…….."

수양이 깊은 혜월도 입가에 한 조각 웃음을 걸었다.

"대사, 설마 그 말을 믿으시는 것은 아니겠지요?"

"아직은 알 수 없지 않겠습니까. 저기 수운이가 깨어나서 확인하기 전까지는……. 더구나 이 여시주는 화산의 매화산수를 사용한 것으로 보아, 화산과 인연이 있는 듯하고……. 만에 하나라도 정말 수운이의 정인(情人)일 수도 있지 않겠습니까."

전욱이 고개를 흔들었다.

"그런 말도 안 되는…….."

그러나 혜월은 그녀의 숨결을 살피며 고개를 흔들었다.

"생각보다 부상이 중하니, 별다른 위험은 없을 것이고……. 일단 방에 누이고, 다들 정신을 차린 뒤에 다시 논의하는 게 좋겠소이다."

혜월은 유수운에 대해 궁리를 하느라 야행복을 입고 침입한 여인에 대해 깊이 생각할 여력이 없었다.

'아미타불······. 아니겠지. 착각··· 일 것이야.'

수운의 기도에서 느낀 섬뜩함. 혜월은 그 생각을 지우려 애썼다. 그리고 그 순간 혜월의 눈은 어느 한곳을 향하고 있었다.

'또 다른 침입자······?'

혜월은 주의를 기울였으나, 별반 이상을 느낄 수가 없었다.

'착각이었나······. 아미타불······. 신경이 날카로워졌나 보군.'

＊ 　 　 ＊ 　 　 ＊

무현종은 한발 늦게 도착한 탓에 오유란이 제압당하는 장면을 목도했으나 도우러 들어갈 수 없었다.

'이런······.'

그는 바짝 엎드린 채 오유란이 제압당하는 광경을 보고 있었다. 손쓸 틈도 없이 그녀가 제압당하자 허탈함을 감출 길이 없었다.

비록 앳된 얼굴에 가끔(?) 사고를 치고 다니긴 하지만, 그녀는 강호의 뜨내기 무인들로서는 감당할 수 없는 고수였다. 그런데 저렇게 순식간에 제압당하다니······.

'멋대로 나가니 이런 사고를 치지. 그나저나 도대체 저들은 누구지? 월광사신과 관계가 있는 자들인가? 아니면 우연히? 허어, 어떻게 해야 할지 난감하군······.'

무현종으로서는 환장할 일이었다. 가공할 쾌검을 뿌려대는 검수부터 가공할 장력을 떨쳐 내는 노승까지.

평범한 포목점에 저런 이들이 있다는 것은 저들이 월광사신과 한패라는 증거일지 모른다.

노승과 젊은 검객이 오유란을 해할 생각이 없는 듯하자 일단 한 고비는 넘겼지만, 저대로 놔둘 수 없는 노릇이었다.

생각 같아서야 암습이라도 가해서 오유란을 빼돌리고 싶었으나, 그들의 기도가 심상치 않았다.

'어쩔까……'

그는 다시 한 번 망설이며 상황을 지켜보았다. 그 순간, 노승의 눈이 정확히 자신이 숨어 있는 곳을 바라보는 것이 보였다.

'헉!'

무현종은 호흡까지 멈춘 채 최대한 기척을 줄이기 시작했다.

추종술을 제외한 그의 본신 무공은 오유란과 비슷한 정도일 뿐이었다. 발각되면 포로 하나를 늘일 뿐이고, 지금 이곳에서 일어난 일을 전해줄 수도 없었다. 어떻게든 도주해서 자신을 기다리고 있을 고권중과 뒷일을 상의해야 했다.

다행히 노승이 곧 고개를 돌리는 것이, 그의 기척을 완전히 잡아내지 못한 듯했다.

속으로 안도의 한숨을 내쉰 무현종은 등 뒤로 흐르는 식은땀을 느끼며 새삼 노승의 정체가 무엇인지 궁금해졌다.

'대체 누구지?'

한쪽 팔이 없으며, 은신해 있는 자신을 술래잡기하고 있는 꼬마를 잡아내듯 집어내는 불문의 고수.

그런 이들이 많을 리가 없었고, 만리추종은 직업이 직업인만큼 수많은 무림기인들의 정보를 줄줄 외우고 있었다. 만리추종 무현종은 외우고 있던 수많은 불문의 고수들을 떠올려 봤으나 언뜻 한 팔이 없는 이를 생각해 내지는 못했다.

문득 소림 생불이라 불리던 혜월의 이름도 떠올랐다.

'그분께선 무공이 없지 않으신가. 더구나 그런 분이 이런 곳에 있을 리도 없고……. 젠장, 일단 몸을 빼야겠군.'

무현종은 주의에 주의를 기울여 몸을 빼냈고, 전력을 다해 일행이 머물고 있는 객잔으로 돌아갔다.

그리고 그날 밤, 한 마리 전서구가 급히 날아올라 정마련이 있는 방향으로 향했다.

*   *   *

일단 오유란을 비어 있는 객방에 눕힌 뒤 혜월은 다시 수운도 그의 방에 데려다 눕히고 한참 동안 그를 바라보고 있었다.

혜월은 누워 있는 수운을 심원한 눈빛으로 바라보며 염주를 굴리고 있었다. 그는 작게 한숨을 내쉬었다.

'이 아이는 정말로 월광사신의 후인일까, 아니면 그 모든 것이 나의 착각일까?

산막에서 만나, 그 기이한 기운에 관심이 끌려 여기까지 같이 오게 되었다. 소림에서 뻗어나간 줄기라 생각했기에, 이생의 연이 다하기 전에 법연을 베풀 수 있을까 관심있게 지켜보고 있었는데…….

'아미타불. 만약 이 아이가 월광사신의 후인이라면 어찌 이리 공교로울 수가 있단 말인가?

혜월은 여러 가지 일을 생각하고 있었다. 그는 한가닥 의구심을 지우지 못하고 있었으나, 본능적으로 유수운이 월광사신의 무공을 이어받았다는 것을 느끼고 있었다.

유수운이 멸명마공의 새로운 단계로 접어들 때 내뿜은 기파는 그의 뇌수에 깊이 박혀 있던 그 느낌과 조금도 다르지 않았던 것이다.

'착각이라면 좋겠지만……'

정심박대한, 굳이 따지자면 소림의 그것과도 비슷한 느낌의 내력……. 어딘지 소림 무공과 비슷한 월광사신의 무공…….

월광혈사 당시 퍼져 나갔던 소문이 떠오른다.

월광사신은 소림의 반도다.

모든 소림승들은 분노하며 그 소문을 일고의 가치도 없다 치부했건만, 지금 다시 생각하니 결코 무시할 만한 것이 아니었다.

'나 역시 그 당시 직접 당하지 않았다면……. 이 아이가 간간이 내비치던 내공을 소림 정종의 것으로 여겼을 정도…….'

그는 월광혈사 당시의 일을 계속 떠올렸다.

소문, 그리고 목격담…….

월광혈사가 벌어지게 된 최초의 사건…….

'아미타불…….'

생각할수록 머리가 복잡해져 왔다. 수행이 깊은데다, 이제 사바 세계를 떠날 채비를 하고 있는 혜월이 이처럼 복잡한 심사가 된 것은 실로 오래간만의 일이었다.

번뇌였다.

지독한 번뇌.

'이제 오욕칠정은 끊었다 생각했거늘……. 아미타불…….'

혜월은 복잡한 눈으로 누워 있는 수운을 바라보다가 문득 손을 뻗어 그의 몇몇 사혈(死穴)을 어루만지며 중얼거렸다.

'아미타불……. 아직도 끊지 못한 정한(情恨)이 내 마음속 어딘가에 남아 있었구나. 이런 수행으로 어찌 서방정토로 향할 생각을 했던 가……. 내 마음 깊은 곳에서 이리 살기가 꿈틀거리고 있었구나. 전욱 시주에게 살기를 씻으라 했던 것이 오히려 부끄럽지 아니한가…….'

혜월은 곧 그의 사혈에 닿아 있던 손을 떼어낸 뒤 자세를 바르게 하고 염주를 굴렸다.

어지러운 마음을 다스리는 진언들이 그의 입에서 작게 흘러나오기 시작했다.

◆ 第二十三章 ◆

포목상집 막내아들, 여난(女難)에 휩쓸리다

포목상집 막내아들, 여난(女難)에 휩쓸리다

당소류는 남궁세가에서 며칠간 어깨에 입은 검상을 치료하며 조용히 있거나, 틈틈이 하상혁을 만난다거나, 여행에 필요한 물건을 동행한 시비 소국에게 준비시키거나 하고 있었다.

그리고 남궁천이 무슨 일인지 정마련으로 급히 이동하자 따를 잡았다는 듯 남궁정의에게 떠나겠다는 말을 꺼냈다.

"그 몸으로 대체 어딜 가겠다는 거야?"

남궁정의는 화가 난다기보다는, 어이없다는 표정으로 당소류에게 물었다.

"응. 잠깐 강서에 들렀다가, 바로 사천 본가로……."

"강서?"

그의 표정이 설핏 굳었다.

"그래, 구명(求命)의 은(恩)을 입었으니 제대로 감사의 표시라도 해야 할 것 같아서."

거리낄 게 없다는 표정이었다. 남궁정의는 그녀의 표정을 세심히 살피며 조심스럽게 말했다.

"구명의 은이라… 그 유씨 성을 가진 쟁자수를 말하는 거냐?"

"그래."

"……."

여러 가지 이유로 남궁정의의 표정이 다소 어두워졌다. 지척에 있었으면서도 소류를 지키지 못한 자신에 대한 자책감, 그 일을 보잘것없는 쟁자수가 해냈다는 데에 대한 허탈감, 그리고 무엇보다 소류의 입에서 그 빌어먹을 녀석의 일이 나온다는 데에 대한 질투.

남궁정의는 주먹을 꽉 쥐었다. 자신은 당당한 남궁세가의 적손이며, 소류는 사천의 패자, 당가의 혈육이다. 그 사이에 그 어리숙한 쟁자수 놈이 끼어들게 만들다니.

"꼭 가야겠어?"

자신도 모르게 말투가 거칠어졌지만 소류는 여전히 별거 아니라는 듯 고개를 끄덕였다.

"그래, 어차피 집에 가는 길이니까… 겸사겸사. 인사도 하고, 이참에 강서 쪽도 좀 둘러보고……."

소류의 대답에 그의 목소리가 성급히 튀어나왔다.

"그뿐이야?"

"……."

"그보다, 그래, 네가 집으로 돌아가는 건 좋아. 널 그 몸으로 떠나보냈다고 아버지가 돌아오셔서 날 박살 내서도 상관 않겠어. 그래, 그런 건 아무 상관 없어. 급히 묻지 않는다고 약속했지만… 네가 떠나야겠다니 묻지 않을 수가 없어. 물을게. 내 질문에 대한 대답은… 아직인 거니?"

그 말에 소류는 속으로 한숨을 내쉬었다.

"미안, 그건… 더 생각해 보자."

남궁정의는 뜨뜻미지근한 당소류의 태도에 뭐라고 더 말하지는 않았다. 그는 당소류의 성격을 잘 알고 있었다. 그녀는 용수철처럼 누르면 튀어오르려 한다.

그렇기에 청혼을 하면서도 최대한 그녀의 결정을 존중하며 기다리고만 있었던 것이다. 그러나 더 이상은 참을 수 없을 것 같았다. 이대로 떠나게 만들면, 어쩌면 영영 자신의 손을 벗어날 것 같은 묘한 위기감마저 느껴졌다.

"소류야."

어깨에 흰 붕대를 감아 팔을 움직이지 못하게 만들어놓은 소류를 보며 뭔가 말을 하려던 남궁정의는 결국 입을 다물 수밖에 없었다. 왠지 그 말을 하고 나면 소류와 더 멀어질 것 같은 느낌 때문이었다.

"후우, 아니다. 네가 결정했다면… 어쩔 수 없겠지."

깊게 심호흡을 한 남궁정의는 억지로 미소를 지어 보였다.

"알았다, 이 의리없는 녀석아. 여행 잘하고, 집까지 무사히 돌아가라. 너 때문에 아버지에게 곤죽이 될 생각을 하니 벌써부터 다리가 덜덜 떨린다."

"걱정 마. 순전히 내 고집이었다고 서신을 남겨놓을게."

"눈물 나게 고맙구나."

당소류가 나간 뒤 남궁정의는 무표정하게 천장을 바라보고 있다가 자리에서 일어났다.

해야 할 일들이 있었다.

*   *   *

사악—

"…끄륵."

일비영의 손에 들려 있던 단검 하나가 청혈교 살수의 목을 긋자 그는 제대로 된 비명 소리도 없이 목에서 피를 뿜으며 떨어져 내려갔다.

한 명의 목숨을 거둬들였으나 일비영의 표정은 어두웠다.

'계속 따라붙는군… 좋지 않아. 다른 곳도 이와 같은 상황이라면 위험한데.'

그는 꼬리 하나를 자른 것에 만족하고, 꼼꼼히 지혈을 한 뒤 서둘러 정정운 일행이 있는 곳으로 되돌아갔다.

[대인, 다시 움직이셔야 합니다.]

일비영이 조심스레 다가와 전음을 날리자, 정정운도 가만히 고개를 끄덕인 뒤 땅바닥에 정신없이 퍼져 있던 다른 이들을 일으켰다. 모두 피곤에 찌든 모습이었다. 지난 며칠간 정신없이 산길에서 쫓겨 다녔으니 당연한 모습이기도 했다.

다행히 호위 역인 비영들이 적들을 따돌리고, 가짜 흔적을 만들고, 가장 가까이 따라붙은 자들을 역으로 사살하면서 추적을 늦추고는 있었으나 포위망은 점점 좁혀지고 있었다.

다행히 일비영이 예상한 최악의 패, 추혈대가 나서지는 않았으나 그

못지않은 청혈교의 살수와 정예들이 상당수 동원되고 있었다.

일비영은 이제까지 다섯 명의 목숨을 거뒀으나 그 정도로는 적의 수를 줄였다 보기 힘들었다. 일행은 지쳐 가고 적은 근접하는, 한계 상황이 다가오고 있었다.

최대한 기척을 없애며 산길을 가고는 있었으나 일비영은 이런 식으로는 결코 추혈대의 추적을 따돌리지 못할 것이라는 것을 알고 있었다. 시간을 벌 뿐이었다. 노야가 움직일 시간.

무현종 곁에 붙어 이동하던 일비영이 곁에 있던 칠비영에게 가짜 흔적을 만들라고 지시하려던 순간, 그의 걸음이 멈춰 섰다.

"……."

일비영이 사람들을 멈춰 세우고 앞으로 나서자, 이동하던 네 명의 사람들은 그 자리에서 멈춰 섰다.

"잡혔나?"

대강의 사정을 짐작한 정정운이 심드렁하게 묻자, 일비영이 고개를 끄덕였다.

"그런 듯합니다."

사락— 사락—

이미 자신들의 잠복이 들켰다는 것을 짐작한 청혈교도들이 서서히 모습을 드러내기 시작했다. 그들을 이끌고 있는 추적대의 대장으로 보이는 자가 자신들의 기척을 감지해 낸 일비영을 바라보며 낮은 목소리로 말했다.

"훌륭하군. 지난 며칠간 우리 형제들을 지운 것이 자네겠군."

"미안하군. 방금 전에 한 명을 더 거뒀어."

"흐음……."

일비영은 모습을 드러낸 청혈교도들을 눈여겨보았다.

서른이 넘는 인원이었고, 하나같이 흉흉한 눈빛을 뿌려대는 것이 만만치 않은 자들이었다.

'힘들겠군.'

암습으로 하나하나 줄여 나간다면 모르겠거니와 이렇게 드러난 상태에서는 자신과 칠비영, 두 명만으로는 감당하기 힘든 상대들이었다. 특히 지금처럼 지켜야 할 자들이 있는 상황에서는.

추적대의 수장은 일비영에게서 눈을 돌려 정정운을 바라보았다. 이미 용모파기가 전해진 듯 한눈에 알아본 듯했다.

"당신이 정정운이로군."

"그렇지. 내가 바로 있는 건 돈과 인덕밖에 없는 정정운일세."

"같이 가줘야겠다. 순순히 따라오면 목숨은 보장하지."

"글쎄, 나야 그러고 싶지. 하지만 세상일이 꼭 내 맘대로만 되는 건 아니지 않나? 그러지 말고 우리 협상을 하는 건 어떨까?"

"협상?"

"자네들에게 황금 천 냥짜리 전표를 끊어주지. 우리를 그냥 보내주면 우리도 좋고, 자네들도 좋고, 서로서로 좋지 않겠나?"

그 말에 수장이 피식 웃었다.

"그런 협상이 가능하리라 생각하나?"

"아니, 설마 그럴 리가."

정정운이 어깨를 으쓱거리며 그렇게 대답했다.

"그저 시간이나 조금 끌어보려는 거지."

"후후후, 재미있는 작자로군. 시간을 끌어서 뭘 하려는 건가? 구하러 올 사람이라도 있나? 아, 미리 얘기해 두지만 갈라진 다른 일행들은 이미 저 세상에 있을 거야."

"……."

높낮이가 일정해 감정 기복을 알 수 없는 추혈대원의 말에, 정정운의 눈가에 가는 경련이 일었다. 그의 아내와 자식들이 결국 이들의 손아귀를 벗어나지 못했을 거라는 말에 다소 흔들리는 모습이었다.

"그들은… 그리 쉽게 당하지 않았을 것이다."

추적대의 수장이 그런 정정운에게 다시 한 번 비웃음을 날리려 할 때 홀연히 노인의 목소리가 들려왔다.

"그렇지. 허허허, 쉽게 당할 리가 있나."

흠칫─

청수한 느낌을 주는, 자상한 얼굴을 지닌 노인이었다.

문제는 그 노인이 어느 틈인지 추적대의 뒤쪽에 서 있었다는 점이다. 모두의 이목을 속인 채.

"노야!"

정정운의 반가운 목소리를 듣자 노인은 고개를 끄덕거리며 천천히 그들 쪽으로 발걸음을 옮겼다.

"허허, 이쯤에 있을 거라는 건 알고 있었지만 찾는 데 애먹었다."

서른댓 명이 넘는 추적대의 한가운데를 넘어가야 하지만 노인의 발걸음에는 망설임이 없었다.

그 때문인지 추적대들이 자신도 모르는 사이에 길을 열어 노인을 통과시키고 있었다.

노인은 자신을 유심히 관찰하는 추적대의 수장에게 눈인사까지 건

네며 지나친 뒤 정정운 일행 앞으로 다가섰다.

"노야! 와주셨군요!"

"그래, 네 녀석의 둥글둥글한 얼굴이 보고 싶어서 왔다."

"다른 식솔들은……."

"모두 괜찮다. 여기가 마지막이니."

노인의 대답에서 다른 식구들이 무사하다는 것을 알게 된 정정운은 안도의 한숨을 내쉬었다.

"섭섭합니다, 노야. 그래도 연공서열이라는 게 있는데 이쪽을 제일 나중으로 돌리시다니요."

"허허, 연공서열 때문에 실세들부터 구한 것 아니겠느냐?"

천하의 청혈교도들을 앞에 놓고도 태연히 이야기를 주고받고 있었으나, 그들은 쉽게 움직이지 못하고 있었다. 그들도 어째서 움직일 수 없는지 알 수 없었다.

그냥 평범한 촌로처럼 보였다. 특이한 기도가 느껴지는 것도 아닌데, 이상하게 공격하기가 꺼려졌다.

노인은 천천히 고개를 돌려 청혈교도들을 바라보았다.

"후우, 본시 살생을 싫어한다만… 너희를 살려두면 일이 너무 복잡해져서 어쩔 수가 없구나."

수장이 눈을 가늘게 뜨며 노인을 바라보았다.

"노인장은 뉘시오?"

"그런 걸 알 필요가 있나?"

"그렇군."

그는 고개를 끄덕인 뒤 도열하고 있던 수하들에게 신호를 보냈다.

"타핫!"

스물이 넘는 인원이 일제히 기함을 지르며 정정운 일행을 향해 달려들기 시작했다. 그 기세는 사뭇 대단하여 철석같이 노야를 믿고 있는 정정운조차 눈을 질끈 감을 정도로 거셌다.

"흐음……."

노인은 가볍게 한숨을 내쉰 뒤 뒷짐을 지고 있던 오른손을 풀었다. 그와 동시에 그를 향해 달려들던 사람들의 눈앞에서 사라졌다.

"헉?"

막 노인의 목을 치려던 청혈교도의 도가 헛되이 하늘을 가르는 것과 동시에 그 뒤쪽에서 노인의 신형이 나타났다.

스슷.

노인의 손이 한순간 수십, 수백 개로 분열하는 듯 보이며 청혈교도들을 덮쳐 갔다. 그 광경을 지켜보던 수장이 경악에 찬 목소리를 내뱉었다.

"천불수(千佛手)?!"

파파파팡—

"크허억!"

"아악!"

순식간에 십여 명의 인원이 노인의 손에 맞아 쓰러졌다. 그리고 다시는 일어서지 못했다. 일수(一手)에 절명이라니, 그 위력에 입이 딱 벌어졌다.

"소… 소림? 금강부동(金剛不動)에 천불수라니, 노사는 뉘시오?"

"허허허, 금강부동이 아니라네. 천불수도 아니야."

노인이 가볍게 웃으며 말했다.

"사람들이 종종 착각을 한다네. 다시 보면 다름을 알 게야. 보게나."

스팡—

그 말과 함께 노인의 신영이 다시 사라졌고, 수장의 뒤쪽에 모습을 드러냈다. 다시 보기는커녕, 노인의 움직임을 시선으로도 따라잡을 수 없었다. 간신히 그의 행적을 파악했을 땐 이미 공격이 시작되고 있었다.

투카—

노인이 행했다 믿기 어려운 강렬한 진각과 함께 그 어깨에 받힌 청혈교도 하나가 허공을 날아 다른 동료들과 부딪쳤다.

"크아악!"

"컥!"

이 한 번의 공격으로 다시 네 명의 인원이 쓰러졌고, 마찬가지로 다시는 움직일 수 없는 몸이 되고 말았다.

"허허, 이것도 소림칠십이종절예의 하나인 심의파(心意派)처럼 보이겠지. 하지만 아니라네. 수라척(修羅擲)이라 하지. 비슷하게 보이지만 발경도, 기법도, 운용도 모두 다른… 전혀 다른 무공이라네."

단 두 번이었다.

수장은 노인의 공격 두 번에 추적대의 대부분이 궤멸하자 믿을 수가 없었다.

저 노인이 팔대천인이나 십대마인이라도 된단 말인가?

"모, 모두 동시에 공격한다!"

남아 있는 추적대 모두가 동시에 노인에게 달려들었다. 상하좌우를 완벽하게 둘러싼 합벽 공격이었다.

'이번에는……!'

수장이 그렇게 생각할 때였다.

티티팅—

노인의 손이 움직이며 다가오던 검이 모두 튕겨 나갔다. 수장은 아쉬워하며 물러서서 다시 전열을 가다듬기 위해 뒤쪽으로 물러섰다.

"……?"

그때 그의 눈에 불가사의한 장면이 들어왔다.

털썩—

털썩—

노인에 의해 검이 튕겨졌던 교도들의 동공이 풀리며 무릎을 꿇고 쓰러지는 광경이었다. 압도적. 실로 압도적이라고 할 수밖에 없는 무위였다.

"이… 이럴 수가?"

어느새 홀로 남은 추적대의 수장이 떨리는 목소리로 물었다.

"다, 당신은… 당신은 누구요?"

노인이 한숨을 내쉬었다.

"알 것 없다네."

"크윽!"

노인을 상대할 수 없음을 깨달은 그는 그는 곧바로 몸을 날려 도주하기 시작했다. 이제 그의 생사가 문제가 아니었다. 대사를 앞둔 교에 이 사실을 알려야 했다.

'알려야 해! 교에…….'

정신없이 뛰어가던 그는 갑자기 등 뒤가 서늘해지는 것을 느끼며 뒤를 돌아보았다.

퍼엉—

"컥, 백보… 신권?"

그는 허공을 격해서 자신을 격중시킨 장력에 맞은 채 그대로 떨어져 내렸다.

마지막으로 쓰러지는 청혈교도를 바라보던 노인은 다른 시신들을 바라보다 혀를 찼다.

"노, 노야… 괜찮으십니까?"

정정운은 비록 노인을 믿고 있긴 했으나 이처럼 압도적으로 청혈교의 정예가 몰살당할 줄은 생각도 하지 못한 탓에 자신도 모르게 조금 말을 더듬었다.

무공을 알지 못하는 그의 눈으로 봐도 노인의 신위는 말 그대로 압도적이었던 것이다.

"흠, 네놈 말대로 의인을 건드렸다 그 업이 돌아왔나 보다. 이렇게 복잡해지다니……."

"아, 죄송합니다."

"허허, 그놈의 죄송은 입에 붙었구나. 가자꾸나, 네 가족들이 기다리고 있다. 오래간만에 그 아이가 만든 음식이 먹고 싶구나."

정정운은 고개를 숙였다.

"청혈교가 이렇게 바로 따라붙었으니 정마련에서도 곧 흔적을 잡아낼 텐데… 괜찮겠습니까?"

"괜찮을 게야. 몇 가지 미끼를 풀었으니."

"미끼라시면……?"

"성화비와 장보도… 그리고 창천팔식."

월광사신, 그러니까 정정운이 눈을 동그랗게 떴다.

"그건 아직 때가······."

"그 정도가 아니면 정마련을 흔들 수 없을 것 같아서 어쩔 수 없었다. 큰 상관이야 있겠느냐."

"제가 바빠질 거 아닙니까?"

정정운이 울상을 지으며 그렇게 말하자 노인이 짐짓 인상을 썼다.

"좋지 않느냐. 군살도 빠지고······."

"마누라가 싫어할 것 같습니다. 그나저나··· 그것들이 풀렸다면 조만간 난리가 나겠군요."

"그래. 일(一)아, 애들과 함께 흔적을 지우고 따라오너라."

"명 받잡겠습니다, 노야."

비영들은 새삼 노인의 무위에 존경의 염을 드러내며 머리를 숙인 뒤, 시체들을 치우고 흔적을 지우기 시작했다.

*   *   *

정마련 대회의실의 커다란 책상 앞에는 많은 사람들이 앉아 있었다.

그들 한 명 한 명이 강호무림에 쟁쟁한 명성을 떨치고 있는 명숙들이었다.

각 문파에서 정마련에 파견한 대리인들로 정파무림을 보자면 구파일방과 오대세가 등이 모두 참여해 있었고, 마도 쪽에서는 삼교 이곡 이방이 모두 참여해 있었다.

최근 들어 대회의가 잦아지긴 했으나 주요 명숙들을 이처럼 한자리에 불러모으는 것은 어지간히 큰일이 아니고서야 보기 드문 일에 속했다.

"그럼… 회의를 시작하겠습니다."

인의폭렬도 장명이 그렇게 말한 뒤 좌중을 둘러보았다.

"이전 대회의는 생사강시에 대한 것이었고… 오늘은 무엇이오, 련주? 월광사신을 찾아내기라도 했소?"

마맹주 고욱현이 그리 묻자, 장명이 미소를 지었다.

"아직 주목할 만한 성과가 없음은 맹주께서도 잘 알고 계시지 않습니까?"

"아아, 공식적으로야 그렇지만 혹시 또 우리 모르게 뭔가 진행되고 있지 않나 싶어 물어본 것이니."

"하하하하, 맹주. 이제 그런 일은 없을 것이라는 것은 맹주도 잘 알고 있지 않습니까? 자, 오늘 회의는 그런 내용이 아닙니다. 아니, 상당한 관계가 있을 수도 있겠군요. 이제 말씀드리겠습니다. 이번 대회의는 남궁세가에서 발안했습니다. 개인적으로는 대회의를 주관할 만한 충분한 타당성이 있다고 여겨 이리 자리를 마련했습니다. 자, 자세한 설명은 남궁가주께서 해주실 겁니다."

"남궁세가의 남궁천입니다."

가주(家主)를 맡아 적지 않은 세월 사람들을 대하다 보니 이미 안면을 튼 이들이 많았기에, 남궁천은 간단히 포권을 하며 자신의 소개를 대신했다.

"여러 명숙들을 번거롭게 하여 대단히 송구스러우나, 오늘 이 남궁모가 결례를 무릅쓰고 이런 자리를 마련한 것은 한 가지, 여러분들의 조언을 듣고 싶기 때문이오이다."

대회의를 주창한 당사자의 입에서 나올 말치고는 다소 엉뚱한 발언이었기에, 모여 있는 명숙들은 잠시 어리둥절했다.

"남궁세가주, 그 무슨 소리요? 조언을 듣고자 정마련 대회의를 신청했다니?"

역시 타박이 나온 것은 마맹주 고욱현의 입에서였다.

"이상하게 들릴 것은 아오만, 잠시 기다려 주시길 부탁드리오, 마맹주."

남궁천은 태연한 얼굴로 그리 말한 뒤 곧바로 커다란 파문을 일으킬 말을 내뱉었다.

"본가(本家)에서는 이번에 뜻하지 않은 사건과 조우한바, 그 사건의 주체가 월광사신의 수하들이라 판단을 내렸으니, 그것에 대해 여러 고명하신 분들의 조언을 듣기를 바라는 것이오."

웅성―

이미 대강의 사정을 알고 있는 장명 외에 나머지 사람들은 눈에 띄게 자신의 감정을 표출했다. 분노, 희미한 공포, 의구심…….

"본가에서 조우한 사건은 이렇소이다. 여러분도 청혈교가 벌인 유탄곡 혈사에서 살아남은 장무성 대표두를 알고 있을 것입니다. 그런데……."

남궁천은 천천히 얘기를 시작했다.

"요양 중이던 장무성 대표두를 암습하는 무리가 있었습니다. 그러나 마침 그 자리에 대단한 고수들이 배석해 있어 화를 모면했다고 하더군요. 그 와중에 사천당가의 여식 한 명이 중한 부상을 입기도 했습니다."

거기까지 말하던 남궁천은 미안한 기색으로 사천당가의 대표인 당염을 잠시 바라보다 말을 계속 이어갔다.

"그런데 그를 돕기 위해 마침 근처에 있던 제 자식 놈이 장무성 대표 두에게 다가가자, 그들이 이상한 말을 했다고 합니다. 실은 그 때문에 이렇게 여러분을 급히 청한 것입니다."

남궁천은 목을 긁적여 시커먼 때로 환약을 만들어 장난을 치고 있는 개방의 질풍걸개 소진에게 질문을 던졌다.

"장로께 묻겠소이다. 만일 장무성을 덮친 살수가 강룡십팔장을 사용했다면 어찌시겠소?"

그 말에 소진이 잠시 멈칫하다가 들고 있던 때 환약을 뭉개며 남궁천을 바라보았다.

"헤헤헷, 남궁가주, 지금 장난하시는 거요?"

"그럴 리 없다는 것이오이까?"

"크큭, 지금 이 거지에게 지금 무슨 농을 하려는지는 몰라도… 정마련이 있다 해도 천하의 거지들이 몰려들어 밥을 축내면 남궁세가의 곳간이 제아무리 넓어도, 한 줌 쌀토래기도 남기지 못하리라는 건 생각해 둬야 할 거요."

웃고 있었으나, 그가 내보이는 살기가 상당하다는 것은 누구나 알 수 있는 일이었다.

"알고 있소이다. 어찌 개방의 무서움을 모르겠소?"

남궁천은 가볍게 포권한 뒤 곧바로 마맹주 고욱현을 향해 눈길을 돌렸다.

"고 맹주, 만일 그 살수들이 경지에 이른 건곤대나이를 사용하여 장무성을 공격했다면 어찌시겠소?"

고욱현의 얼굴에 재미있다는 미소가 걸렸다. 그러나 이어서 흘러나온 답변은 미소와 상관없이 서늘한 한기가 풀풀 날리는 말이었다.

"요즘엔… 멸문(滅門)이라는 게 뭔지 모르는 인간들이 너무 많아진 듯하군."

"비록 우리 남궁가가 몇 안 되는 가솔로 이루어진 작은 집단이긴 하나, 하루아침에 멸문당할 정도로 녹록하지는 않을 것이오. 아무튼, 대답해 주시오, 고 맹주. 살수들이 건곤대나이를 사용했다면……."

"한 번만 더 호교신공의 이름을 살수 나부랭이에 연결시켜 말한다면… 그때도 내가 협약을 지킬 것이라 생각지는 마라."

패도 가득한 살기를 끌어올리며 이글거리는 눈으로 고욱현이 그리 말하자, 장내는 긴장감으로 가득 찼다. 연청 진인은 우려 섞인 눈으로 이쯤에서 정마련주 장명이 개입하기를 바랐으나, 그는 태연한 얼굴로 상황을 주시하고 있기만 했다.

고욱현의 살기를 태연히 받아내던 남궁천이 가볍게 포권하며 말했다.

"결코 그럴 리 없다는 고 맹주의 대답, 잘 들었습니다."

그는 좌중을 돌아보며 명숙들을 돌아보았다.

"다른 분들도 마찬가지십니까? 만약 그 살수들이 공동의 통천복마검이나 소림의 용형십팔수, 무당의 태극혜검 같은 걸 사용했다고 들었다면, 앞의 두 분처럼 반응하시겠습니까?"

당연한 것을 왜 묻느냐는 사람들의 시선을 받은 남궁천은 한숨을 내쉬었다.

"그렇다면, 그 살수들이 창궁대팔식을 사용했다면 어떻겠습니까?"

"……!"

회의실에 있는 사람들 중 그 말뜻을 못 알아들을 사람은 아무도 없었다.

"장무성 대표두는 현장에 한발 늦게 도착한 본인의 아들에게 실수들이 창궁대팔식을 사용했다 말했소이다. 제 아들의 반응도 지금 여러분들의 반응과 조금도 다르지 않았으며, 그것을 전해들은 본인의 반응도 여러분과 다름이 없었습니다."

남궁천은 차분히 이야기를 풀어나갔다.

친우인 사천당가의 여식조차 창궁대팔식을 목격했다는 이야기나, 월광혈사 당시 행방불명된 비급, 그리고 지금 강호 어딘가를 떠돌고 있을 월광사신의 후인.

"…그리하여 본인은 장무성을 습격했던 괴인들이 월광사신의 수하이거나, 최소한 그의 사주를 받았다 생각하고, 여러분의 조언을 듣기 위해 련주께 청을 넣어 여러 명숙들을 한자리에 모은 것입니다."

화산의 연청 진인이 입을 열었다.

"무량수불… 누군가 착각했을 가능성은 없습니까?"

"장무성 본인은 둘째 치고, 거짓을 고할 리 없는 당문의 여식이 현장에서 창궁대팔식을 휘두르는 괴한과 싸웠다 증언했습니다. 어떻습니까? 본 남궁가에서 반도가 나와 실수들에게 비전인 창궁대팔식을 넘겨주었다는 가정과 혹은 월광혈사 당시 분실했던 비급을 누군가 익혔다는 가정 중 어느 것이 더 그럴듯하다 생각하십니까?"

사람들은 입을 다물었다.

그것은 쉽게 생각할 문제가 아니었다. 각파의 지보(至寶)나 마찬가지인 무공들이 쉽게 유출될 리는 없었다. 그러나 반드시 없다고 할 수만은 없는 것이 인간사였다.

"글쎄……."

고욱현은 여전히 재미있다는 듯 짙은 미소를 흩어버리지 않고 있었다.

"시국이 시국이다 보니, 월광사신의 손을 탔다고 보는 게 재미있겠지… 남궁가에 잡놈이 나와 가전무공을 팔아먹었다는 얘기보다는 말이야."

다소 빈정거리는 얘기였으나 고욱현도 한 문파에서 장문지체나 그에 준하는 자들에게만 전해지는 무공이 어떻게 취급되는지 알기에, 그런 일이 실제로 일어났다면 월광사신에게서 무공이 유출되었으리라는 생각에 찬성하고 있었다.

"감사합니다. 조언을 들으러 이곳 정마련까지 와서 본인의 추론이 맞을 가능성이 높다는 이야기를 들으니 기쁘기 짝이 없소이다. 한 가지 더 추가하면, 그들은 잡배가 아니었소이다. 말씀드렸듯, 대표두인 장무성을 제외하고라도 우리 남궁가 무공의 진체를 알아볼 수 있는 안목을 가진 당가의 여식, 개인적으로 질녀로 생각하는 소류의 중언이 있었소이다. 더구나 그 아이는 황망 중이라 하나 그중 한 경의 침입자에게 목숨을 잃을 뻔하였소. 이는 당가의 무공을 낮추자 하는 얘기도 아니고, 본가의 무공이 우월하다 얘기하는 것도 아니오. 침입자들은 최소한 중상을 입은 소류 이상의 실력을 지니고 있었다는 얘기를 하는 것이오. 더구나 장무성 대표두는 비록 표국에 몸을 담고 있으나, 그 성정이 담백하고 꾸밈이 없다는 것은 널리 알려진 사실인바……."

남궁천이 한숨을 내쉬었다.

"짐작하고 있으시겠으나, 지금 이 상황을 가장 믿기 싫은 것은 누가 뭐라 해도 본인이 아니겠소? 불측하게도 우리 남궁가가 목숨처럼, 아니, 목숨보다 더 아끼고 있는 비전절예가 기껏 살수지예(殺手之藝)로 사용되고 있다… 허허, 살아생전 이처럼 어이없는 소식을 들을 줄 누가 상상이나 했으리오?"

그 말에 중인들은 고개를 끄덕여야 했다.

"하지만 증인이 확실한바, 믿을 수밖에 없었소이다. 그리고 그 증언을 믿는다면……."

굳이 뒷말을 하지 않았어도 모두들 알아들을 수 있었다.

장무성이 거짓말을 하고 있는 것이 아니라면 정말로 창궁대팔식이 일개 살수들의 손에 펼쳐졌고, 그 진본이 월광혈사 당시 월광사신의 손에 떨어졌다면…….

거기까지 생각이 미치지 못했다면 모르되, 일단 추론을 해낸 이상 상당히 설득력있는 가능성이었다. 특히 지금처럼 월광사신의 흔적을 잡아낸 시기에는 말이다.

"물론 모든 것이 가정일 따름입니다만… 일말의 가능성이 있는 이상 가벼운 대응이 있어선 안 되리라 생각하오이다."

남궁천은 그렇게 말한 뒤 자리에 앉았고, 각파의 명숙들이 묵묵히 여러 가지 생각을 하느라 대회의실에는 잠깐이지만 침묵이 흘렀다. 장명은 이례적으로 한마디 말도 없이 회의가 흘러가는 것을 지켜보고만 있었다.

공동의 도윤 산인이 신중한 표정으로 입을 열었다.

"우선 남궁가주에게 심심한 위로의 말씀을 드립니다. 자파의 무공이 남에게 전해졌다는 것은 어떤 것보다 견디기 힘든 일일 터… 큰 오해를 살 수 있는 일임에 이리 솔직 담백하게 말씀하시는 것에 감탄했습니다."

"별말씀을……."

"련주, 본도의 생각에는 확실히 알아보고 넘어가야 할 일인 듯싶습니다. 제 생각엔 련에서 사람을 파견하여 장무성 대표두의 말이 사실인지 확인하는 절차를 가져야 할 듯싶습니다. 마침 우리 공동의 제자도 중인이라 하니, 공동에서도 사람을 보내 녀석의 중언도 듣고 하는 게 낫겠지요. 그리고 그 괴한들에 대해서도 일단 련 차원에서 추적을 시작하는 게 좋을 듯합니다."

연청 진인이 그 말을 받았다.

"일단 대적(大敵)을 경동시킬 수는 없으니, 련에서 사람을 파견하되 장무성을 암습한 일에 대해 조사하는 식으로 파견해야겠으나… 그들에게도 충분한 무력을 지원해서 보내야 할 듯합니다."

"생사강시라도 말입니까?"

"무량수불. 충분히 수상한 점을 발견한다면, 그리해야 하지 않겠습니까?"

"말이 안 돼. 재밌는 가정이긴 하나, 어디까지나 가정이야. 이런 시기야. 이런 시기니까 오히려 그런 일에 일일이 휩쓸렸다간 정마련은 곧 기둥뿌리까지 뽑아야 할걸? 더구나 지금 함부로 생사강시를 움직이다 자칫 노출이라도 되면 무림 전체가 이 일을 알아차릴 거야."

마맹주가 섣부른 짓이라는 듯 고개를 흔들자 소진이 특유의 말투로 끼어들었다.

"그거야 어쩔 수 없는 일 아니겠소. 사실 여기 있는 그 누구도 이 일이 완벽히 감춰지리라 생각하고 계시진 않을 테고… 사실 이 일을 알고 있는 사람들도 조금씩 늘어가는 상황이라 언제 터질지 모르는 일이고, 소문이란 게 원래 방귀 같은 놈이라… 클클클, 어쨌거나 그냥 여기까지 비밀이 지켜진 것만도 어찌 보면 천행이라 할 수 있겠고… 이 거지의 생각으로는 기밀 누출의 위험이 생기더라도 생사강시를 보다 유용하게 사용하는 게 나을 거 같소만……."

"후후, 개방에선 이 일이 천하에 알려지길 바라기라도 하는 것 같군."

"헤헤, 설마 그렇기야… 아무튼 지금 진행하고 있는 월광사신 후인의 추적 절차보다는, 오히려 이 일이 더 가능성이 높다고 생각하는데… 그리 생각진 않으십니까?"

갑론을박(甲論乙駁)이 이어지는 가운데, 월광사신 추적에 대한 이야기가 흘러나오자 이제껏 입을 다물고 있던 장명의 눈빛이 잠깐 반짝였으나, 그뿐이었다. 장명은 여전히 토론에는 끼어들지 않은 채 사람들이 결론을 내리는 것을 기다리고 있었다.

누구랄 것없이 자유로운 토론이 진행되었고, 반 시진 정도 지난 끝에 의견이 통일되었다.

이렇듯 공동과 소림, 무당이 주축이 된 사찰단을 장무성에게 파견토록 하고, 수상한 점이 파악되는 즉시 생사강시를 동원하여 추적을 시작하는 것으로 합의가 되었다.

합의에 의해 구성된 사찰단의 규모는 다음과 같았다.

우선 정파를 기준으로 보자면, 공동에서는 공동칠숙 중 두 명, 소림에서는 사대천왕 한 명과 이십팔금강동인 중 네 명, 무당에서는 태극검수 네 명, 화산은 매화검수 두 명, 그리고 당사자인 남궁세가를 제외한 오대세가에서 두 명씩의 일대제자를 선별해 보내기로 결정했다.

마맹 쪽은 여러 가지 이유에서 정파보다 훨씬 작은 규모로 편성해야 했다. 우선 장무성에게 해를 입힌 것이 마맹의 세력인 청혈교였기에, 그저 사찰이 어떻게 진행되는지를 확인한다는 차원에서 마교의 십이사자 중 두 명과 귀곡의 추혼살수 네 명이 포함되었을 뿐이다.

또한 아직 월광사신을 쫓는다는 것은 각파 수뇌부들 중 일부만 아는 기밀 사항이었으므로, 새로이 구성될 사찰단도 자신들의 임무가 월광사신과 관련이 있다는 것은 모르게 할 필요가 있었다.

그래서 내세운 대외적인 명분이 증인 확보와 확인이었다.

"그러면, 우선 도주한 정정운을 찾는다는 명분과 살수들의 습격을 증언해 줄 증인을 확보한다는 명분을 내세워 사람들을 내보내면 되겠군요. 다른 의견 있으신 분 계십니까?"

장명이 좌중을 둘러보았으나 반대 의견은 나오지 않았다.

"그럼, 남궁가주의 제안에 대해서는 그렇게 하는 것으로 정하고… 한 가지 더 결정해야 할 사안이 있습니다."

"중요한 것인가?"

회의 초반부터 심기가 좋지 않아 보였던 마맹주 고욱현이 지루한 회의가 늘어날 듯하자 대뜸 그렇게 물어왔다.

"그렇습니다. 사고가 좀 있었는데… 제 직권으로 결정할 만한 사항이 아니어서 겸사(兼事)로 회의에 붙이고자 합니다."

"호오, 련주 직권으로도 결정하지 못할 일이라면……?"

장명과 마찬가지로 별다른 말 없이 배석하고 있던 정련의 수장인 신기박 제갈영호가 순간 눈을 빛냈다. 현재 정마련주가 쥐고 있는 권력으로는 어지간한 일은 선조치 후보고를 해도 아무 문제가 없었다. 그가 굳이 사람들에게 통보를 할 정도라면, 월광사신과 관계있는 문제뿐이었다. 남궁세가의 일처럼 말이다.

"제갈 맹주께서 생각하시는 것처럼 그런 쪽의 일입니다."

그는 품에서 작은 종잇조각 하나를 꺼내 탁자 위에 밀어놓았다.

"이것은 몇 시진 전에 만리추종에게서 도착한 긴급 서신입니다."

사람들은 정색을 하고 그를 바라보았다.

만리추종이 월광사신의 뒤를 캐고 있다는 것은 중대한 기밀이었으나, 적어도 이 자리에 있는 사람들은 거기에 대해 알고 있었다. 그들의 도움이 없으면 불가능한 추적이었으니까.

"이 서신의 내용은… 제이(二)감사대의 오유란이 임무 수행 중 정체를 알 수 없는 자들에게 사로잡혔다는 내용입니다."

그는 전서구에 묶여온 쪽지 옆에 다른 한 장의 종이를 더 올려놓았다.

"물론 만리추종이 보낸 원본은 불의의 사태에 대비하기 위해 밀마로 작성되었기에, 여기 해석본을 준비했습니다."

장명은 깍지낀 손을 탁자 위에 올려놓은 채 신중한 눈으로 사람들을 바라보았다.

"애초부터 이 정보를 알려드리지 않은 점은 사과드립니다. 그러나 이 일은 남궁천 가주님의 일과 별개고… 추론이 그 자체로 인정받을지 알 수 없어 잠시 두고 보고 있었습니다. 이 두 가지 사건이 실로 복잡한 듯하여 하나하나 풀어보려고 말입니다."

남궁선이 의아한 듯 장명을 바라보았다.

"그건 무슨 뜻입니까, 련주?"

장명이 잠시 생각을 가다듬다가 신중히 말을 내뱉었다.

"우연에 불과할 수도 있겠지요. 며칠 전 남궁선 대협께서 이 일에 대해 알려주셨고, 나름대로 그에 대해 알아보던 상태에서 이렇게 만리 추종이 서신을 보내왔습니다. 그리고 이 두 가지 일을 같이 섞어놓고 보던 모사(謀士)들이 한 가지 재미있는 사실을 집어냈지요."

정마련주 직속의 모사는 두 명이 있었다.

한 명은 정련에서 뽑아 보낸 제갈선여. 다른 한 명은 마맹에서 뽑아 보낸 귀현자.

이 둘은 련주 밑에서 그림자처럼 일을 하되, 그 정보를 다른 곳에 알리지 않도록 혈배를 들어 맹세를 한 자들인 동시에 련주를 견제하기도 하는, 복잡하고도 미묘한 정치적 위치를 지닌 자들이었다.

말하자면 정도 세력과 마도 세력이 서로 서로 패를 들여다볼 수 있게 만든 위치였다. 정마련의 어떤 정보도 그들을 비껴갈 수는 없으니, 한 세력이 다른 세력을 불시에 넘볼 수가 없었다.

그들은 오직 그 일에만 관여할 뿐, 다른 일들에 대해서는 철저히 함구하며 련주를 보필하는 일에만 충실하다. 일종의 계약이고, 대가였다.

"이 두 가지 일에는 한 가지 공통점이… 아니로군요, 정확히는 한 인물이 두 일에 모두 관여되어 있다는 사실입니다. 찾기 쉬운 일이었어요. 알기 어려운 일이 아니었지요."

장명은 천천히 말을 이어갔다.

"더구나 그 인물은 그 외에도 많은 곳에 관여되어 있습니다. 먼저… 그 인물이 십 년간 사라져 있다 나타났을 때가 바로 마우가 월광사신이나 그 후인에게 죽었을 때쯤이고, 이후 유탄곡 혈사에서는 현장에 있었습니다. 격전장에서 살아남은 몇 되지 않는 증인이었지요. 그리고 이번에 장무성이 습격받았을 때도 그 집에 머물고 있었습니다. 더구나 습격한 이들은 남궁가주의 추론에 따르자면, 월광사신의 수하들이었고……."

웃고 있던 소진의 얼굴이 설핏 굳어졌다.

"설마……?"

"그렇습니다. 그 인물은 무현종이 후보로 추린 이들 중 한 명이었습니다. 이름은 유수운……."

술렁—

"그 아이라면… 괴의에게 치료를 받았던 그 쟁자수 아니오?"

무당의 청정 진인은 그 이름을 기억하고 있었다. 유탄곡 혈사 때 실려온 부상자들 중 특히 상처가 중했기 때문에 괴의 후준열이 치료했던 젊은 쟁자수.

"맞습니다. 이곳에서 치료받고 표국으로 돌아갔는데… 장무성 대표두 집으로 옮겨서 가료하던 중, 그 아비가 와서 집으로 데리고 갔다 합니다."

"일개 쟁자수가 어째서 장무성 대표두 집에서 가료를?"

"그의 아들인 장우복의 처가 바로 유수운의 누이가 됩니다. 사적으로는 사돈집이니, 그리로 옮긴 것이지요."

장명이 사람들을 훑어보다가 한마디를 덧붙였다.

"그리고 오유란이 잡힌 곳도 바로 유수운의 집입니다."

귀곡의 귀령자가 무뚝뚝하게 그 말을 받았다.

"그거, 너무 잘 맞아떨어지지 않소?"

"그렇습니다. 그래서… 남궁세가의 일과 이 일이 둘이 아니라 하나

일 가능성도 있고… 해서 이렇게 여러분들에게 의견을 구하는 겁니다."

'우리가 먼저 얘기를 꺼내지 않고 머뭇거렸다면… 큰일까지는 몰라도 체면은 확실히 상했겠군.'

내심 자신의 선택이 옳았음을 확인하며 안도하는 남궁선이었다.

유달리 침묵하는 시간이 많아지는 회의였다. 이번에 먼저 얘기를 꺼낸 것은 청정 진인이었다.

"하지만… 당시 그 아이를 치료한 것은 괴의였으나, 빈도도 그 상세를 눈으로 봤었습니다. 앞으로 정상적인 생활이 가능할까 싶게 많이 상했었지요. 더구나 유탄곡 혈사와 장무성 대표두 습격 사건에서 동시에 현장에 있던 자라 하면, 장 대표두, 상인검 등도 마찬가지… 비록 무현종이 골라 뽑은 후보라 해도 너무 앞서가는 것 같은 생각이 드오이다."

"흐음……."

그러나 제갈영호는 천천히 고개를 저으며 청정의 말에 반론을 제시했다.

"청정 진인의 말은 참으로 옳은 얘기이나… 하나와 둘, 둘과 셋, 셋과 넷은 서로 그 차이가 엄청난 것이 아니겠습니까? 우연이란 것이 두 번은 겹칠 수 있겠지요. 드물겠지만 세 번까지도 일어날 수 있다고 칩시다. 하지만 네 번… 이건 적어도 뭔가 관련이 있다고 볼 수밖에 없지 않겠습니까?'

제갈영호의 주장에 화산의 연청 진인도 고개를 끄덕였다.

"일단 조사를 해보는 건 나쁠 것이 없겠지요. 그나저나… 이 서신을 보아하니 우리 유란이를 제압한 것이 그 유수운이라는 쟁자수 아이가 아니라, 정체를 알 수 없는 두 사람이라 되어 있는데……."

장명이 고개를 끄덕였다.

"아직 그들의 정체는 모르겠으나, 그들이 장무성 대표두의 집에 기거하다가 유수운이 본가로 돌아가던 날 같은 마차를 타고 떠났다는 건 확인되었습니다. 그 이상은 아직……."

그 말에 개방의 소진이 중얼거렸다.

"쾌검을 쓰는 젊은이와 왼팔이 없지만 고강한 내력을 가진 노승이라… 인자한 표정에 특징이 없고 낡은 가사……."

강호에 돌아다니는 온갖 소문을 구걸(?)한다는 개방의 장로답게 만리추종이 정리해 보낸 인상착의를 중얼거리던 소진이 얼굴을 찡그리며 말했다.

"거참, 아무 조건 없이 이런 인상착의만 보내왔다면 난 분명 소림의 혜월 대사님을 꼽았을 텐데… 무공이 고강하다라?"

"음?"

개방의 소진이 그렇게 중얼거리자 사람들은 다시 한 번 서신을 읽어 보았다.

확실히 그랬다.

무공이 고강한 괴한, 이라는 조건을 제하고 보자 무현종이 보내온 인상착의는 온전히 소림생불 혜월 대사와 유사했다.

사람들이 자신도 모르게 공해를 바라보자 그는 작게 불호를 외고 좌중을 돌아보았다. 마뜩찮은 표정이었다.

"아미타불… 혜월 사백께서 쌓으신 수행이 본 사에서도 따를 이가 없을 정도라는 것은 널리 알려진바이나, 그것이 무공을 말하는 것은 아님니다. 혜월 사백께서는 벌써 오십 년 전 월광혈사 당시 동문들을 월광사신에게 잃은 뒤 그 고통으로 중병을 앓으신 뒤, 홀연 대오각성(大悟覺醒)하셔서 스스로 팔을 자르고, 무공까지 모두 흩어버리신 뒤 용맹정진(勇猛呈進)하셨다는 건 널리 알려진바… 지금도 일신의 무공이 전무한 상태오이다. 사백께서 그곳에 있을 리도 없으려니와… 무공이라니… 있을 수 없는 일이외다."

강호무림에는 비밀에 부쳤으나, 사백이 월광사신의 손속에서 살아남은 유일한 인물이며, 그 상처 덕에 무공이 전폐되었다는 것을 여기 있는 누구보다 잘 알고 있는 것이 공해였다.

더구나 아직 젊은 무승 시절, 모자라는 불심을 가다듬기 위해 혜월의 가르침을 받으며 곁에서 모신 일까지 있어 잘 알고 있었다.

호적한 산사에서 사백을 모시며 이 년이란 세월을 보냈으나, 그 당시에도 사백은 가끔씩 흔한 달마역근경으로 굳어버린 몸을 달래곤 했을 뿐 일체의 연공을 하지 않았었다. 무공이 있었다면 있을 수 없는 일이었다.

'최근에야 참오하실 일이 많으셔서 학승들을 받지 않으셨으나 그동안 계속해서 강론을 하셨다. 그분이 무공을 수련하셨다면 본 산에서 더 잘 알고 있을 일……'

공해가 어이없다는 듯 사람들의 의혹을 일축하자 사람들은 고개를 끄덕였다. 그들도 그냥 지나가는 말로 던진 것이지, 소림 방장의 사형이자 살아 있는 생불이라 지칭되는 혜월이 그런 곳에 있으리라 생각진 않았던 것이다.

"아무튼 이 두 가지 일을 고루 살펴보니, 남궁가주의 말을 들으며 가장 의아했던 그 부분이 해소되는 것 같소. 사실 창궁대팔식을 사용하는 고수들이 암습했다는 부분에서 느낀 점이오만… 얘기를 들어보니 장 대표두가 보내온 서신에 의하면, 그들의 무위가 상당히 고강했다는 것인데 그런 고수들이 한두 명도 아니고… 생각해 보시오. 창궁대팔식을 능숙하게 시전하는 여러 명이 암습을 가하는 흉험한 상황… 그런데 그들을 맞이한 것은 운신이 힘든 장 대표두, 그리고 공동의 상인검, 장 대표두의 아들로 무당 속가제자인 장우복뿐이라는 얘기잖소? 살수들이 설사 창궁대팔식을 익히지 않았다 해도 상당한 수련을 쌓았을 살수 여덟을 단 두 사람이, 그것도 아무도 부상당하지 않게 지키며 상대할 수 있었다고는 생각되지 않고… 더구나 당가의 영애라면 당당히 이대제자 소리를 들을 정도의 기재라 알고 있소. 그런 아이가 살수 한 명과 맞수였다니 암습자들이 약하다고도 생각되지 않는 터… 이상타 생각했는데, 장 대표두의 집에 쾌검을 쓰는 검수 한 명과 내력을 알 수 없는 고강한 노승 한 명이 더 있었다면 얼추 숫자가 맞아떨어지는 것 같소.”

제갈영호가 이상하게 생각한 대로, 장무성이 보낸 서한에는 증인으로서의 혜월이나 전욱 등의 이름은 모두 빠져 있었다.

상혁은 혜월이 무공을 지녔음을 비밀로 하고 있다는 것을 장무성에게 말했고, 그 때문에 장무성은 혜월의 신위(神威)에 대해 함구했다.

또한 혈랑검 전욱 역시 부친의 복수를 위해 혈로(血路)를 걷고 있는 중인데다가, 강호에서의 명성도 없는 것이나 마찬가지기에 적어 넣지를 않았다.

장무성은 서한을 보낼 당시 미처 생각지 못했으나, 서신의 내용 그대로라면 상혁과 장우복, 두 사람이 모든 암습자를 처리한 셈이 된다.

그러나 창궁대팔식을 시전할 정도의 암습자 여섯이 기습을 하고, 뒤에 두 명이 더 가세할 정도의 흉험한 상황을 그 두 사람이 막아냈다고 하기엔 조금 궁색했다.

그러니 제갈영호처럼 유연하게 상황을 고려하고 있는 사람에게 누군지 알 수 없지만 다른 고수들의 조력이 있었다는 것을 추리하는 것은 그다지 어려운 일이 아니었다.

"흐음, 제갈 맹주의 말대로라면, 장무성이 고의로 그 두 사람을 빼먹었다는 얘기인데… 무엇 때문에 그랬을까요? 다른 것도 아니고 남궁세가의 창궁대팔식이 살수들의 손에서 펼쳐졌다는 것을 증명하려면 한 명의 증인도 아쉬웠을 텐데……?"

"흐흐흣, 그야 물을 것 있나? 정체를 숨길 필요가 있는 사람들이겠지. 드러나면 곤란한……."

소진이 그렇게 말하며 슬쩍 공해를 바라보았다.

'내 장무성, 그 사람 성정을 좀 아는데, 죄 짓고 돌아다니는 범죄자들을 감춰두고 그럴 사람은 아니고… 뭔가 사연이 있는 듯한데… 혹시 혜월 대사님이 무공을 감추고 있었다면? 그래서 장무성이 입을 다물고 있는 거라면?'

그런 생각이 얼핏 스쳤으나 굳이 입에 담지는 않았다.

소림은 말 그대로 용이 묻혀 있고, 호랑이가 누워 있는 땅이 아닌가? 나무나 때는 하찮은 불목하니 중에도 절정고수가 숨어 있는 판인데, 성승이라 불리우는 혜월이 알고 보니 고수라 해도 별로 이상할 것도 없다 싶었다.

공해도 눈치가 아주 없지는 않아서 '정체를 숨겨야 하는 사람'이라는 부분에서 사람들이 자신을 바라본다는 것을 느끼고 있었다.

'설마하니 사백께서 무공을 감추고 계실까.'

불쾌한 기분까지 들었으나, 생각해 보니 오히려 사람들이 소림의 잠재력을 높이 생각하고 있다는 생각이 들었다. 사실 혜월이 고강한 무공을 감추고 있다 해서 문제될 것은 없었다. 오히려 생불이라 불리우는 사백이 무공마저 고강하다면 소림의 홍복이 아니던가?

다만 그로 인해 혜월이 유일하게 월광사신에게 살아남았다는 것이 밝혀지게 된다면… 그것은 다소 껄끄러운 문제가 될 터였다.

"자자, 어차피 곧 확인될 문제입니다."

분위기가 묘하게 변하는 것을 감지한 장명이 손을 들었다.

"어떻게 했으면 좋겠습니까? 제 생각으론 유수운 쪽으로도 즉시 생사강시와 고수들을 지원했으면 하는데……."

"흠, 어차피 남궁세가주의 추론만으로도 대규모 인원을 보내는 판인데, 월광사신 후보에 정마련 감사대원이 잡혀 있다면 당연히 그쪽에도 급파를 하는 게 옳겠지."

마맹주 고욱현도 별다른 이견을 제시하지 않고 고개를 끄덕였다.

"일단, 그 아이가 우리 화산의 검을 이어받았으니 좌시할 수 없는 노릇… 무량수불. 우리가 앞장서게 해주시오, 련주."

"알겠습니다. 그리고……."

"아미타불, 소림에서도 한 팔 거들겠습니다."

만일 오유란을 제압한 노승이 정말로 혜월일 수도 있다는 생각에, 공해는 재빨리 끼어들었다.

"흐음, 그럼, 화산과 소림의 고수 대여섯 명에… 만일을 생각해서 생사강시 두 구 정도를 추가하는 것이 어떨까요?"

장명이 끼어들었다.

"알고 계시겠지만 생사강시를 동원하려면 명령권자가 최소한 장로급 이상은 되어야 합니다만……."

그 말에 잠시 생각을 가다듬던 공해가 조용히 말했다.

"조금 과하다 싶으나 인명이 걸린 일에 모자란 조치는 있을 수 없는 노릇… 허락하신다면 제가 직접 가도록 하겠습니다. 그 정도면 적당하다 생각되는군요."

그 이후 여러 가지 세부 사항이 논의되었고, 곧 정리가 끝났다. 그리하여 발을 동동 구르고 있을 무현종 측에게는 '원군이 가니 기다리라'는 내용이 담긴 전서구가 날아갔고, 남궁세가 쪽으로는 '장무성 측과 접촉 준비를 하라'는 전서구가 날아갔다.

정파 인원 스물한 명, 마도 인원 여섯 명, 이렇게 총 이십칠 인으로 구성된 사찰단과 공해가 이끄는 소림승 삼 인과 화산의 매화검수 삼 인, 생사강시 두 구로 구성된 십 인의 구출단이 각자의 목적지를 향해 급히 움직이기 시작했다.

중요한 회의가 끝나고 친분이 있는 이들끼리 한담을 나누는 자리가 이어졌다. 장명 역시 몇몇 정파 인사들과 가벼운 자리를 마련해 소소한 이야기를 나누기 시작했다.

문득 장명의 표정이 바뀌었다.

"특감대와의 연락이 끊겼습니다."

현재 특감대가 파견나간 곳은 청혈교였다.

그 말에 연청 진인이 의아한 표정을 지었다.

"무슨 말씀이십니까? 특감대의 연락은 어제만 해도……."

"제 말은, 비선 연락이 끊겼다는 얘깁니다."

"……."

중인들은 아연 긴장했다. 이미 특감대와 런주 사이에 비선 연락망이 있다는 것은 공공연한 비밀이었다.

"어째서 대회의 때 말씀하지 않으셨습니까?"

"……."

장명은 그 말에 대답하지 않고 다기를 들어 자신의 차에 한 잔의 찻물을 더 부어넣었다.

"마맹 때문입니까, 런주? 우리는 이미 탁살장 마우 때에도 정보를 공개하지 않아 마맹 측으로부터 크게 압박을 받고 있습니다. 이런 때 다시 한 번 이런 일이 벌어지면, 자칫 큰일이……."

"알고 있습니다, 진인."

"하면……?"

장명이 심각한 표정으로 얘기했다.

"다행이랄까… 남궁세가로부터 마맹 쪽의 시선을 돌릴 수 있는 일이 터져 줬지만… 청혈교에 파견 나간 특감대가 이상하다는 사실을 은폐할 수 있는 시간은 길어야 이, 삼 일이 고작일 겁니다. 감추려 해봐야 군사들에게 정보가 들어가면 금방 알려질 일……."

"알고 계시면서 뒷감당을 어찌하려 하시는 겁니까, 런주?"

그 말에 장명이 길게 한숨을 내쉬었다.

"생사강시가 움직이고 있습니다, 지금은."

"……."

"모르시겠습니까? 비록 일차적인 제어권이 맹주인 저에게 있다 해도 파견을 내보낼 때는 현장 지휘자에게 제어권이 넘어갑니다. 생사강시는 일반적인 강시와 달라 한 번 기동하면 완벽하게 제어가 되지 않아요. 만약 마맹 전체가 다른 마음을 먹고 있다면, 월광사신을 상대하기 위해 이리저리 풀려 나간 생사강시가 곧 우리 목을 조여올 겁니다."

"……."

"문제는, 그렇다고 마맹 측에 생사강시의 조종을 맡기지 않을 명분이 없다는 겁니다. 월광사신의 흔적이 나타나서 흔들리던 정마련이 안정을 찾고, 강대한 무력을 되살려 부흥의 발판을 마련한 것은 좋은 일이었지만……."

"련주의 말씀은……."

"예, 특감대의 연락이 끊겼다는 건 그들 모두 제압당했다는 얘기와도 같습니다. 추령 장로의 암살 때부터 청혈교의 행적을 되짚어봐도, 아무래도 청혈교는 흑백 양도의 분열을 통해 힘의 균형을 확립, 정마련 체제를 붕괴시키려 할 가능성이 높다고 생각합니다. 문제는 그들이 정마련 체제에서 벗어나려는 목적과 얼마나 많은 문파들이 동조하느냐 하는 점입니다."

"으음……."

"하필이면 이런 때……."

개방의 소진이 손톱 사이에 낀 때를 훅 불어내며 물었다.

"하면, 련주님께선 어쩌실 거요? 이대로 입 씻고 있는다고 해결될 일은 아닐 텐데 말입죠?"

"지금부터 그것을 고민해 봐야 할 일 아니겠습니까… 하하, 저에게 모든 짐을 넘기실 생각은 아니시겠지요?"

"그건 아니지만… 허허, 평온하던 강호가 이리 급박하게 움직이게 될 줄은 본도도 몰랐습니다."

중얼거렸다.

"거, 뭐… 원래 일이라는 게 없다고 세월아 네월아 삐대다 보면, 한 꺼번에 몰아서 닥치는 게 업 아뇨. 우리 같은 거지들도 밥 때에 구걸을 안 하면 배를 곯는데… 그간 정마련이 너무 안일했던 건 사실이 지…….'"

반쯤 농담 같은 소진의 말을 곱씹으며 정파를 대표하는 명숙들은 소 태라도 씹은 듯한 표정이 되어갔다.

*　　　　　*　　　　　*

오유란은 눈을 뜨자 자신을 지키고 있는 노승, 혜월을 발견할 수 있 었다.

"앗!"

본능적으로 이불을 끌어당기며 경계하는 표정이 된 오유란을, 눈을 감고 좌정하고 있던 혜월이 조용히 눈을 떠 바라보았다.

인자하고 정기가 가득한 눈을 본 유란은 그제야 조금 안심이 되었으 나 월광사신의 후인을 확인하려다 포로 신세가 되었기에 경계심을 늦 추지 않았다.

"아미타불. 몸은 괜찮으십니까, 시주?"

"아, 네……."

간밤의 흉험함이 떠올랐다.

"허허, 괜찮습니다, 시주. 해칠 마음은 없으니……."

"……."

그의 웃음을 보자 오유란은 두근거리는 마음을 조금은 진정시키고 사위를 재빨리 훑어보았다. 평범한 방이었다.

그때 문이 열리며 싸늘한 기도를 지닌 젊은 검객이 방 안으로 들어섰다. 전욱이었다.

"깨어났나?"

오유란은 전욱을 보자 자신도 모르게 몸을 흠칫 떨어야 했다. 비록 그간 경험이 적지 않아 흉흉한 상황에 빠져 본 적이 없는 것은 아니었으나, 그의 검이 자신의 목을 노리고 들어올 때 느꼈던 살기는 그간 경험에 비할 바가 아니었다.

그녀가 자신을 바라보자 그가 싸늘한 눈초리로 자신을 노려보고 있다는 것을 알 수 있었다.

"전 시주, 그만 하고 앉으시게."

"음……."

전욱은 가볍게 고개를 끄덕이고 혜월의 뒷자리에 앉은 뒤 그녀를 노려보기 시작했다.

"시주, 이 늙은이는 혜월이라는 법명을 받았다오. 아가씨의 이름을 알 수 있겠소?"

"…란(蘭)이라 불러주세요."

"좋은 이름이구려."

혜월은 고개를 끄덕인 뒤 잠시 입을 다물었다.

"어젯밤의 일로 몇 가지 질문을 드려야겠군요. 우선… 여시주가 손을 쓰는 걸 보아한 즉, 분명히 화산의 매화산수인 것으로 생각되는데… 맞소이까?"

"……."

그녀는 말없이 고개를 끄덕였다.

"그런 명문 출신이 어째서 이 댁 담을 넘은 것인지… 노납은 궁금하기 짝이 없습니다?"

"어… 저… 어제 말씀드린 대로……."

그 말에 전욱이 싸늘한 한기를 감추지 않고 끼어들었다.

"후, 수운이와 혼인을 약속했다는 그 얼토당토않은 얘기 말인가? 지금 그걸 믿으란 말인가?"

"하… 하지만 사실인걸요."

그때 유란의 머리 속에 무현종의 능글능글한 말투가 떠올랐다.

"여인이 눈물을 흘리며 하는 말은, 논리정연한 대학사들이 하는 말보다도 신빙성이 높답니다. 여차하면 울고 들어가면 끝입니다, 오 소저."

'누, 눈물이 필요해.'

그런 생각을 한 유란은 무현종에게 배운 기술 그대로 진기를 돌려 누혈(淚穴)을 살짝 건드렸다.

주르륵—

내상이 완치되지 않은 상태에서 진기를 돌린 덕에 안색은 파리해지고, 맑은 눈물이 주르륵 흘러내리자 냉정한 전욱도 당황했다.

"정말… 이라구요."

눈물을 펑펑 쏟는 여인을 감당하기 힘든지, 전욱이 그답지 않게 시선을 피한 뒤 헛기침을 했다.

"험, 너… 소저의 얘기가 맞다면… 왜 야밤에 야행복을 입고 월담을 한 것이오?"

그는 울고 있는 여인에게 막말을 하기가 뭐해 다소 말을 높이며 질문을 던졌다.

"실은……."

유란은 힘든 대답을 하듯 잠시 여운을 남기다 떠듬떠듬 말을 이었다.

"실은… 상공이 두 번 다시 절 보고 싶지 않다고 하셨어요. 두 번 다시 자기 앞에 서지 말라고 하셔서… 하지만… 하지만 저… 그저 얼굴만이라도… 얼굴만이라도 보고 싶었어요… 흑흑흑."

그녀가 다시 울음을 터뜨리자 전욱은 당황해하며 뒤로 물러섰다. 자신이 잘못한 것도 없고, 정당한 질문을 한 것뿐인데도 어쩐지 큰 죄를 지은 느낌이었다.

"아미타불… 그게 무슨 말씀이시오, 시주? 수운이와 혼약을 맺었다 했는데… 어찌 자기에게 모습을 보이지 말라 했단 말인지……."

"네… 그게… 오해가 있었어요… 제가… 밤에 사형과 있는 장면을 수운 공자가 보고 오해를 하셔서……."

오유란은 무현종에게서 들었던 정보를 조합하여 수운과 자신이 어떻게 만나고, 어떻게 사랑을 했으며, 어떻게 헤어지게 되었고, 자신이 어떻게 여기까지 오게 되었는지를 짜맞추며 눈물과 함께 설명하기 시작했다.

"죄송해요. 제가 경황이 없어서… 제대로 설명을 드릴게요. 저는 화산의 속가이신 진승천 대협을 사부로 모시고……."

'사부님, 죄송해요. 진 사숙님, 나중에 갚을게요.'

오유란은 속으로 그런 생각을 하며 말을 이어나갔다.

"어느 날 장에서 몸이 좋지 않아 보이는 수운 공자를 만나……."

그녀는 어렸을 때 유수운이 건강이 좋지 않았다는 정보와 여러 가지 이야기를 조합해 이야기를 만들어 나갔다.

우연히 만나 싹튼 사랑, 그것은 점점 깊어만 가고, 결국 둘은 장래를 약속한다. 그러나 뜻하지 않은 어느 날, 사형과 함께 나란히 웃으며 걷는 모습에 상처를 받은 수운은 그녀에게 자신을 잊겠다는 말을 하고 말도 없이 집으로 떠나 버렸다.

자신은 그의 행적을 추적해서 강서성으로, 그리고 유성표국으로, 그리고 정마련으로, 그리고 다시 이곳 강서성으로……. 이런 식으로 유수운을 찾아 여기저기를 오갔고…….

이번에 그의 생가를 수소문해서 찾은 김에 그저 얼굴이라도 보고 싶은 마음에 월담을 했다가…….

정보를 바탕으로 꾸며지는 그럴듯한 이야기에 그녀의 이야기를 헛소리로 치부하던 전욱조차 어느새 그녀의 말을 상당 부분 수긍하며 수운의 용렬함에 화를 내기 시작했다.

"상공이 화를 많이 냈지만… 시간이 가면 오해가 풀릴 거라 생각했어요… 흑흑, 하지만 그렇지 않으면 어쩌나 싶어서… 이미 저는 공자에게 몸과 마음을 모두……."

쨍그랑—

사람들은 문을 연 채 입을 딱 벌리고 있는 민하유의 모습을 보았다. 혜월의 부탁으로 오유란이 갈아입을 만한 옷과 속을 달랠 미음을 가지고 왔다가 그 부분을 들어버린 것이다.

"모, 몸과 마음……."

그녀의 표정이 심상치 않자 오유란은 뭔가 너무 심하게 진도를 나갔다는 생각에 화들짝 놀라며 얼굴을 붉혔다.

"에? 아니, 그건 그러니까… 그게 아니라……."

어설프게 부정하는 그 모습은 사람들에게 오해를 불러일으키기 딱 좋았다.

'간 건가?'

'넘었군.'

민하유와 전욱조차 그런 생각을 할 정도였다.

"어머니이이—!"

그녀는 이 특급 정보를 한시라도 빨리 알리기 위해 뛰었다.

"아, 저기……."

연기에 몰두하다 보니 돌이킬 수 없는 곳으로 진입한 오유란이었다.

"허허허……."

그 모습을 바라보던 혜월이 나지막이 웃음을 터뜨렸다. 집 식구들에게 걱정을 끼칠 수 없어서 잠시 산책을 나갔다가 근처에서 기력을 잃고 혼절한 아가씨를 데려왔다고 말해뒀는데, 그 얘기와 방금 전 이 아가씨가 한 말이 절묘하게 조화가 되어버린 것이다.

"아미타불……."

그는 습관처럼 불호를 외운 뒤 오유란에게 눈길을 주었다.

"시주, 시주께서 이제까지 했던 말씀이 모두 사실이신지……."

"아… 네."

유란은 조금 떨떠름했지만 이미 호랑이 등에 올라탄 것[騎虎之勢]이나 마찬가지였으므로, 혜월의 물음에 고개를 끄덕여야 했다.

"흐음……."

혜월은 심유한 눈빛으로 그녀를 바라보았다. 무슨 사연으로 간밤에 월담을 했는지, 진짜 수운의 정인인지 확인할 길은 없었으나 적어도 무공도 모르는 일반인들에게 해를 끼칠 사람은 아니라 판단하고 있었다.

그런 생각을 하는 것은 혜월뿐만이 아니라 오유란도 마찬가지였다. 그녀는 얘기를 이끌어가며 슬쩍 분위기를 살피고 있었는데 날카로운 눈매의 젊은 검객도 자신의 얘기를 듣고는 눈빛이 많이 누그러져 있었고, 노승은 처음부터 인자한 눈빛이었다.

더구나 방금 전 자신의 얘기를 듣고 어딘가로 뛰어간 착해 보이는 여인에 이르면, '생각보다 위험하지 않다' 라는 결론에 쉽게 도달할 수 있었다.

'나를 해칠 것 같지는 않고… 문제는 이 사람들이 누구냐는 건데…….'

조금 마음의 안정을 찾은 오유란은 그제야 자기 자신의 처지에 대해 둘러볼 여유가 생겼다.

노승과 젊은 검객의 마수에서 벗어나기 위해 일단 둘러대긴 했는데, 생각해 보니 노승은 처음부터 자신에게 별로 해를 가할 생각이 없는 것 같았다.

'아무튼 여기서 나가 일행과 합류해야 하는데… 어떻게 해야 하지?'

급한 김에 둘러대긴 했는데, 분위기에 휩쓸려 오히려 애매한 상황을 만들어 버리고 말았다. 자신이 한 말의 진위 여부는 수운이라는 사람과 만나면 한순간에 판가름 나는 것이고, 그때까지 무단 침입자인 자신을 저들이 풀어줄 리는 없을 것이다. 유란은 그렇게 판단했다.

'일단 차분하게 있자. 어차피 고 대협이나 무 대협이 곧 손을 써줄

테니 그때까지만 버티면…….'

그들도 말없이 사라진 자신이 이곳에 왔을 것이라 충분히 짐작할 테고, 아직까지 돌아오지 않았으니 분명 무슨 사단이 벌어졌다는 것도 짐작하고 있을 것이다. 다만 월광사신과의 관계가 불명확하기 때문에 그들도 고심하고 있으리라.

"휴우……"

그녀는 짙은 한숨을 내쉬었다.

'일이 어쩌다 이 지경으로…….'

누군가를 원망하려다가 일이 이렇게 된 것이 순전히 무현종의 말을 무시하고, 독단적으로 월담을 한 자신의 탓이라는 것을 깨달은 그녀는 다시 한 번 한숨을 내쉬었다.

'그나저나 이 사람들은 대체 누굴까? 하나같이 무공이 만만치 않았어. 특히 저 스님은…….'

그녀의 생각은 거기서 끊겼다. 민하유의 보고를 받자마자 곧바로 뛰어나온 부인 한씨와 수란이 들이닥쳤기 때문이다.

여인들이 방 안으로 들어오자 전욱은 예의 바르게 인사한 뒤 밖으로 나섰고, 혜월은 오유란의 건강이 좋지 않다는 것을 이유로 여전히 방 안에 머물렀다. 그러지는 않으리라 생각했지만 혹시 모를 사태에 대비해야 했기 때문이다.

오유란은 곧 흥분한 유씨 집안의 세 여인에게 둘러싸여 문초(?)를 당해야 했다.

처음에는 이름과 나이처럼 사소한 일부터 시작되었으나, 곧 그녀가 이 자리에 끌려오게 된 핵심에 근접했다.

그리고 문답의 백미인, 바로 수운과의 관계가 다시 한 번 오유란의 입에서 흘러나왔다.

"세상에!"

이미 민하유에 의해 '몸과 마음을 바친' 상황이 된 오유란은 초롱초롱한 그녀들의 압박을 이겨내지 못하고 그 사실을 시인(?)해 버린 것이다.

그러나 오유란은 속으로 식은땀을 흘리고 있었다. 지금이라도 수운이라는 청년을 만난다면, 그가 자신을 알아볼 리가 없다는 사실이다.

'알아볼 리가 없지!'

만난 적도 없는 사람이니까 당연한 일이었다. 그래서 유란은 그 부분을 다시 한 번 강조했다.

"하지만 상공께서는… 그 일 이후… 저를 완전히 잊겠다 하셨습니다. 다시 만나게 되어도… 처음 본 것처럼 그리 대하겠다고……."

다시 눈물 한 방울.

그 모습을 본 부인 한씨가 측은한 얼굴로 다가와 그 눈물을 닦아주며 자상하게 말했다.

"걱정하지 마세요. 수운이가 말은 그래도 그렇게 모진 애가 아니니까… 아마 아가씨를 보게 되면, 금세 일이 다 풀리게 될 거예요."

"그럴까요?"

"그럼요. 아마 쑥스러워서 그랬을 거예요. 걔가 소심해서… 모르긴 몰라도 오히려 아가씨를 엄청 기다려 왔을 거예요. 틀림없이."

"정말… 그랬으면 좋겠어요."

이 대답에 거짓은 없었다. 지금에 한한다는 단서가 붙긴 하지만.

담소를 나누던 여인들은 흐뭇한 미소를 지었다. 잠깐 봤을 뿐이지만 예쁘고 착한 아가씨였다. 이런 아가씨가 있으니 혼례 얘기를 꺼냈을 때 진력을 낸 것이리라.

"엄마, 난 수운이한테 가 있다 걔 깨어나면 부르러 올 테니까, 얘기하고 있어요."

"그래, 깨어나면 곧 바로 알리거라."

수란은 잠들어 있는 수운을 지켜본 뒤 깨어나면 곧바로 불러주겠다며 밖으로 나섰고, 남은 여인들은 유란과 재담을 즐겼다.

* * *

정신을 잃은 것처럼 보이는 수운은 실은 심마경(心魔境)에서 벗어난 뒤 서방정토(西方淨土), 즉 극락(極樂)에서 노닐고 있었다.

그곳의 연못 속에서 수레바퀴만한 연꽃이 피어나고, 푸른 빛에서는 푸른 광채, 누른빛에서는 누른 광채가, 붉은빛에서는 붉은 광채가, 흰 빛에서는 흰 광채가 나는 것을 보았다.

그것은 경전의 말대로 참으로 아름다웠고, 향기로웠다.

또한 그의 손에는 여전히 이름 모를 연꽃이 들려 있었다. 또한 어딘가에서 끊임없이 법문들이 들려오고 있었다.

그것은 백학, 공작, 앵무새, 가릉빈가 같은 천상조(天上鳥)들의 지저귐과도 같았다.

희열에 차 방황하던 수운의 귀에 아련하게 한가닥 법문이 흘러들어왔다.

…사람이 갑자기 악몽을 꾸고 나쁜 형상을 보며, 괴이한 날것들이 모이

며, 집 안에 여러 요사스러운 것이 나타나더라도, 그에 좋은 공양거리로 칠불여래부처님을 공경하고 공양한다면, 악몽과 나쁜 형상, 상서롭지 못한 모든 것들이 사라져 능히 괴로움에서 벗어나리라.

[若復有人 忽得惡夢 見諸惡相 或怪鳥來集 或於其家 百怪出現 此人 若以 衆妙資具 恭敬供養 彼諸佛者 惡夢惡相 諸不吉祥 悉皆隱沒 不能爲患]

'심마······.'

그는 문득 자신을 얽어맸던 심마를 떠올렸고, 그 이후 천천히 법열에서 벗어나기 시작했다.

아직도 구름 속을 헤매는 듯한 황홀경의 여운을 맛보고는 있었으나, 그는 천천히 현실 세계로 돌아오고 있었다.

그는 심마가 보여주던 생생한 악몽들을 떠올려 보았다.

자신이 피에 절어 사람들을 도축하고, 무림인들이 자신의 가족들을 도살하고⋯ 모든 것이 피투성이였던 그 장면들을.

'위험했어.'

말 그대로 마경이었다. 그는 무슨 연유에서인지 길을 잘못 들어 빠져들었던 그 마경(魔境)을 생각하자 저절로 진저리가 쳐졌다.

가끔 스승인 진현우에게 잘못된 마음 공부를 하다 보면 심마에 들어 주화입마하거나 미치광이가 된다는 얘기를 듣긴 했지만, 설마 그 일이 자신에게 닥칠 줄은 상상도 하지 못했던 것이다.

사부가 언제나 무어라 했던가?

"멸명마공은 천하제일의 정종 무공. 그 어떤 심마도 침범할 수 없다. 주화입마? 크하하, 그런 허접한 일은 일어날 수 없다."

'…일어났잖아요.'

실로 문파 사상 초유의 일을 당한 채 저 세상으로 갈 뻔한 수운이었다.

"휴우……."

수운은 마경 속에서 떠올린 모든 일들이 자신의 욕망이라는 것을 짐작했기에, 그 핏빛으로 가득한 세계가 자기 마음 깊은 곳에 들어 있다는 것이 부끄럽기만 했다.

그렇게 마경 속에서 자신을 괴롭히던 심마와 그것이 해소되며 느껴야 했던 열반경을 번갈아 생각하던 수운은 천천히 현실 세계로 돌아오기 시작했다.

아기 동자승의 웃음소리가 그의 입가에 한가닥 미소를 남기고 있었다.

눈을 뜨고 사방을 두리번거리던 수운은 자신이 어느새 자기 방 침상에 누여져 있다는 것을 깨달았다. 그리고 천진한 아기의 소리가 계속 들려온다는 것을 깨달았다.

"다아~"

"으응, 혜린이 이뻐. 너~어무 이뻐."

"꺄하."

"엄마도 이쁘다고? 우리 혜린이 똑똑해~"

곁에서는 누나인 유수란이 딸인 장혜린과 손가락을 걸고 한창 놀고 있는 중이었다.

"…누나?"

혜린이와 그녀만의 세계에 빠져 있던 수란이 깨어난 그와 눈이 마주쳤다.

"어, 깼구나, 수운이."

"으응······."

"늦게 일어나셨구만."

"아, 늦었나?"

"헤헹, 늦었지. 그치, 혜린아? 삼촌 늦었지?"

"아아앙."

태어난 지 얼마 되지도 않는 아이를 괴롭히는 누나를 바라보던 수운이 머리를 긁적이며 반쯤 몸을 일으킨 뒤 침상 맡에 있던 주담자를 집어 물을 들이켰다.

"빨리 일어나서 나가봐."

"응?"

"후후훗, 아가씨가 기다리고 있으니까."

수란이 의미심장한 눈으로 던진 말에 수운은 주담자에서 입을 뗀 뒤 누나를 바라보았다. 아가씨?

"…응?"

"어쩜 세상에··· 그렇게 시치미를 뗄 수 있다니? 어쩐지, 아빠랑 오빠가 그렇게 권해도 끄덕도 안 한다 했더만······."

'내가 다 안다. 좋을 때다' 라는 눈으로 바라보는 누나였다.

"저··· 누나?"

"예쁘긴 하데?"

누나가 웃으며 한마디 덧붙여 줬으나, 수운은 뭐가 뭔지 알 수 없었다. 그러니까, 수란이 이제까지 뭐라고 했던가?

'아가씨가 기다린다고?'

그 다음에,

'아버지랑 형이 권하던 것?'

권했다기보다는 강제로 시키려고 했던 것이라면, 혼례라는 인륜지 대사가 있긴 했다. 그 외에는 생각나는 것이 없었다.

마지막으로,

'예뻐? 누가?'

쉬운 말들이었으나, 적어도 지금의 수운에게는 의미를 알 수 없는 말들을 늘어놓은 수란은 혜린을 턱 하니 수운의 품에 안겼다.

"잠깐 혜린이랑 놀고 있어. 금방 불러올 테니. 후후훗."

"어? 불러와? 누굴?"

"기다려~"

수란은 그렇게 말한 뒤 나는 듯이 밖으로 나가며 한마디를 덧붙였다.

"기다리시던 님을 곧 불러올 테니. 수운이는 좋겠네, 후후훗."

"…뭐? 누나, 누나?"

'기다리던 님' 이라는 단어를 남기며 쏜살같이 빠져나가는 유수란을 수운은 소리쳐 불러봤으나 한발 늦고 말았다.

수운은 혼란 상태에 빠져 고개를 갸웃거렸다.

아가씨가 기다린다, 혼례, 예쁘다, 기다리던 님…….

"뭐지?"

알 수 없는 누나의 말에 그는 머리를 긁적이다 문득 자신이 무척 자연스레 머리를 긁적이고 있다는 것을 알았다.

"어?"

그는 침상에서 내려와 몸을 이리저리 움직여 보았다. 심하게 부서져 있던 어깨나 허벅지 어림이 약간 저릿한 것을 빼고는 너무나 말끔했다.

"…어떻게 된 거지?"

심마에서 벗어남과 동시에 새로운 경지에 접어들었고, 그때 몸 안에 있던 절명기가 움직여 몸을 상당 부분 치료해 버린 것을 수운은 모르고 있었다.

'이러면 곤란한데…….'

잠시 생각해 보자 이렇게까지 몸이 좋아진 이유가 심마에 들었다 빠져나온 데 있음은 어렴풋이 짐작할 수 있었지만, 자신을 치료하고 있는 혜월 대사를 떠올리자 곤혹스러워졌다.

이제까지도 정상보다 월등히 빠른 치유였을 텐데, 한순간에 거의 완치에 가깝게 나아버린 것을 어떻게 설명한단 말인가?

그는 품에서 앙증맞은 손을 꼬물거리는 조카 장혜린을 바라보며 물었다.

"휴우, 혜린아… 삼촌 어쩌냐?"

"아앙… 다아~"

"그래, 어쩌긴 뭘 어쩌겠냐… 그냥 모르는 척하라는 얘기지?"

"하~암."

작게 하품을 하는 조카를 보며 수운은 한숨을 내쉬었다. 생각해 보면 모든 것이 다 상혁 조장에게 잡혀 왔기 때문에 생긴 일이었기에 원망감마저 생겼다.

"자, 들어가세요, 아가씨."

귀엽게 꼬물거리는 혜린의 손가락을 만지며 시름을 잊어가던 수운의 귀에 갑자기 형수의 목소리가 들려왔다.

그는 혜린에게서 눈을 떼고 문 쪽을 바라보았다. 곧 문이 열리고, 귀엽게 생긴 여인이 들어섰다.

문은 반쯤 열려 있었고 그 뒤로 어머니와 형수, 누나, 그리고 심지어 혜월 대사와 전욱까지 문 안의 상황을 주시하는 것이 보였다.

'…뭐야. 새로운 간병 방식인가?'

그가 뭘 어떻게 해야 할지 몰라 멍하니 품 안의 혜린이만 안고 있을 때 갑자기 수란이 달려들어 와 품속의 혜린을 채갔다.

"어머, 분위기 망쳤나 봐. 자, 다시."

수란은 웃으며 그렇게 말한 뒤 문밖으로 나가서 흥미진진하게 눈을 빛내며 장내 상황을 주목하기 시작했다.

'이… 이 분위기는 뭐지?'

수운은 아직도 상황을 판단할 수가 없었다. 사람들이 왜 자신을 저런 눈으로 바라보고 있는지, 그리고 눈앞에서 얼굴을 발갛게 물들인 채 주춤거리는 귀여운 아가씨는 누구인지, 아까 누나가 던지고 간 말은 무슨 뜻인지 하나도 알 수가 없었다.

그는 일단 눈앞의 아가씨가 모든 상황의 열쇠라 판단하고 다시 한 번 눈길을 주었다. 일단 누나의 말대로 예쁜, 보기 드물게 귀여운 아가씨이긴 했다.

그러나 문제는…….

'누구지?'

그렇다. 결국 아무리 예뻐도 그녀는 수운이 모르는 아가씨인 것이다. 그런 아가씨가 왜 자기 앞에 와서 얼굴을 붉히고 다소곳이 서 있는

것이며, 왜 가족들이 뒤에서 뭔가를 바라는 것처럼 눈을 반짝이고 있는
것인가?

거기다,

'…전욱 대협과 혜월 대사님은 왜?'

그로서는 어리둥절할 뿐이었다.

'이게 무슨 상황이지?'

그저 그런 생각을 하며 자신을 바라보며 얼굴을 붉히고 있는 아가씨
를 멀뚱히 바라보고 있을 수밖에 없었다.

"고……."

드디어 깨어나자마자 자신을 한없이 헷갈리게 하던 그 아가씨가 입
을 열었다.

"공자님, 뵙고 싶었어요. 흑흑흑."

"……?"

그는 방금 들은 소리가 무슨 소리인지 의미를 파악하기 위해 애썼
다. 단어는 쉬웠다. 공자, 만나고 싶었다… 그러나 그 대상자가 누구란
말인가?

'공자? 누가? 뵙고 싶었다고? 누굴? 나를? 저 아가씬 누구지? 여긴
어디고?'

그는 너무 어처구니없는 상황에 직면해서인지 순식간에 수많은 생
각을 진행시켰다.

'심마? 아직도 심마에서 벗어나지 못한 건가? 나, 장가가고 싶었던
걸까? 그래서 이런 환상을? 설마, 무슨 심마가 이따위야?'

그가 반쯤 입을 벌리고 멍하니 아가씨를 바라보며 대꾸하지 못하고
있을 때, 그 정체 모를 예쁜 아가씨가 갑자기 머리를 숙이더니 울먹이

기 시작했다.

"흑흑흑, 공자님… 정말… 정말 소녀를 버리실 건가요?"

"…네?"

"훌쩍, 평생 같이하자고 손가락 걸고 약속했던 그 밤의 약속은… 정말 모두 거짓이었어요?"

푸웃—

수운은 목이 타 들이키던 물을 그대로 뿜어냈다.

"저기… 아가씨?"

수운은 뭔가 심각하게 잘못돼 가고 있다는 것을 절감했고, 그녀와 대화를 시도할 필요가 있다는 것을 뒤늦게 깨달았다. 그러나 정체 모를 아가씨는 훌쩍이기만 하며 자신과의 대화를 거부하고 있었다.

거기에 저 뒤에서 내부 상황을 관람하고 있던 군중의 분위기가 점점 거칠어지고 있었다. 특히 누나나 형수, 어머니 등의 표정이 점점 험악해지고 있었다.

그녀들은 뭔가에 분노하고 있었고, 그 분노의 대상은, 환장하게도 자신이었다.

꿀꺽—

본능적으로 위기를 느낀 수운은 다시 한 번 그녀에게 심도 깊은 대화를 요청해 보기로 했다. 역시 이 모든 비밀의 열쇠는 그녀가 쥐고 있는 것이다.

"그러니까… 저… 아가씨?"

다행히 이번에는 반응이 있었다. 그녀는 울먹거리는 채로 살짝 고개를 들었다.

"흑흑, 네?"

이 기회를 놓치면 다시는 대화를 할 기회가 없을 수도 있다는 생각에 수운은 지금 현재 가장 중요한 의문점을 가장 짤막한 단어로 질문했다.

"누구세요?"

완벽한 질문이었다.

그리고 그에 대한 대답은 다음과 같았다.

"우와아아앙~ 공자님 미워!"

지극히 당연하며 상식적인 질문을 던졌을 뿐인데 그녀는 서럽게 눈물을 흩뿌리며 방 밖으로 뛰쳐나갔던 것이다. 오유란, 일생일대의 명연기였다.

"아니, 저……."

너무 서럽게 뛰쳐나가는 모습에 순간적으로 수운은 자신이 아무 잘못이 없음에도, 뭔가 심각하고 치명적인 실수를 그녀에게 저지른 것이 아닌가 하는 죄책감까지 들었다.

'아, 아는 아가씨였나?'

그러나 그의 생각은 길게 이어지지 못했다.

두다다다―

"에라, 이 녀석!"

"꺄!"

다혈질인 누나 유수란이 조카 혜린이까지 안고서 침상에 누워 있던 수운을 향해 날아왔고, 그 충격에 수운은 자신도 모르게 비명을 질러야 했다.

"누, 누나, 난… 환자……."

"시끄럿! 여자의 적! 평생 누워 있어!"

"아아아, 누나, 머리카락 다 빠져. 어, 어머니!"

"흥, 아무리 내 아들이지만 나쁜 건 나쁜 일이다. 나쁜 녀석! 일을 저질렀으면 책임을 져야지! 저렇게 착한 아이를……"

"아니, 그러니까, 무슨 책임이요! 아악, 누나! 머리 흔들지 마!"

목을 쥐고 흔드는 통에 머리가 아래위로 흔들려 정신이 없는 수운의 눈에 형수가 방 안에 들어서는 것이 보였다.

"혀, 형수님, 좀 말려주……"

"도련님! 만 리 길을 찾아온 정인을 만났으면 따듯하게 대해줘야지, 지금 뭐 하는 거예요! 도련님에게 실망했어요!"

"커허억!"

거품을 물 일이었다. 어째서 모든 가족의 공적이 되어버린 것일까?

'심마야… 아직 안 깨어났어… 사부… 이 제자는 이렇게 가나 봐요.'

밖에서 그 모습을 보고 있던 혜월은 쓴웃음을 지었다. 말릴까 하는 생각도 들었으나, 수운을 잡고(?) 있는 수란조차 그냥 조심스레 몸을 흔드는 정도에 그칠 뿐 상세에 치명적인 행위는 일절 하고 있지 않았다.

수란의 손에 머리가 아래위로 흔들리고 있는 멍한 표정의 수운은 아무리 봐도 무림을 피에 잠기게 했던 그 월광사신의 후인이라고 보기엔 무리가 있었다.

고개를 돌리자 자신의 이름을 란(蘭)이라고 밝힌 여인이 훌쩍이고 있었고, 전욱은 별다른 동요 없이 방 안의 상황과 그녀를 번갈아 주시하고 있었다.

'허허, 이거 참……'

수운의 진실한 정체가 월광사신의 후인이 아닐까 짐작하고 있는 혜월로서는, 그의 정인(情人)이라 주장하는 저 여인의 말이 아마 진실은 아닐 것이라 생각하고 있었다.

그러나 아주 거짓이라 믿기엔 그녀가 내세운 주장이 일관되어 있었고, 특별한 악의가 보이지 않아 그냥 두고 보고 있는 중이었다.

이렇듯 정체를 들킬 수 없는 그녀의 변명, 수운을 걱정하고 있는 가족의 근심, 돌아가는 정황을 알 수 없던 혜월의 방관, 이 모든 것이 뒤섞여 나온 것이 지금의 상황이었다.

어쩌면 지금 수운이 머리를 짤짤 흔들리고 있는 책임의 절반쯤은 혜월 대사가 그녀의 존재를 가족들에게 노출시켰기 때문일 수도 있기에, 나름대로 미안한 생각을 가져 보는 혜월이었다.

그때 훌쩍거리는 척하던 오유란이 힐끔거리며 방 안의 상황을 슬며시 들여다보았다.

유수운이라는 사람이 누나의 손에 의해 이리저리 덜렁거리는 모습이 눈에 들어왔다. 평소라면 당과나 낙화생이라도 까먹으며 지켜볼 만한 명장면이었건만, 마음 놓고 볼 수 없다는 것이 아쉬웠다.

'아?'

그렇듯, 자신이 훌쩍거리던 중이라는 것도 잠시 망각한 채 그 장면을 훔쳐보던 유란은 어디선가 이런 장면을 봤던 기억이 언뜻 스쳐 지나갔다.

'어디서였지? 분명히 최근에……'

이렇게 근사한 장면을 잊을 리가 없다. 어디서 봤을까, 잠시 기억 속에 잠겼던 유란은 자신도 모르게 탄성을 내질렀다.

"아!"

분명히 자신이 사문의 어른들인 화산삼검을 따라 정마련으로 귀환했을 때, 정마련 의당에서 무림 명숙들과 엉겨 고함을 고래고래 지르던 그 쟁자수!

답답했던 마음이 환해지는 것 같았다. 아, 그래서 얼굴이 낯익었구나, 그랬어.

정마련 의당에서의 일을 떠올린 그녀는 자신도 모르게 손뼉을 쳤다.

'그래! 정마련 의당에서 난리 치던 그 사람이야! 아!'

무의식중에 손뼉을 치며 흥분하던 유란은 급히 표정을 고친 채 사람들의 눈치를 보았다. 다행히 사람들은 방 안의 소란 때문에 자신의 행동을 알아차리지 못한 모양이어서 그녀는 안도의 한숨을 내쉬었다.

그리고 재빨리 얼굴을 슬픈 표정으로 바꾸고 방 안의 정경을 훔쳐보기 시작했다.

'그랬구나… 저 사람은 분명히 정마련에서 치료를 받았었다고 했어. 그걸 잊고 있었네. 낯이 익었던 것도 그래서였군.'

유란은 마음 한구석에 남아 있던 묘한 불안감을 털어내며 봉변을 당하고 있는 수운을 훔쳐보았다.

해가 좋은 날이었다.

◆ 第二十四章 ◆
유수운, 당소류와 재회하다

유수운, 당소류와 재회하다

"언니, 강서성에는 처음인가요?"

"아, 그래."

"저는 가끔 표행을 따라나서 봤어요… 별로 볼 건 없다지만 좋은 곳이지요."

하혜진은 무거운 분위기를 바꾸기 위해 가끔 당소류에게 말을 건네고 있었지만 대화가 길게 이어지진 않았다. 소류는 그녀의 말에 무례하지 않을 정도로 간단하게 대꾸만 할 뿐 대화를 즐기지 않았다. 그러니 분위기가 좋아질 리가 없었다.

애초에 시녀만 데리고 홀가분하게 떠나려 했던 소류는 자신이 떠나는 날을 어떻게 알았는지 동행을 자청한 이 남매가 그다지 마음에 들지 않았다.

정중하게 거절하려고 했으나, 뜻밖에 남궁정의가 끼어들었다.

"우연히 알게 되었는데, 하 소국주도 유수운이라는 쟁자수에게 볼일이 있다더군. 조사 차원에서. 나도 네가 완치가 안 된 상태라서 신변이 걱정스러웠는데, 하 소국주 남매가 같이 가신다면 안심이 될 것 같아서 내가 부탁드린 거야."

방향이 같으니 호위를 겸해서 동행하라고 말하는 남궁정의의 말을 거부할 명분이 없었다. 무엇보다, 그의 말을 이 이상 들어주지 않는 것도 미안한 일이었다.

그래서 홀가분하고 즐거워야 할 길은 다소 따분하고 짜증나는 여행길로 바뀌게 되었다.

'정말 짜증나는군.'

그녀는 자신의 옆에서 종알거리는 하혜진에게서 눈을 돌려 흘깃 하태진을 바라보았다. 예상대로 그는 자신을 바라보다가 급히 시선을 돌렸다.

그랬다.

무엇보다 소류를 짜증나게 하는 것은 저러한 하태진의 시선이었다.

겉으로는 예의 바른 미소를 짓고 있었지만, 그의 성정이 어떠하다는 것은 여러 경로를 통해 알고 있었다. 분명히 말하자면, 소류는 그가 싫었다.

그녀는 다시 시선을 틀어 창밖을 주시하며 빨리 이 따분한 여행에서 벗어나기를 희망했다.

하태진은 슬쩍 자신에게 시선을 주었다 회수하는 소류를 느긋하게 지켜보고 있었다.

'후후후, 계집. 그렇게 콧대를 높이고 있거라. 나는 남궁정의라는

놈처럼 무르지 않다.'

예의 바른 미소 속에서 그는 뜻밖의 생각을 하고 있었다.

'넌 남궁정의의 청혼을 받아들이는 게 좋았어. 그리고 이런 곳에 오는 게 아니었지. 그랬다면 나도 너를 포기할 명분이 생겼겠지. 하지만 말이야… 남궁정의라면 모를까, 유수운 정도에게 마음을 빼앗긴 너 정도라면 충분히 취할 방도가 있지. 후후후, 넌 내 것이 될 수밖에 없어. 그것도, 멍청한 남궁정의의 도움으로 말이야.'

그는 일전, 자신을 찾아온 남궁정의와 했던 밀약을 떠올리며 즐거워했다.

그가 도움을 약속한 덕에 자신이 원래 하려던 일이 쉬워졌다. 그는 결코 장무성을 그대로 놔둘 생각이 없었다. 자신은 군림해야 하는 사람이었다.

아버지의 가업인 유성표국을 이어받아, 아버지의 소망인 중원의 표로일통을 달성할 사람이었다. 그는 자신이 있었다. 의숙인 장무성도 원래는 그 계획의 하나였다.

이제는 필요없었다. 주인을 무는 개는 아무리 사나워도 쓸모가 없는 법이다.

'날 건드린 걸 후회하게 해주지. 장무성, 내가 그리 우스워 보였다면 착각한 거야.'

우선은 유수운.

그 건방진 녀석은 처음부터 마음에 들지 않았다. 더구나 그에게 위압감을 느꼈다는 것에 그는 마음 깊이 상처를 입고 있었다. 하잘것없는 쟁자수에게……

그리고 그 일가붙이를 모두 쓸어버린다. 그는 이미 장우복의 처 유수란이 갓 태어난 아이를 데리고 집으로 돌아가 있다는 것을 알고 있었다.

일석이조였다.

그들이 살해당한다면 장무성은 자신을 습격했던 자들, 정정운이나 청혈교의 짓이리라 여길 터였다.

자신의 손을 더럽힐 생각은 없었다. 실제로 모든 일은 다른 자들의 손으로 시행될 것이었다. 그의 무고함은 다른 이들이 증언할 터였고, 덤으로 습격으로 혼란한 와중에 당소류도 취할 생각이었다.

'좋아, 아주 좋아.'

그는 품 안에 있는 약봉지를 느끼며 빙그레 웃음 지었다. 이것은 효과가 탁월한 미혼분으로, 흡입하거나 섭취하게 되면 짧게는 반 시진에서 길게는 세 시진까지 정신을 잃게 만드는 약이었다.

주로 삼류잡배들이나 산적들이 아녀자들을 겁탈할 때 사용하는 것이었다. 표국에서 일하다 보니 이런 것들을 어떻게 표나지 않게 입수하는지는 잘 알게 되었다.

원래 당소류는 예정에 없었으나, 남궁정의가 자신에게 수운의 처리를 부탁한 덕에 그녀까지 탈없이 취할 수 있게 되었다. 같이 손을 더럽힌 이상 당소류를 취해도 그는 아무런 보복을 할 수 없게 된다.

오히려 자신은 당소류로 대표되는 사천당가의 울타리 안으로 들어가게 될 것이다.

'후후.'

그는 기분 좋은 미소를 지어 보였다.

이미 자신이 비선으로 사람을 보내 접촉시킨 녹림 일당들은 어떤 '보물'에 대한 소문을 들었을 것이다.

'결코 무시할 수 없겠지.'

중거까지 들려 보냈으니, 욕심 많은 녹림 나부랭이들은 지금쯤 침을 질질 흘리고 있을 것이다.

더구나 위치도 더할 나위 없이 좋았다.

변변한 관부의 보호도 없는 작은 촌읍.

그따위 소읍이야 한 번에 쓸어버릴 병력이 유수운 일가를 덮칠 것이고, 지금 소리없이 뒤따라붙고 있을 남궁정의의 수하들은 만이 하나, 도주하는 자들이 있다면 확실히 유수운 일가의 숨통을 끊을 것이었다.

물론 그들의 가장 큰 임무는 습격을 마치고 돌아가는 산적들의 암살이었다. 가만히 둬도 무탈하겠지만, 위험한 싹은 제거하는 것이 좋은 법. 더구나 그 역시 자신의 손이 아니라 남궁세가의 손을 거쳐 이루어지는 것이니 금상첨화였다.

유씨 일가가 참살당하면 장씨 일가와 껄끄러운 하상혁은 미쳐 날뛰기 시작할 것이고, 시체가 되어 넘어져 있는 유수운과 머지않아 자신에게 하얀 속살을 드러낼 당소류를 생각하자 하태진은 자신도 모르게 몸을 부르르 떨었다.

그의 망상(妄想)은 그 이상으로 나아가고 있었다.

'이 마차가 도착하고 나면… 후후후, 녹림의 쓰레기들이 이렇게라도 도움이 되는군.'

지금쯤 거짓 정보를 믿고 탐욕스런 눈으로 뛰쳐나올 녹림도들을 생각하며 그는 다시 한 번 기분이 좋아졌다.

그리고 곁눈질로 깎아놓은 듯 생기있는 당소류의 피부와 그녀의 얼굴을 감상하기 시작했다.

＊　　　　＊　　　　＊

남궁세가의 가주인 남궁천이 정마련으로 떠나 버리고, 자신의 서한에 대해 일체 언급을 하지 않은 채 시간만 흐르고 있었다.

"대표두님 끝발도 별거 아니구만요."

늘어지게 하품을 하던 하상혁이 문득 그렇게 중얼거리자 여기저기서 들어온 서신들을 살펴보던 장무성이 무슨 소리냐는 듯 그를 바라보았다.

"아, 남궁세가요, 남궁세가. 유성표국의 대표두 장무성이 친전을 보냈는데도 살포시 씹고 있으니 하는 말입니다."

"갑자기 네놈을 살포시 밟아주고 싶구나."

"저처럼 충성스런 동생을 왜 밟습니까?"

"시끄럽다. 내가 보잘것없는 무부라는 건 잘 알고 있으니까, 괜히 옆에서 종알거리지나 마라."

그러나 실제로 장무성이 무림에서 차지하는 지위는 그리 낮지 않았고, 최근 여러 가지 의혹에도 불구하고 청혈교의 최정예와 맞부딪치고도 살아남은 점을 생각하면, 그의 명성이 높아지면 높아졌지 낮아질 이유는 되지 않았다.

"대표두님, 한번 엎어놓고 올까요? 씨발, 남궁세가고 나발이고 한번 들었다 놓으면 뭔가 반응이 오겠죠. 말씀만 하세요."

상혁이 씨익 웃으며 위험한 얘기를 꺼냈을 무렵, 장우복이 황급히 안으로 들어섰다. 그도 최근에는 표국 업무가 한가해진 틈을 타서 장우식과 함께 집에서 주변을 경계하고 있는 터였다.

"아버지."

"음, 무슨 일이냐?"

"손님들이 오셨습니다만……."

"손님?"

장무성이 의아한 듯 고개를 갸웃거렸다. 지금 같은 때 자신에게 올 손님이 누가 있더라? 그것을 생각하는 듯했다.

"정마련에서 오신 분들입니다."

말하는 장우복의 얼굴에도 예상치 못한 손님들이라는 글자가 씌어 있는 듯했다.

"오오, 정마련이라? 남궁가주가 정마련으로 뜨더니, 거기서 뭔가 한 건 했나 봅니다."

'정마련에서 온 손님'이라는 말에 즉각 이죽거리며 하상혁이 자리에서 일어섰다.

"안 봐도 뻔하오. 씨발, 또 무슨 짐꾼 나부랭이들이 위대한 세가를 모독했다고 길길이 날뛰었을 테니. 씨발, 윗대가리들이 엄숙한 얼굴로 그런 나부랭이들은 정마련이 준엄하게 꾸짖어주겠다고 약속하는 꼴이 눈에 선합니다."

"시끄럽다. 정마련이 그리 가벼운 곳은 아니다."

"아니, 전에 혈교 애들한테 뒤통수 맞아놓고도 그런 말이 나오십니까, 대표두님? 남궁세가 정도에서 악을 써대지 않았으면 엉덩이 무겁기로 소문난 정마련에서 뭐 하러 예까지 내려옵니까?"

"좀 조용히 하고 있어. 안 그래도 복잡한데 네 녀석이 투덜거리는 소리 때문에 머리가 다 아프다."

장무성은 하상혁의 입을 다물게 한 뒤 우복에게 눈짓을 했다.

"그래, 혹시 무슨 용무인지는 얘기 들었느냐?"

"전혀요. 그냥 정마련에서 왔고, 아버지를 뵈었으면 좋겠다는 얘기만 하던데요. 무슨 일로 왔냐고 물을 분위기도 아니었어요. 그래서 일단 객청에 모셨습니다만… 아버지, 제 생각에도 보통 일로 온 게 아닌 것 같은데요. 지금 오신 분들이 서른이 넘어요."

"서른?"

"네."

"허허, 서른이라……."

장무성이 고개를 갸웃거렸다. 정마련에서 인원을 서른이나 보냈다면 심상치가 않은 일이었다.

"남궁세가에서도 같이 왔다냐?"

"남궁정의라는 녀석이 끼어 있긴 했습니다."

"으음……."

그는 침중한 음색을 흘리며 자리에서 몸을 일으켰다. 어차피 만나보면 알게 될 일이었다.

아담한 화원을 지나 그가 객청으로 들어가자, 그곳에서 기다리고 있던 정마련의 고수들과 낯이 익은 남궁세가의 젊은 무인 몇이 일어나 장무성을 향해 정중히 포권을 해 보였다.

장무성도 정중히 그들을 향해 포권을 해 보였지만, 그는 내심 이 자리에 모인 사람들의 면면을 살피며 놀라고 있었다.

'공동칠숙에, 사대천왕… 태극검수와 매화검수? 허허, 어중간한 중소문파 하나는 이 자리에서 쓸어버릴 수 있겠구만. 어디 전쟁이라도 하러 왔나?'

오랜 세월 강호를 종횡한 그는 눈앞에 있는 사람들이 하나같이 고명한 무림 명숙들이라는 것을 알아보고 내심 긴장했다.

"그간 평안하셨는지요, 장 대인? 일전에 사고를 당하셨다는 얘기는 들었습니다."

"하하하, 몸이야 뭐… 염려해 주신 덕에 그럭저럭 나아지고 있습니다."

공동의 도현 산인이 대표로 인사를 건네고 덕담을 나누던 중, 한 걸음 늦게 뒤에서 장우복과 함께 따라 들어오던 상혁이 멀뚱한 눈으로 도현을 바라보았다.

"어라? 도현 사숙?"

"그래, 오래간만에 보는구나."

도현은 유탄곡 혈사 이후에 정마련에 파견되었으므로 상혁과 직접 대면할 기회는 없었으나, 도윤 산인에게 이미 언질을 받았으므로 담담히 고개를 끄덕인 뒤 골치 아픈 사질이 다시 말을 걸기 전에 장무성에게 말했다.

"이렇게 기별도 없이 찾아뵈어 놀라셨으리라 생각됩니다."

"하하하, 이거, 솔직히 그렇습니다. 이 촌부 장무성이한테 무림에 쟁쟁한 위명을 떨치시는 분들이 한꺼번에 찾아오시니, 혹시 제가 무슨 몹쓸 짓을 한 건 아닐까 부담이 됩니다그려."

"무림에 협명이 가득한 장 대협께서 그리 겸양을 하시니 오히려 제가 송구스럽군요."

두 사람은 다시 무의미한 덕담을 주고받기 시작했으나, 객청에 그득한 명숙들 중 그 누구도 지루한 기색을 보이지 않았다.

"한데……."

슬며시 말꼬리를 끌며 도현은 본론으로 들어갈 뜻을 내비추었다.

"이번에 댁 내에서 또 좋지 않은 일이 있으셨다고 들었습니다."

"흐음, 그렇습니다. 다행히도 크게 다친 사람은 없었습니다만… 그 일 때문에 오셨습니까? 아니면…….."

장무성은 슬쩍 뒤쪽에 무표정하게 앉아 있는 남궁정의에게 시선을 주었다 거둬들였다. 짧은 시선이었으나 그의 두 번째 질문이 '남궁세가에 대한 무례한 발언에 사죄를 받기 위해 온 것이냐?' 라는 것은 배석한 누구나 알 수 있었다.

"무슨 말씀인지 알겠습니다만… 장 대협이 생각하는 일로 온 것은 아닙니다."

도현은 신중하게 말을 골랐다. 어쩌면 오대세가의 위세 때문에 중소 문파를 핍박하느냐는 오해를 받을 수도 있는 상황이었던 것이다.

이곳에 왔을 때부터 무언가 다른 생각에 빠져 있던 남궁정의는 자신을 훑고 지나가는 장무성의 시선을 받자 도현의 양해를 얻어 자리에서 일어섰다.

"일전의 무례는 사과드리겠습니다, 장 대표두."

뒤에서 흥미진진하게 돌아가는 상황을 보고 있던 하상혁은 옆에 있는 장우복의 옆구리를 찌르며 '저 거만한 녀석이 사과를 하다니 무슨 꿍꿍일까?' 라며 귀엣말을 하다 도현의 눈총을 받자 곧 눈을 깔았다.

"본 남궁세가는… 그날, 살수들이 창궁대팔식을 사용했다는 장 대표두의 증언을 신중히 받아들이기로 했음을 밝힙니다."

"어허!"

장무성이 자기도 모르게 가벼운 탄성을 내질렀다. 신중히 받아들이기로 했다. 돌려 말하기는 했지만, 가문의 영예를 하늘처럼 여기는 세가에서 이런 발언이 나왔다는 것은 사실상 장무성의 증언을 사실로 인정했다는 얘기였다.

"그런 상황에서… 장 대표두도 아시겠지만, 오대세가 정도의 비전절예가 살수에게서 펼쳐졌다는 건 중대한 사태… 이분들은 그것을 보다 자세히 조사하기 위해 나오신 겁니다. 쓸데없는 오해는 하지 않으셔도 좋습니다."

마지막 말은 '대남궁세가는 불만이 있을 때 직접 해결하지, 정마련의 위세 따위는 빌리지 않는다' 라는 뜻이 노골적으로 내포되어 있었다. 남궁정의가 다시 자리에 앉자 도현이 가볍게 도호를 외운 뒤 장무성을 바라보았다.

"방금 들으신 대로… 저를 포함해서 이곳에 오신 분들은 이번에 장 대협이 당한 습격 사건이 뭔가 심상치 않다고 판단되어 련주님께서 보내신 겁니다."

도현은 장무성과 하상혁, 그리고 장우복을 바라본 뒤 한 장의 서신을 꺼냈다.

"이것은 장 대협이 남궁세가 측에 보내셨던 서신입니다. 마침 이 서신상에서 언급한 분들이 모두 이 자리에 있군요. 장 대협과 장우복 표두, 그리고 못난 사질인 상혁이까지…….'

그는 서신을 펼친 뒤 질문을 계속했다.

"한데 알 수 없는 일이 있더군요. 창궁대팔식을 능숙하게 펼치는 살수 여섯… 이들의 습격을 세 명, 아니, 장 대협은 깊은 내상을 입으셨으니 제외하고, 장 표두와 상혁이 두 명만으로 막아냈다는 것이 사실입니까?'

"……."

장무성은 쉽게 대답하지 않다가 불쑥 말을 꺼냈다.

"중요한 것은 살수가 창궁대팔식을 펼쳤다는 것과 그들이 나를 노렸다는 것이라 생각합니다만……."

"물론 그렇습니다. 하지만 사안이 사안인지라… 비록 목격자 중 한 명이 당가의 인물이긴 하지만, 다른 목격자가 모두 장 대협의 측근인지라… 또 이런 상황에서 다른 목격자에 대해 장 대협께서 뭔가 숨기고 있다면 나중에 오해를 살 수 있지 않겠습니까?"

그 말에 장무성도 고민하지 않을 수 없었다. 비록 성정이 단순한 장무성이었으나 녹림도와 상인들을 상대하며 살아온 인생이었다.

남궁세가가 창궁대팔식이 유출되었음을 인정한 것은 파격 중의 파격이었다. 세가는 유출자를 찾느라 뒤집어질 것이고, 강호의 온갖 소문에 휩쓸릴지도 모른다. 그런 중차대한 일에 있어서 다른 목격자를 감추고 있다는 것은 확실히 오해를 살 만했다.

그가 망설이자 도현이 한마디를 더 거들었다.

"장 대협, 련에서는 이미 이 사건을 접하고 많은 조사를 했습니다. 그중에는 습격이 있을 당시 이 댁에 정체 모를 고승 한 분이 있었다고 하더군요."

"흐음……."

직접 본 사람처럼 말하는 도현의 말에 장무성은 곤란하다는 표정을 지어 보였다.

"그 노승이 현장에 있었습니까?"

"……."

"장 대협, 다시 한 번 말씀드리지만 장 대협이나 현장에 계셨던 분들에게 위해를 끼치기 위함이 아닙니다. 암중에 흐르는 음모가 있는 것 같기에 살펴보는 것뿐입니다."

그 말에 장무성은 어쩔 수 없다는 듯 한숨을 내쉬었다.

"예, 진인. 확실히 현장에 그분께서 계셨고, 저희와 함께 적도들을 막아내셨습니다."

"하면… 혹시 암습자들을 막은 그 노승의 정체가 무엇인지 알려주실 수 있으시겠습니까?"

장무성은 한 번 힐끗 상혁을 바라보았고, 상혁은 대수롭지 않다는 듯 어깨를 으쓱거렸다.

"거, 뭐, 대표두님, 속시원히 말씀드리십쇼. 대단한 것도 아니고… 대사님이 뭔 큰 비밀이 있어서 감춘 것도 아니고, 우리 노인네 말 들어 보면 그냥 귀찮아서 말 안 했을 뿐이라니까 아무 상관 없을 겁니다. 상관 있으면 뭐, 그분 수준이면 알아서 하시겠죠."

고개를 끄덕인 장무성은 낮은 목소리로 도현을 바라보았다.

"방금 들으신 대로 굳이 감추려던 건 아니었습니다만, 오해를 살 수 있다니 감히 말씀드리겠습니다. 그분은 당금 소림 방장의 사형되시는 분으로, 법명으로 혜 자 월 자를 쓰십니다."

"역시……."

흥미롭게 둘의 대화를 듣고 있던 정마련 파견 고수들이 일제히 고개를 끄덕였다. 지난 대회의 때 혹시나 했던 의혹이 사실로 드러났기 때문이다.

"그럼 지금 장 대협의 사돈집에 계신 분도 혜월 대사님이 틀림없겠군요?"

"허, 그것까지 알고 계셨습니까? 그렇습니다. 어떤 인연이 있었는지는 모르겠으나, 그분이 제 사돈 총각을 마음에 들어 하셔서 돌봐주기 위해 같이 가셨습니다. 아시다시피 심한 부상을 당한 처지라……."

"허허, 그렇군요. 이렇게 공교로운 일이 있을 수가……."

"무슨 일이라도 있습니까?"

"아뇨. 그곳에 계신 분이 혜월 대사님이라면 크게 문제될 일은 없습니다. 다행이군요, 연호 진인."

"무량수불… 그렇군요."

유수운의 집에서 무슨 일이 벌어졌는지 알지 못하는 장무성은 도현과 연호 사이의 눈짓이 무엇을 말하는 것인지 알아듣지 못했다.

"그런데… 혹시, 젊은 검객이 한 명 더 있지 않았습니까?"

"그렇습니다."

"그 젊은이는 누구지요?"

"그것만은 말씀드릴 수가 없군요."

"으음……."

장무성은 설레설레 고개를 저었다.

"알겠습니다. 혜월 대사님이 증인으로 나선 이상, 그런 것은 무시하고 넘어가기로 하지요. 정정운에 대해서 무언가 알고 계십니까?"

"거상치고는 호인이었다는 것밖에는 알지 못합니다. 가끔 얼굴을 마주했고, 계약 관계에 대해서라면 국주님께 여쭤보는 게 빠를 겁니다만……."

"알겠습니다."

가장 중요한 문제를 확인한 도현은 그 나머지는 적당한 선에서 조사를 끝냈다.

"혜월 대사님까지 창궁대팔식이라고 인정한 상황이라면 더 이상의 확인은 필요없으니, 이제 본격적인 조사에 들어가 볼까 합니다."

"사실 그들이 남궁세가 사람들이라고 생각지는 않아요. 궁금한 건 어떤 경로로 창궁대팔식이 빼돌려졌냐는 겁니다. 그것만 알면 실마리가 풀릴 것 같은데, 남궁세가에서 쉽게 협력해 줄 일도 아니고… 이제 정마련에서 나섰으니 한시름 놓은 듯합니다. 알아본다고는 알아봤으나, 개인적으로 알아보는 데에는 한계가 있는지라…….”

“알겠습니다. 그럼 이만 물러가 보겠습니다. 우리 일행은 임시로 남궁세가에 묵을 예정이니, 따로 알아내신 게 있다면 언제라도 알려주시기 바랍니다.”

그가 남궁세가에 묵을 예정이라 말했어도 장무성은 별다른 반응을 보이지 않았다.

장무성은 정마련에서 이렇게 대규모로 고수가 파견 나온 이유가 고작 증인을 확보하기 위함이 아님은 추측하고 있었고, 뭘 하던 간에 이곳에 터를 잡고 있는 남궁세가의 도움이 필수적이라는 것도 알고 있었다.

“알겠습니다.”

짧게 인사를 나눈 정마련의 고수들이 장무성의 예를 받으며 밖으로 나섰다.

그러나 모든 사람들이 사라질 때까지도 남궁정의와 그를 따라온 두 명의 젊은 무인은 여전히 객청에 남아 있었다.

“뭐냐, 너희는?”

상혁이 퉁명스럽게 말했지만, 남궁정의는 별반 신경 쓰지 않는 듯 일어서 공손하게 읍을 했다.

“장 대협께 그날의 무례를 사과하라는 아버지의 엄명이 계셨습니다. 대협, 그날 밤에는 제가 흥분하여 본의 아니게 대협께 폐를 끼쳤습니다.”

정중하게 인사하긴 했으나, 그 표정이 그리 밝지는 않았다. 당소류와의 일로 심기가 상해 있던 그에게 아버지 남궁천의 서신은 뜻밖이었다. 남궁천이 당연히 장무성의 말을 무시하리라 생각하고 있었는데, 전혀 뜻밖의 지시가 내려온 것이다.

우선 정마련에서 온 고수들의 지시를 우선시하라는 것이 첫 번째 내용이었고, 두 번째가 장무성에게 사과하고 그에게 세가의 무인들을 인솔케 하라는 것이었다.

무언가 커다란 배경이 있음은 짐작할 수 있었지만 막상 장무성 앞에서 고개를 숙이려니 마음이 더욱 흐트러졌고, 당소류의 일까지 겹쳐 있는지라 자연히 표정이 좋을 리가 없었다.

그러나 엄연히 가주의 명령.

남궁정의는 소매 안에서 화려하게 장식된 비단 서신을 꺼내 장무성에게 내밀었다.

"아버지의 친전이십니다."

"음……."

남궁정의가 내민 서신은 장우복이 건네받아 장무성에게 전달되었다.

서신의 내용 역시 실로 파격적이었다.

어지간한 장무성도 그 내용을 접하고 자신이 뭔가 잘못 본 게 아닌가 싶어 몇 번이나 서신을 다시 훑어봤을 정도였다.

그는 남궁정의를 바라보며 고개를 끄덕였다.

"음… 조금 뜻밖의 서신이지만 남궁가주님이 공명정대하고, 또한 명문가의 도리를 다 하시는 분이라는 것을 알게 되었네. 나중에 돌아가게 되면 이 장 모, 진심으로 남궁가주님을 존경하게 되었다고 전해

주게나."

"…그리하겠습니다."

그는 몇 마디 겸양의 말을 남긴 뒤 공손히 인사한 뒤 수하들을 이끌고 퇴장했다.

"무슨 서신이기에 그리 놀라셨습니까, 아버지?"

"읽어봐라."

장우복의 질문에 그는 대답 대신 눈앞에 놓은 서신을 탁자 위에 올려놓았다. 우복은 서신을 읽어보고는 장무성과 비슷한 반응을 보였고, 서신을 궁금해하는 상혁에게 건넸다. 그리고 상혁의 반응도 앞의 둘과 다르지 않았다.

두 사람이 서신을 모두 훑어보자 장무성이 입을 열었다.

"어떠냐? 그거, 뜻밖이잖냐?"

"그렇네요. 정말 뜻밖이라고밖에는……."

상혁도 입맛을 다셨다.

남궁세가주가 직접 보낸 서신이라면, '상황은 이해하겠지만 감히 하찮은 대표두 따위가 대남궁세가를 두고 가타부타한 것은 과한 일이다' 정도의 글귀가 담겨 있으리라 생각했었다.

그런데 서신의 내용이 거칠긴 했는데, 그 대상이 틀렸다. '감히 남궁세가의 명예를 건드린 장무성'을 향한 것이 아니라 '감히 장두성을 해한 괴한들'에 대해 거친 어투로 분노를 표명하고 있었다.

거기에 한술 더 떠서 남궁세가에서는 전폭적인 협력을 약속했다. 그러니까, 서신을 전하러 왔던 남궁정의를 수장으로 하는 남궁세가의 주력 청년 무사 스무 명을 파견해 줄 테니 마음대로 부려먹으라는 내용이 들어 있었던 것이다.

서신에는 아예 '이 사태가 해결되기 전까지, 파견되어 있는 모든 남궁세가 식솔들의 지휘는 한시적으로 장무성 대표두에게 맡긴다'고 못박혀 있었다.

거기에 장무성이 병중임을 감안하여, 조만간 바쁜 일이 정리된 뒤에 그를 방문하겠다는 구절에 이르러서는 의심이 절정에 달했다.

세가주가 몸을 굽혀 방문을 한다? 상식적으로 생각해도 자칫 세가의 위신에 큰 해가 될 수도 있는 일이었다.

"이거, 남궁세가에서 뭔가 잘못 먹은 게 아닐까?"

한바탕 힘든 드잡이질을 예상했던 장무성은 뜻밖의 정마련 고수들의 방문과 우려했던 바와는 전혀 다른 남궁세가의 반응에 오히려 경계심을 드러냈다.

"이 정도로 굽히고 들어왔다면 뭔가가 있다는 얘기 같은데… 문제는 원래 거대방파라는 게 문제가 생기면 생길수록 협조가 아니라 협박을 한다는 게 문제 아니냐?"

"그렇죠."

장무성과 상혁은 어째서 '오만방자하고 고리타분한 남궁세가'가 '고분고분하고 친절한 남궁세가'로 가면을 바꿔 썼을까에 대해 서로 몇 가지 추측을 나눠봤지만 별다른 의견이 나오지는 않았다.

"혹시 유성표국의 이름이 부담스러웠던 건 아닐까?"

장우복이 혹시나 하는 표정으로 그렇게 말했지만, 상혁이 콧방귀를 뀌었다.

"야, 장우복이. 너 표국밥 몇 년이나 먹었어? 아니, 강호물 얼마나 먹었어? 오대세가가 어디서 마작하다 딴 이름이냐? 구대문파나 오대세가도 아니고, 우리 표국 이름이 부담스러웠다고? 그랬으면 애초에 사흘이나 끌지도 않았어."

장우복도 그냥 한번 내뱉어본 말이라 쉽게 고개를 끄덕였다.

"뭐, 그거야 그렇지. 하기야 남궁세가가 유성표국을 부담스러워할 리 없지. 아니, 오히려 표물 운송 건 가지고 협박하기 딱 좋은 수준이겠군."

남궁세가에서 유성표국에 위탁하고 있는 표물을 다른 표국으로 넘기겠다고 협박하면, 장사를 하는 입장인 유성표국에선 막대한 손해를 입기 싫어서라도 어지간한 일에서는 남궁세가에 거스르기 힘들었다.

"그렇지. 그러니까… 대체 무슨 심사로 이렇게 도와주려고 하는 건지 알 수가 없단 말이야."

"뭐, 무슨 생각으로 이러는 건지는 모르겠다만, 아무튼 공짜로 부려먹을 수 있는 애들이 많이 생겨서 좋구나. 안 그래도 움직일 수 있는 실력있는 무인들이 슬슬 필요하던 참이었는데."

결국 머리 굴리는 데 싫증이 난 장무성이 서신을 둘둘 말며 그렇게 결론을 내자, 상혁이 불퉁거리며 끼어들었다.

"거참, 대표두님, 멋모르고 데리고 다니다 뒤통수 맞기 딱 좋잖아요. 쟤들이 왜 저렇게 몸이 달아 있는지는 알아둬야 뒤통수 보존할 수 있다는 건 뻔하잖아요."

"깊게 생각하지 말자. 아무튼 창궁대팔식이 걸려 있고, 그 일이 알려질까 봐 몸조심한다고 생각하면 되잖냐."

"그러니까, 그 창궁대팔식 때문에라도 쟤들이 저러면 안 되잖수. 이건 완전히 굽실굽실 머리 조아리는 환관 꼴인데……."

상혁의 말에 장우복이 키득거리며 덧붙였다.

"조심해야겠어. 나중에 그 환관 애들한테 뒤통수 맞으면 체면이 말이 아니겠는데."

"아니야, 정마련에서도 파견 나와 있는 판에 뒤통수 때리는 짓은 못하겠지. 기껏해야 우리를 감시하는 정도 아닐까?"

"씨발, 우리 같은 개털을 감시해서 뭐 하게?"

상혁과 장우복은 걸쭉한 농짓거리를 나누다가 정신머리가 사나우니나가서 놀라는 장무성의 말을 듣고서야 농담을 멈췄다.

"그런데 아버지, 남궁세가 애들을 진짜로 써먹으실 거예요?"

"그래. 마침 정정운을 쫓는 데 손이 모자라서 고민했는데, 쌩쌩한 놈들을 지원해 준다니 잘 써먹어줘야지."

그 말에 장우복이 슬쩍 고개를 내저었다.

"아버지, 그렇게 쉽게 얘기할 게 아닙니다. 일단 위에서 시킨 거니까 하라면 하는 시늉은 하겠죠. 하지만 누가 오든, 콱 눌러주기 전엔 가문이 어쩌고저쩌고 불평불만만 늘어놓으면서 오히려 일을 방해나 할 게 뻔합니다."

"오호, 장우복이. 그렇지. 애 아빠가 되려면 그렇게 되야지. 이제야 비로소 애 아빠다운 노련함이 엿보이는구만? 그렇지, 눌러주기 전에는 목에 걸린 가시처럼 팅팅거릴 게 뻔하지."

둘의 수작을 지켜보던 장무성이 밖으로 나서면서 중얼거렸다.

"뭔 말이 그렇게 많냐? 없는 것보다는 나을 테니까 써먹자. 가주가 시킨 일이니까 시키면 움직이긴 할 거 아냐. 최악의 경우에 호원 무사로라도 써먹을 수 있겠지."

그 말을 듣자 무슨 생각을 했는지 히죽 웃기 시작하던 상혁이 갑자기 주먹에서 뚜둑— 소리를 내면서 몸 푸는 시늉을 했다.

"…무슨 생각을 하는지 안 봐도 훤하다."

장우복이 중얼거렸다.

비록 한동안 표국에서 쟁자수로 빈둥거리긴 했으나, 한때 공동의 후기지수로 이름을 날리던 상혁이었다. 더구나 공동에서 무슨 일이 있었는지는 모르겠지만 아주 개차반이 되어 돌아왔다. 그의 입에서 장씨 부자가 예측한 말이 그대로 흘러나왔다.

"흐, 씨발, 야, 장우복이. 척하면 척이지. 남궁세가주가 직접 명한 일인데 거기 안 따르다가 맞은 걸 걔네가 가서 고자질을 하겠냐? 이 몸이 직접 손을 봐주지. 흐흐흐, 너도 잘 봐두라고. 함부로 눈깔 굴리는 애들 있으면 맘 놓고 좀 두들겨 봐."

남궁세가에서 보내온 청년들이 영재라 하더라도 아직은 젊은 나이, 맘먹고 덤비면 상혁의 공격을 당해낼 자가 있을 리 만무했다.

"아직 오지도 않은 애들 가지고 뭔 헛소리들이냐. 상혁이, 넌 쓸데없는 짓 하지 말고 잠이나 자고 있어라."

남궁세가주가 이 정도로 과례를 보인 이상 장무성도 남궁세가와 쓸데없이 척을 질 생각은 없었다.

'아무래도 상혁이 놈은 남궁세가 애들하고 붙여놓으면 안 되겠고… 내가 따로 움직이는 편이 좋겠군.'

결국 장무성은 상혁을 자기 눈에 띄는 곳이나 남궁세가의 젊은 아이들과는 다른 동선에서 움직이기로 결정하는 수밖에 없었다.

*　　　　*　　　　*

유란이 휩쓸고 간 이후, 알게 모르게 '파렴치한'으로 몰린 수운은 전전긍긍해야 했다.

심지어 유란을 울렸던 그날에는 식사를 하러 갈 수도 없었고, 형수가 밥도 가져다주지 않아서 몰래 주방으로 들어가 남는 음식을 집어 먹어야 했다.

단 한 번도 보지 못한 아가씨였지만, 집안 식구 중 어느 누구도 자신의 말을 믿지 않았다.

심지어 자신도 그 아가씨의 구구절절한 연담(戀談)을 수란에게 전해 듣고, 잠깐 동안 자신에게 연인이 있었는지 고민할 정도였다.

생전 처음 보는—본인의 주장에 따르자면 수운의 혼약자인—그 아름다운 아가씨와 독대라도 해서 무슨 사연인지 알아보려 했지만 기회가 없었다.

언제나 혜월 대사나 전욱이—술이 덜 깬 모습으로—유란의 곁에 붙어서는 조용한 눈빛으로 그것을 막은 뒤 유란을 데리고 나가곤 했다.

유란의 확실한 정체와 목적을 모르는 혜월이 최소한의 경계를 하고 있는 것이었지만, 사정을 모르는 수운으로서는 원망스러울 따름이었다.

간병을 핑계로 어머니가 자신의 방에 들여보낸 때도 있었지만, 그때도 혜월이 함께 들어와 상처에 대한 것과 몸 상태에 대한 것을 묻는 통에 막상 한마디도 나누질 못했다.

즉, 뭐라고 따져 물을 틈이 없었다.

더불어 이미 집 안에는 자신의 아군도 없었다.

가족들은 그녀를 열렬히 환영하고 있었고, 이번 기회에 모든 오해를 한꺼번에 날려 버리고—오해를 날리지 않으면 수운의 머리를 날려 버릴 기세로—며칠 내로 식을 올려 버리자 날뛰고 있었다. 평소 조용하고 부드럽던 어머니마저 거기에 동참하고 있었다.

신부 측 가문에 알리지도 않고 당장 식을 올리는 것은 예법에 맞지 않는다는 혜월의 만류가 아니었다면 얼떨결에 예식을 올릴 뻔했다.

상황이 상황인지라 방 안에만 누워 있는 것보다 이렇게 몸을 움직이는 편이 나았으므로 이틀간을 대부분 후원에서 칠상권, 육합권, 나한권을 연마하며 보내고 있었다.

이미 심마를 극복하는 과정에서 자신에 대한 원망, 사문에 대한 의심, 멸명마공의 위력에 대한 부담을 극복해 낸 수운은 이제 꺼리는 마음없이, 담담히 무공 그 자체만을 수련할 수 있게 되었다.

조룡탐해(鳥龍探海), 풍운사기(風雲乍起), 삼환투월(三環套月)…….

수운의 몸은 느릿하게 육합권의 초식들을 풀어내고 있었다. 언뜻 보면 마치 무당면장(武當綿掌)과도 같고, 태극권(太極拳)과도 유사한 움직임이었다.

그러나 면장과 태극권이 수많은 원(圓)을 만들어내며 움직인다고 치면, 수운의 육합권은 미세한 직선의 연결과 조화로 이 기묘한 느림을 만들어내고 있었다.

손가락이 조금이라도 나아가면 그에 맞춰 몸의 다른 부분이 그 부분만큼 조화롭게 움직이고 있었다. 그의 중심은 언제나 흔들림이 없었고, 움직이는 반경은 좁디좁았으며, 미세하게 직선으로 움직이고 있었다.

즉, 소 한 마리가 차지하는 넓이에서도 연마할 수 있으며[拳打臥牛],

자신의 중심을 따라 상대의 중심을 이끌고, 그 움직임은 일체의 선으로 낸다[拳打一條線]라고 하는 소림 무학의 근본 요체를 정확히 표연하고 있는 셈이었다.

십 년간 산에서 근심없이 실전성을 배제한 근원 무공을 연마했고, 그것이 한 단계 위로 올라서면서 새로이 깨닫게 된 권장수신편의 구결과 혜월이 암중으로 전수하던 역근세수경의 진체가 혼연일체가 된 덕에 이뤄낸 성과였다.

그러나 지금 현재 수운은 그런 것을 느끼지 못하고 그저 부상이 완치된 덕에 몸이 가벼워서 그러려니 하고 있을 뿐이었다.

"후우……."

벌써 몇 번째인가 육합권(六合拳)의 만련(慢鍊)을 되풀이하던 수운은 한숨을 내쉬며 권법의 끝마무리를 한 뒤 벽에 기대 앉았다.

지팡이는 벽에 걸쳐져 있었다. 몸이 거의 완치되었다는 것을 알리기 싫어서 필요없는 지팡이를 눈속임 삼아 들고 다니고 있는 중이었다.

그때였다.

"우음… 무… 물… 유형… 이제… 그만……."

"……."

희미한 중얼거림 소리를 들은 그의 눈이 신음 소리가 나온 지점으로 향했다. 그곳에는 툇마루에 구겨져 있는 전욱의 모습이 있었다.

"하아, 사람 하나가 저렇게 망가지는구나."

그는 자신도 모르게 혀를 찼다.

어찌 보면 유란의 난입 사건으로 가장 큰 피해를 당한 것은 당사자인 수운보다도, 파편에 맞은 전욱일지도 몰랐다.

왜냐하면, 기쁘다며 유수헌이 날뛰고 있었기 때문이다

평소에도 술을 들고 와 전욱을 사살(?)하곤 했던 유수헌은 '집안에 경사가 났으니 이 어이 마시지 않으냐?' 라고 외치며 아예 술독을 지고 들어와 전욱을 매일 혼수 상태로 빠뜨렸다.

나름대로 저항하는 것 같았지만, 마치 뱀과 쥐의 관계처럼 서상에는 천적이라는 것이 존재하는 듯했다. 전욱은 수헌의 손아귀에서 벗어나지 못하고 결국 묵묵히 술을 들이키고 기절하는 과정을 반복했다. 유수헌의 주량은 가공할 만했다.

'…무림 고수와 술 대작을 해서 박살을 내다니.'

형도 생각보다 대단한 사람이었다. 내공으로 주독을 억제할 수 있는 무림 고수를 술로 이기다니.

수헌의 사람 같지 않은 주량 덕분에 언제나 냉정함과 야생 동물 같은 긴장감을 잃지 않던 전욱은, 지금 현재 단순한 술주정뱅이에 불과했다.

어떻게든 일어나 수련을 하겠다고 여기까지 온 정신력은 높이 사줄 만했으나, 결국 주독을 완전히 빼내지 못한 채로 툇마루에 뻗어 있었다.

'갤 만하면 다시 형이 술을 퍼 먹이겠지……'

그는 측은한 눈으로 전욱을 바라보았다. 그야말로 지옥일 것이다.

"하아, 지금 내가 다른 사람 걱정할 땐가… 대체 그 아가씬 뭐야? 뭐가 아쉬워서 여기서 사기를 치고 있는 거지?"

그가 연신 한숨만 내쉬고 있을 때 혜월이 문제의 아가씨와 함께 뒤뜰로 들어서는 모습이 보였다.

"아, 오셨어요, 대사님. 그리고 란 소저."

수운은 이제는 필요없는 지팡이를 짚고 천천히 일어서서 혜월에게 인사를 올린 뒤 곧바로 유란에게도 인사를 했다.

"허허, 그래, 듣자 하니 요즘 밤낮없이 연무만 한다더구나. 아미타불, 너무 과하면 오히려 몸이 더 나빠질지 모르니 주의하거라."

"네."

가볍게 수운의 몸을 이리저리 살피던 혜월은 뒤쪽의 유란에게 말했다.

"아미타불… 란 시주, 잠시 저기 툇마루에라도 앉아 기다려 주시겠소?"

"네, 대사님."

유란은 공손히 머리를 숙여 인사한 뒤 쓰러져 있는 전욱의 근처로 다가가다가, 전욱이 풍기는 지독한 술 냄새에 아미를 살짝 찌푸린 뒤 멀찌감치 떨어진 곳으로 이동했다.

"자, 그동안 육합권의 만련이 얼마나 익숙해졌는지 보자꾸나."

"네."

수운은 천천히 일어서 자세를 잡았다.

불과 이틀 전만 해도 어색했던 육합권의 만련이 심마를 극복하고, 멸명마공이 육단공으로 올라선 이후 몰라보게 달라진 것을 보며 혜월은 속으로 고개를 끄덕였다.

'아미타불… 과연 무언가 새로운 깨우침이 있었구나. 그것이 복이 될 것인지, 화가 될 것인지…….'

그는 깊은 수면에 빠져 있던 수운의 사혈에 손을 댔을 때 오히려 마음에 지고 있던 마지막 짐을 벗어버렸고, 그 이후에는 일체의 사심을 버리고 투명한 마음으로 수운을 관조하고 있었다.

그가 월광사신의 후인일지라도 수운은 악인이 아니었다. 함부로 힘을 쓰지도 않았으며, 그 성정이 곧았다.

그렇기에 혜월은 처음 그를 만났을 때 생각한 바를 그대로 행하기로 마음먹고 있었다. 성정이 올바르고 인연이 닿으면 건네준다, 그는 처음부터 그렇게 생각하고 있었다.

'이제 얼마 남지 않았으니⋯⋯.'

이 생과의 인연은 이제 곧 끝나게 되고, 그 자신은 서방정토로 발길을 옮기게 될 것이다.

복잡한 생각을 하면서도 그의 눈은 원래부터 느릿한 속도로 펼쳤던 것처럼 자연스레 육합권 연무를 하고 있는 수운을 세심히 살피고 있었다.

"후우⋯⋯."

느릿한 육합권을 모두 끝낸 수운이 탁기를 내뱉은 뒤 지적할 사항이 있느냐는 눈빛으로 혜월을 바라보았다.

"좋구나⋯⋯."

자세히 들여다봤다면 혜월의 눈빛이 조금 흔들리는 것을 발견할 수 있었을 것이다.

혜월은 잠시 수운을 바라보다 고개를 끄덕이며 그의 경지를 이야기했다.

"이제 너의 중심이 온전히 가운데에 자리잡았구나. 네 뜻에 따르지 않던 손과 발이 어느새 너의 생각에 충실하며, 힘은 사라졌고, 의념이 흐르는구나. 이 정도로 빨리 권경을 얻을 줄은 상상도 못했다. 적어도 삼사 년은 걸리리라 생각했거늘, 그날 밤 깨달음이 도움이 되었나 보구나."

너무 과한 칭찬이라 생각했는지 수운은 얼굴을 붉히며 고개를 숙였다.

"설마요."

"이 정도 연무를 해내다니… 부상이 많이 좋아졌나 보구나."

연무에 빠져 있느라 잠시 잊고 있던 부상을 언급하자 수운은 곧 몸을 움찔할 수밖에 없었다.

"아, 예… 이틀 밤 이후부터 좀 좋아졌어요."

수운의 걱정을 알기라도 하듯 혜월은 이후 부상에 대해서는 더 얘기하지 않고, 몇 가지 권리(拳理)에 맞춰 보완해야 할 것들만 지적해 주기 시작했다.

그 광경을 지켜보고 있다가 혜월의 말을 듣게 된 유란은 몹시 궁금해지기 시작했다.

이틀간 근거리에서 지켜본 바로는 절대 수운은 월광사신의 후인이 아니었으므로, 그녀는 빨리 이 어색한 상황에서 벗어나기만을 바라고 있을 뿐이었다.

무 대협이나 고 대협은 뭘 하느라 이렇게 소식이 없는 거야, 이런 생각만 하고 있기엔 너무 심심했다.

이 집안 사람들 모두가 자신에게 잘 대해주었지만, 그것은 자신의 거짓말 때문이었으므로 그것이 들통나기 전에 하루 빨리 탈출해야 하는 것이다.

혜월이라는 고승은 언제나 자상했으나 자신이 몸을 뺄 틈을 내주지 않았다. 굳이 탈출하려다 다시 붙잡히는 것보다는 무현종이 손을 써줄 때까지 기다리는 편이 낫다고 판단한 오유란은 될 수 있는 대로 조용히 지내고 있었다.

지루하고, 조바심 나고, 초조하고, 그러면서도 긴장감이 감도는 이틀이었다.

그러던 중에 혜월이 느려 터진데다 비전절학이랄 것도 없는 나한권을 가지고 극찬을 하자, 화산 시절부터 유란의 불치병이었던 호기심이 다시 움직이기 시작한 것이다.

망설이던 유란은 결국 참지 못하고 툇마루에서 일어서서 혜월과 수운 쪽으로 다가섰다.

"저, 대사님."

"음?"

"저… 수운… 상… 상공께서 펼쳐 보이신 육합권이 그렇거 대단한 건가요?"

"허허, 그러고 보니 란 시주께서는 화산 속가제자라 하셨지요?"

"네에… 일단은……."

본산의 입문제자임에도 속가를 가장해야 하는 유란은 쑥스러운 미소를 지어 보였다.

그러나 수운은 새삼 그녀를 다시 바라보았다. 속가라 하더라도 당당한 구대문파의 일원이었다니… 외양만 그런 것이 아니라 진짜 명문가의 여식임이 확실한 듯했다.

"아미타불… 어떨까요… 허허허."

뭐라고 설명할까 생각하는 듯하던 혜월이 문득 미소를 띠며 유란에게 제안을 했다.

"아미타불. 마침 좋은 기회인 듯싶은데, 노납의 설명보다는 두 사람이 한번 대련을 해봄은 어떻겠소?"

"네?"

"예?"

두 사람은 누가 뭐랄 것도 없이 눈을 동그랗게 뜨고 혜월을 바라보았다.

"대, 대사님, 전 누구와 대련을 할 수 있는 몸이 아닌데요?"

"저도… 어찌 상공께… 손을……."

"수운이에겐 내공이 없을 테니 초식으로만 가볍게 맞서보시오, 란 시주. 그리고 수운아, 너의 상세는 육합의 움직임 안에서는 괜찮을 테니 그저 연무를 한다 생각하고 맞서 보려무나."

"하지만……."

"허허허, 때로는 직접 부딪쳐 봐야 알 수 있는 것도 있는 법이란다."

그런 건 몰라도 되지 않을까, 수운은 그렇게 생각하면서도 별수없이 후원 가운데서 유란과 마주 섰다.

"저기, 대사님… 아무리 그래도 중한 부상 중이신데……."

"아미타불. 란 시주께서 직접적인 타격만 가하지 않는다면 괜찮을 겁니다."

혜월이 거듭 괜찮다고 말하자, 유란은 마지못해 한다는 표정을 지으며 자세를 잡았다.

"저… 그럼… 란 소저, 잘 부탁드려요."

수운이 혼약 사칭자인 유란의 눈치를 보며 가볍게 포권을 하자, 유란도 희미하게 미소를 지으며 중얼거리듯 말했다.

"염려 마세요… 상… 공."

두 사람의 어색한 인사를 보며 혜월은 속으로 실소를 금치 못했지만 굳이 내색하지는 않았다.

유란은 혹시나 하는 마음에 육합권의 기수식을 취하는 수운을 살펴 봤으나 그다지 위협적이지 않았다. 그러자 실망감이 밀려왔다.

'칫, 저 노스님은 내 실력을 알고 있을 텐데. 내공을 사용하지 않는다 해도… 내 매화산수를 얕잡아보는 거야, 뭐야? 반쯤 불구가 된 저 비리비리한 사내 녀석하고 대련이라니… 더구나 얼마 전까진 쟁자수였잖아?'

불만스러운 내심과 달리 유란은 조신한 목소리로 말했다.

"그럼 상공… 조심하십시오."

"어어……."

스팟―

내공을 사용하지 않는다고는 하지만, 화산의 본산제자이자 정마련 감사대의 일원인 유란의 몸놀림은 일반인이 감히 따라가기 힘든 수준이었다.

"훗, 제가 이긴 것 같네요?"

어어, 하는 사이, 말 그대로 눈 깜박하는 순간에 유란은 수운의 품 안으로 파고들어 가볍게 그의 목울대를 틀어잡고는 배시시 웃음 지으며 그렇게 말하곤 곧 손을 풀었다.

'아아, 혹시나 하고 기대해 봤는데, 역시나… 부상을 당했다곤 해도 눈까지 감다니…….'

역시 전직 쟁자수답다는 생각을 하며 오유란은 혜월을 바라보았다. 호기심 때문에 일단 매화산수를 펼쳐 봤는데, 이건 완전히 속은 기분이었기 때문이다.

"허허, 과연 잘하시는군요. 그보다… 수운아."

"네."

"아미타불. 무릇 대련뿐 아니라, 모든 무학의 기본은 아무리 놀라운 상황에서라도 눈을 감지 않는 데 있다는 것을 명심하거라."

"아… 예."

유란의 몸놀림에 놀라 자신도 모르게 눈을 질끈 감았던 수운은 얼굴이 확 달아오르는 것을 느끼며 고개를 숙였다.

"다시 한 번 해보거라… 부탁드리지요, 란 시주."

유란은 오래간만에 몸을 움직여 기분이 좋은 듯 상기된 얼굴로 고개를 끄덕였다.

수운은 이번엔 신중하게 그녀의 공격을 관찰하려고 했으나 소용이 없었다.

순식간이었다.

펄럭—

치맛자락 날리는 소리와 함께 순식간에 수운의 시야에서 벗어난 유란이 수운의 명문혈에 가볍게 손을 짚고 웃고 있었다.

실전에서 힘을 줘서 가격했더라면 금세 피를 토하고 쓰러졌을 것이다.

"에헤, 이번에도 제가 쉽게 이겼네요."

유란은 그렇게 말하고 명문혈에서 손을 뗐지만 수운은 얼굴이 빨갛게 변해 머리만 긁적였다.

두 사람의 비무(?)를 지켜보던 혜월은 다시금 수운에게 한마디 조언을 던졌다.

"아미타불. 수운아, 내가 육합(六合) 내에서 움직이라고 한 것은, 그 움직임을 만련에 맞춰 느릿하게 움직이라고 한 게 아니란다. 본시 인간의 모든 신체는 나가고, 거둬들이고, 굳고, 연해지는 것이 반복되는 것이다. 그것이 육합이니라. 너에게 육합권의 만련을 지시한 것은 네 몸을 스스로 살펴보라는 뜻이었고, 지금 너는 훌륭하게 네 몸을 수발하고 있다. 그러한즉, 지금의 너는 부상을 당했어도 그 부분에 부담을 주지 않고 움직일 수 있다는 얘기다. 자, 부담을 떨쳐 내고 란 소저의 움직임에 맞춰 움직인다 생각해 보려무나."

머리를 긁적이며 듣고 있는 수운으로서는 알 수 없는 말이었지만, 이는 역근경의 내용을 쉽게 풀이한 것이었다.

혜월의 설명을 들은 수운은 고개를 갸웃거리면서도 다시 한 번 유란과 맞섰다. 그의 강론을 알아들었다기보다는, 일종의 오기가 작용했기 때문이다.

'이번에는······.'

그런 수운의 각오와는 별개로, 오유란은 혜월의 강론을 듣고 고개를 갸웃거리고 있었다.

그녀는 정마련에 있을 때 여러 문파의 선배들에게 가르침을 받아왔으나 육합권 같은 것에 그런 묘용이 있다고는 들은 바가 없었다.

"란 소저, 부탁드려요."

"네··· 상공, 조심하세요."

수운의 목소리에 상념에서 깨어난 유란은 조심하라는 말과 별개로 가볍게 손을 뻗어 단번에 만자천홍(萬紫千紅)의 수법으로 수운의 완맥을 제압해 들어갔다.

파라라락―

그녀는 소매가 바람을 가르는 소리를 만끽하며 곧 수운이 자신에게 완맥을 제압당하리라 믿어 의심치 않았다.

퉁―

'어라?'

그녀는 자신의 만자천홍이 수운의 단순한 반궁자성(反躬自省) 일초에 튕겨 나오자 깜짝 놀라야 했다.

더구나 단순히 튕겨 나온 것이 아니라, 무서운 기세로 쏟아지는 폭포에 무심코 팔을 집어넣었을 때 쓸려가는 느낌으로 자신의 공세가 튕겨져 나갔기에 놀라움은 배가되었다.

공격이 들어온 순간 수운의 몸과 동작이 완벽하게 육합을 이루며 움직였기 때문에 일어난 현상이었다.

그녀도, 공세를 튕겨낸 수운도 놀란 빛으로 한 걸음씩 물러섰다.

'튕겨졌다?'

'튕겨냈다?'

둘은 동시에 같은 생각을 하고 있었다.

조금 신중한 표정으로 바뀐 유란은 잠시 수운의 움직임을 바라보다가 입술을 앙다물었다.

'아무리 내공을 사용하지 않았다 하더라도 내 매화산수를 무공도 제대로 배우지 못한 사람이 튕겨내다니, 있을 수 없는 일이야!'

자존심이 상한 오유란은 매서운 눈으로 수운을 바라보다 벼락처럼 매화산수의 화려한 변초인 매화탐예(梅花探蘂)를 펼쳐 냈다.

"우와앗!"

수운은 순식간에 자신의 눈앞을 온통 화려하게 수놓는 유란의 손을 보며 당황했다. 손 모양 하나하나가 마치 하늘에서 매화 꽃잎이 나풀거리는 듯했다.

당황하여 정심이 깨지자 그가 이루어놓은 육합의 균형은 산산이 흩어졌고, 수운은 다시금 유란의 손이 자신이 목젖을 지그시 누르는 상황에 처했다.

혜월이 가볍게 혀를 차며 미소 지었다.

"아미타불… 허허, 겁이 많은 건 천성인가 보구나……."

자상한 표정으로 수운을 바라보는 혜월이었다.

유란은 신기한 표정으로 자신의 팔과 다리, 그리고 쑥스럽게 웃고 있는 수운을 번갈아 바라보다가 문득 혜월에게 물었다.

"아, 대사님, 좀 전에 상공의 손이 제 손을 튕겨낼 때, 정말 신기한 느낌이 들었어요. 음, 뭐랄까, 그냥 튀어나오게 되어 있었다, 그런 느낌 이랄까요? 분명히 내력은 아니었는데, 대체 그게 뭐죠? 이건 육합권이 아니라 비슷한 다른 절기인가요?"

"아미타불… 수운이가 펼친 것은 조금도 틀림없는 육합권입니다, 란 시주."

"하지만 분명히……."

"허허, 시주가 궁금해하고 있는… 시주의 손이 튕겨 나갔을 때 느낀 것은 아마 수운이의 중심과 시주의 중심이 서로 조화를 이루는 육합에 의해 쓸데없는 힘이 소멸되는 과정이었을 겁니다."

"제 중심과 저… 아니, 상공의 중심이 조화를 이뤘다고요?"

"명사(明師)의 지도를 받으셨으니 사량발천근이나 이화접목의 이치 를 아시겠지요?"

유란은 고개를 끄덕였다. 이른바 명문정파라 불리는 곳들은 그 무공 의 성격을 막론하고 '유(柔)'의 이치를 깊이 연구하고 있었다. 유권의 집대성이라 불리우는 무당의 면장과 태극권을 제외하더라도, 각 문파 의 무공을 보자면 한두 가지는 이러한 연구가 엿보이는 것들이 있을 정도였다.

혜월은 수운의 지팡이를 들더니 손가락으로 무게 중심 가운데를 짚어 허공에 들어 보였다.

"이것은, 중심이 온전한 상태이지요."

그렇게 말한 혜월이 왼손으로 천천히 지팡이 한쪽 끝을 눌렀다. 당연히 반대쪽 지팡이 끝은 위로 상승하기 시작했다.

"중심이 무너지면 단순히 가라앉기만 하는 것이 아니고, 이처럼 올라가는 기운도 있는 법이랍니다. 끌어들이는 기운뿐 아니라, 내뿜는 기운도 있는 법이지요."

혜월은 손을 뗐고, 지팡이는 조금 전과 마찬가지로 흔들거리다 중심을 잡았다.

"이러한 힘들이 서로 어울리는 것… 그리하여 서로 다른 것들이 하나로 뭉쳐지는 것이 바로 육합이라는 것이지요. 란 시주께서 조금 전 느꼈다는 반탄지기는 지극히 안정된 곳에, 지극히 불안정한 힘을 흘려 넣었다가 거부당한 것뿐이랍니다."

"제 힘을 다른 곳으로 이끌거나 흘린 것이 아니라… 제 힘 자체가 어울리지 못해 튀어나온 것이라는 말씀이신가요? 하지만 어떻게… 그런 고급 기법을 저 사… 아니, 상공께서? 제가 알기론 상공은 기초적인 무공밖에는……."

유란은 심각하게 눈을 뜨고 혜월을 바라보다가 말실수한 것을 얼버무리며 얼굴을 붉혔다.

더구나, 지금 혜월에게 질문한 것은 대단한 고급 기법에 대해 해설해 달라는 것이었고, 그것을 자신과 같은 침입자가 묻고 있다는 것에 어색함을 느낀 것이다.

하지만 눈앞의 노승은 그런 심사를 짐작이라도 하듯 빙그레 웃어 보이고는 좀 더 깊이 있는 설명을 시작하려 했다.

"흠……."

그러나 혜월은 설명을 멈추고 뒤쪽을 바라보았다. 유란과 수운도 무심결에 그의 시선을 따라 눈을 돌렸다.

혜월이 눈이 자리한 곳에는 형수인 민하유가 후원으로 들어서고 있었다. 그녀는 곧 혜월에게 공손히 인사를 올린 후 애매한 표정으로 수운과 오유란을 힐끗 바라보며 말했다.

"도련님."

"…네?"

"손님들이 찾아오셨는데요."

"손님이요?"

수운은 고개를 갸웃거렸다. 십 년간 산에서만 생활했고, 하산한 뒤에도 그다지 많은 사람들 사귀지 못했기에 찾아올 손님이라곤 없었기 때문이다.

'누구지?'

그는 아직 형수의 표정이 묘한 것을 눈치채지 못하고 있었다.

"절 찾아올 사람은 없는데요. 제 손님 맞아요, 형수님?"

"네… 그게……."

그녀가 말을 다 마치기도 전에, 민하유의 뒤쪽에서 맑은 독소리가 들려왔다.

"오래간만이에요, 유 소협."

민하유의 안내를 받아 이곳까지 왔는지, 엷은 물빛 경장을 입고 화사하게 웃는 당소류의 모습과 그녀의 시비로 보이는 여인 한 명, 더구나 왜 여기까지 왔는지 모르겠지만 굳은 표정의 하태진, 하혜진 남매까지 보였다.

그 모습을 보는 순간 수운의 이마를 타고 한가닥 땀방울이 흘러내렸다.

'저 아가씨가… 그리고 저것들은 왜…….'

다행이라면 하태진과 하혜진은 후원 입구에 멈춘 채 다가오지 않았고, 당소류만 그에게 다가오고 있었다.

"…소류 아가씨, 여긴 어쩐 일로?"

그는 자신도 모르게 한 걸음 물러서며 작게 그녀의 이름을 중얼거렸고, 소류는 고개를 끄덕이고 곧 혜월을 바라보며 반갑게 미소 지었다.

"대사님도 이곳에 계셨네요. 그때는 경황중에 제대로 인사를 올리지 못했습니다. 대사님께서 상처를 돌봐주신 덕에 위험한 일을 당하지 않았습니다."

"아미타불… 별말씀을 다 하십니다. 노납은 그저 피를 닦아내고 붕대를 감았을 뿐입니다."

그 말에 당소류는 그저 웃으며 다시 고개를 숙였다. 그리고 슬쩍 수운을 향해 걸음을 옮기며 안부를 물었다.

"얼굴이 많이 좋아 보이세요. 몸은 좀 괜찮아지셨나요, 소협?"

그녀의 입에서 다시 '소협'이라는 말이 흘러나오자 그는 자신도 모르게 식은땀을 흘렸다.

살짝 눈을 돌려보니 형수와 정체 모를 혼약자, 그리고 어느 틈에 살아났는지(?) 전욱까지 일어나서 자신을 바라보고 있었다.

"소, 소협이라니요. 아가씨께서 아시다시피 전 그저……."

"후훗, 적어도 제 목숨을 구해주셨으니 충분히 그렇게 불리셔도 괜찮지 않겠어요?"

"그게… 그러니까……."

"그렇지 않다면… 유 소협께서는 우리 사천당문이 생명의 은인을 홀대하는 그런 곳으로 생각하고 계신 건 아니시겠지요?"

당소류가 사천당문을 언급하자 유란이 '아!' 하고 탄성을 지르다가 설핏 입을 막았다.

'사천당문의 당소류라면, 당가주가 금지옥엽처럼 아낀다는 그 난화 당소류…….'

유란은 당연히 그녀의 이름을 알고 있었다. 정마련 감사대의 일원으로 중원의 주요 문파와 그 구성원에 대해서는 누구 못지않게 잘 알고 있었다. 물론 코앞에 있는 혜월 대사가 그 소림의 혜월이리라고는 생각지도 못하고 있었지만, 이는 그녀의 책임이랄 수가 없었다.

'저 아가씨의 목숨을 구해주었다? 흠, 그건 그거고, 사천당문이라… 신원이 확실한데… 더구나 저 혜월 대사님과도 잘 알고 있는 듯 보이고… 그렇다면, 역시 수상하거나 위험한 인물들이 아니라는 얘긴데… 음, 그렇다면 내가 정마련 인물이라는 걸 밝히고 이쯤에서 사죄를……'

그런 생각을 하던 유란은 자신에게 눈길을 주더니 다가오고 있는 당소류를 발견했다.

"……?"

"저, 유 소협의 누님 되시나요? 이곳에 와 계시다 들었습니다만… 생각보다 무척 젊어 보이시네요?"

울컥―

물론 당소류에게 악의는 없었다.

그저 후원에서 수운과 같이 자리하고 있었고, 그녀가 떠나오기 전에 들었던 가족 구성원 중에 젊은 여인은 민하유를 제외하면 유수란뿐이었을 뿐이다.

그래서 별다른 생각 없이 물었던 것이지만, 유란의 입장에선 그게 아니었다.

'내가 어딜 봐서 유부녀처럼 보인다는 거야!'

이미 정체를 밝히고 사죄를 한다, 라는 계획은 저만치 날아가 버렸다. 어차피 이렇게 된 거, 하루 이틀 더 있다가 무현종 등이 손을 쓸 때 나가면 되는 일 아니던가?

유란은 반사적으로 눈을 치켜뜨고 당소류를 바라보았다.

"착각하셨군요, 당 아가씨. 저는, 여기 수운 가가와 장래를 약속한 사이입니다만."

"…네?"

"인사드리지요. 화산 속가로, 성은 유, 이름은 란이라 합니다. 가가와 함께하기 위해 이곳에 머물고 있는 중입니다."

스스로 유수운의 혼약자라 밝힌 여인을 보고 당소류는 잠시 주춤거렸으나, 곧 신색을 회복하고는 인사를 받았다.

"본의 아니게 실례를 저질렀네요. 저는 당가의 여식으로, 소류라 합니다."

소류는 힐끗 수운을 바라보았다.

"서둘러 집으로 돌아가신다 생각했는데… 정인(情人)을 만나기 위해 서두른 것이었군요?"

"아니… 그게… 저분 소저는… 사실 저와는……."

거기까지 말하던 수운은 슬며시 자신을 노려보고 있는 민하유를 바라보고 말끝을 흐렸다.

'……여기서 아니라고 말했다간 분명히, 틀림없이, 확실하게, 당 소저에게 반해서 유란 소저를 버린 거라는 얘기가 나돌 거야.'

여전히 사람들은 흥미로운 눈초리로 미인들과 얘기를 나누고 있는 수운을 바라보고 있었다.

"저……."

유란과 얘기를 나누던 소류가 다시 수운 쪽을 바라보았다.

"저, 이렇게 세워두실 건가요?"

"아? 아, 예. 이쪽은 전부 비어 있는 곳이라……."

"음, 죄송한 부탁이지만, 오늘 이 댁에서 하루 유해도 괜찮을까요? 슬슬 날도 저물어오고, 저기 유 아가씨와도 얘기를 나누고 싶은데……."

수운이 당황해서 어쩔 줄을 몰라 하자 멀뚱히 구경만 하고 있던 민하유가 나섰다.

"도련님, 제가 이분을 모실까요?"

"아? 예, 형수님. 예, 그래주시면……."

그때였다.

이제까지 무표정한 얼굴로 장내의 소동(?)을 말없이 지켜보고 있던 하태진이 입을 열었다.

"안 됩니다."

"뭐가 안 된다는거죠?"

"이곳에 묵으셔선 안 됩니다. 객잔을 잡아 거기서……."

"저는 이곳에서 묵겠어요."

"그럴 수는 없습니다, 당 소저."

"왜 그럴 수 없다는 거지요?"

"저는 남궁 소협에게 당 소저의 안전을 책임지겠다고 약속했습니다. 이런 곳에⋯⋯."

"왜, 정의가 내 안전을 책임져야 하지요?"

"하지만⋯⋯."

"하 소협, 여기는 유성표국이 아니에요. 저 또한 소협의 수하가 아니고요."

"⋯⋯."

"가시려거든 혼자 가세요."

"언니."

"그간 즐거웠어, 동생. 난 이곳에서 하루 묵고, 곧 사천의 본 가로 떠날 생각이야."

간단한, 매정하게 보이기까지 하는 작별 인사를 던진 후 당소류는 민하유와 담소하며 안내를 받아 나갔다.

당소류의 모습이 사라지자 간신히 눌러 참고 있던 하태진의 얼굴이 붉게 달아올랐다.

으드득―

이 갈리는 소리가 났다. 그리고 번쩍 고개를 들더니 수운을 바라보며 음산한 웃음을 지어 보였다. 원래는 곧 죽을 이들과 말을 섞고 싶지 않아 당소류의 말대로 조용히 떠나려 했지만, 그녀의 행사 덕에 속이 꼬여 버린 것이다.

더구나 이상하게 미운 털이 박혀 있는 유수운이란 놈의 곁에 서 있는 정혼자라는 여인도 상당한 미인이었다. 속이 뒤틀릴 대로 뒤틀릴 수밖에 없었다.

"네놈… 죽는다 어쩐다 하더니 제법 멀쩡한 몰골이구나."

이제껏 조용히 있던 것은 확실히 당소류 때문이라는 것을 알 수 있게 만드는 한마디였다.

조금 전 당소류와의 대화로 하태진이 유성표국의 소국주라는 것을 유추해 낸 유란은 그의 말투에 눈살을 찌푸렸다.

수운이 이전에 쟁자수였다는 것은 알고 있으나 이미 일을 그만둔 상태고, 둘의 연배는 그다지 차이가 나지 않는다. 무엇보다 처음 보는 외인들이 주변에 있는 상태에서 저런 막말을 하는 것이 옳은 일은 아니었다.

'유성표국의 소국주라면 확실히 강호상에 소검왕이라 불리는 하태진일 터… 무슨 일인지 몰라도 흥분이 좀 지나치군.'

유란은 하태진의 흥분을 가라앉히기 위해 부드럽게 끼어들었다.

"저, 우선 진정을 좀 하시는 게 좋을 것 같아요. 하 소협이라 하셨나요? 이곳엔 소협만 있는 것이 아니……."

"입 닥치고 있어라, 계집."

유란은 말을 끝마치지 못하고 잠시 혼란을 겪어야 했다. 계집이라니, 설마 자신에게 한 말인가? 소검왕 하태진은 예의가 바른 협객이라는 평판이……

"고작 쟁자수 출신의 병신을 따라다니는 계집이 오죽하겠냐만, 얼굴은 제법 반반하니 충고 하나 하지. 이 집에 제법 재산이 있어 보여서 그러나 본데, 그렇다면 다른 알부자 재취 자리나 알아보는 게 좋을 거야. 아니, 아예 내 밑으로 들어오는 것은 어떤가? 저 부실한 놈보다는 나을 텐데."

그가 본래 이리 막말을 하는 성격은 아니었으나, 마구간에서 수운과 처음 대했을 때 느낀 기묘한 자격지심과 당소류에 대한 질투 등이 어우러져 마치 사마외도와도 같은 말투로 유란을 능멸하고 있었다.

"풋."

하태진의 말에 옆에 서 있던 하혜진이 풋— 하고 웃음을 터뜨렸다. 그제야 자신이 여인으로서 듣기 힘든 치욕적인 말로 모욕당하고 있다는 것을 실감한 유란의 손이 부들부들 떨리기 시작했다.

"이… 이……."

그 앞으로 유수운이 유란을 가로막으며 나섰다.

"그쯤 해두고, 여긴 어쩐 일이지?"

"호오, 굽실거리던 개가 제법 짖어대는데? 똥개도 집에선 한 수 먹고 들어간다더니, 그 말이 사실이었구만?"

"…여긴 무슨 일이지? 귀한 분께서?"

내심 수운이 길길이 날뛰며 달려들기를 바랐던 하태진은 예상외로 담담한 그의 태도에 입맛을 다시며 비릿한 웃음을 머금었다.

"그래… 좀 알아볼 게 있어서 말이야. 하하하."

"알아보고 말고 할 게 뭐가 있지?"

자기 뒤에서 분노로 몸을 떨고 있는 유란을 생각할 것도 없이, 그 스스로 하태진 같은 인간과는 길게 말을 섞고 싶은 생각이 없었다. 그래서 빨리 말하고 가라는 투로 얘기했다.

"간단한 것이다. 네놈의 무공 연원."

그 말에 수운은 자신도 모르게 몸을 움찔할 뻔했으나 간신히 눌러 참을 수 있었다.

'침착하자. 저놈이 무슨 생각으로 여기에 왔든 내가 월광사신과 관계되어 있다고는 생각하지 않았을 거야. 그랬다면 대군을 몰고 왔

겠지.'

그렇게 생각하자 조금 마음이 홀가분해졌다.

"이 정도로 예의없는 인간이라고는 생각하지 못했는데… 강호상에서 사승 관계는 함부로 캐묻는 게 아니라는 사실도 모르는 건가?"

"하하하핫!"

'사승 관계'라는 말이 나오자 하태진이 허리를 펴고 웃다가 돌연 무서운 얼굴로 수운을 노려보았다.

"너 따위가 지금 무림인이라 말하는 것이냐?"

"……"

당장이라도 검을 뽑을 듯한 기세로 하태진이 수운을 노려보고 있을 때였다.

"이봐, 핏덩어리."

가만히 구경만 하고 있던 전욱이었다. 그는 대뜸 '핏덩어리'라고 내뱉은 뒤, 자신도 모르게 상혁의 말투를 따라했다는 것을 떠올리고는 픽 웃으며 앞으로 나섰다.

"가만히 보고 있자 하니… 지금 시비를 걸러 온 건가?"

"네놈은?"

하태진은 같잖다는 듯 자신을 막아선 전욱을 바라보았다.

"놈?"

전욱의 눈이 무심하게 가라앉았다.

"그리고 보니 장 숙부의 집에서 본 일이 있는 것 같군. 비켜. 네놈에겐 볼일 없으니."

"너는 무림인인가?"

"하?"

하태진이 어이없다는 듯 그를 바라보았다.

"다시 묻겠다. 너는 네 말대로, 무림인인가?"

"내가 무림인이냐고? 그게 감히 소검왕이라 불리우는 내게 묻는 말인가?"

"그렇다면 됐다."

쐐액―

'됐다'라는 소리와 함께 전욱의 검집에서 검이 뽑혀 나왔고, 그 검끝이 정확히 하태진의 목을 향하고 있었다.

"허억!"

놀라운 쾌검이 미처 대응할 틈도 없이 자신의 목을 향해 들이닥치자 대경한 하태진이 급속히 뒤쪽으로 물러섰다.

스컥―!

"컥."

최선을 다해 뒤로 몸을 날렸지만 목젖이 있는 부분의 피부가 검에 스쳤는지 방울방울 피가 흘러나오기 시작했다.

"이, 이런 건방진 놈이!"

광분한 하태진이 자신의 검을 뽑아 들었다. 그 모습을 본 전욱이 여전히 무표정한 얼굴로 중얼거렸다.

"무림인이어서 다행이야. 죽어도 할 말은 없겠지?"

"아미타불. 그만두시게, 전 시주."

"하지만……."

"그만두시게."

침착한 혜월의 목소리에 전욱은 서서히 검을 거두고 뒤로 물러섰다. 전욱이 뒤로 물러서는 것을 확인한 혜월이 아직도 씩씩거리고 있는 하태진에게 물었다.

"시주께서는 유성표국의 소국주시지요?"

"그렇다."

"무슨 이유로 수운이의 무공 연원을 알고 싶으신 것인지⋯⋯?"

"너 따위 땡중은 몰라도 되는 일이다."

그 말에 전욱이 다시 한 걸음 앞으로 나섰으나, 혜월의 눈총을 받고 어쩔 수 없다는 듯 뒤로 물러섰다.

"아미타불⋯ 이유를 알면 노납이 도움을 드릴 수 있을 듯하여 여쭙는 것이니, 비천하다 생각지 마시고 이유를 알려주십시오."

하태진이 수운을 가리켰다.

"흥, 저놈은 한낱 쟁자수였다. 쟁자수가 남궁세가의 무인과 싸워 이겼고, 일전 장무성의 집에 침입한 살수 하나를 물리쳤다. 고강한 무공을 감추고 한낱 쟁자수 따위로 표국에 숨어들어 왔으니, 어찌 수상하다 생각지 않을 수 있나?"

수운은 그 말에 입술을 깨물었다.

"아미타불⋯ 시주의 말에는 어폐가 있구려."

"무슨 소리냐?"

"귀 표국에는 하상혁이라는 아이가 있는 것으로 알고 있습니다만⋯ 그 아이도 일신에 상당한 재간을 지니고 있음에도 쟁자수로 일을 하고 있지 않았습니까?"

"그건⋯⋯."

흥분해 있는 하태진은 혜월이 상혁을 '아이'라 호칭하고 있다는 것을 눈치채지 못했으나, 옆에 서 있던 혜진은 그것을 깨닫고 조심스레 오빠의 옷자락을 잡아당겼다.

"그는 모종의 이유가 있어서……."

그는 말을 하다가 자신의 옷깃을 잡아당기고 있는 혜진을 보고 왜 그러느냐는 듯 얼굴을 찡그렸다.

"저… 실례지만, 하 숙부를 알고 계시는지요?"

혜진이 조심스레 혜월에게 묻자 그는 천천히 고개를 끄덕였다.

"예전에… 인연이 있어 알게 되었답니다."

혜월은 눈을 지그시 감고 뭔가를 좀 더 생각하더니, 곧 눈을 뜨고 하태진 남매에게 말했다.

"이 아이의 사승이 궁금하다 하셨으니, 이상한 오해를 사기 전에 말씀드려야 하겠군요. 아미타불… 수운이는 제 사손 뻘이 된답니다."

그 말에 하태진이 머뭇거렸다.

"당신은… 누구십니까?"

"허허, 노납의 법명은 혜월이라 하고, 소림에서 수계를 받았답니다."

"소림… 혜월… 설마!?"

"그 설마가 맞을 거다."

전욱이 그렇게 말하자 하태진 남매의 얼굴이 하얗게 질려갔다. 수운은 그 모습을 유쾌하다는 듯 바라보았다. 다만, 그는 하태진 남매 못지않게 표정이 급격히 바뀐 사람이 또 한 명 있다는 사실을 알지 못했다.

그의 뒤에서, 유란이 큰 눈을 동그랗게 치켜뜨고 혜월을 바라보고 있었던 것이다.

*　　　*　　　*

하태진 남매가 하얗게 질린 얼굴로, 거듭 무릎을 꿇고 무례에 대한 사죄를 하고 물러가자 작은 소란은 끝이 났다.

　유란은 혜월을 따라 자신의 방으로 가면서 주변에 아무도 없는 것을 확인하고 조심스레 말을 걸었다.

　"저……."

　"음? 아미타불. 할 말이 있으십니까, 란 시주?"

　"저기… 설마 대사님이… 소림의 그 혜월 대사님일 거라곤 생각도 못했어요."

　"아미타불… 굳이 숨긴 것은 아니었습니다."

　"네, 그저 제가 눈이 어두워서 못 알아뵌 것뿐이지요. 그런데요, 저기… 제가요… 그러니까… 대사님하고… 이 집 분들에게 숨기고 말하지 않은 것이 있는데요."

　"허허, 말씀해 보시지요."

　"제가… 사실은 수운 공자의 정인 같은 건 아니고요… 일이 좀 꼬여서… 제가 사실 정마련 사람이거든요?"

　유란은 어렵게 어렵게 자신의 신분과 임무를 설명해 나갔다. 물론 월광사신에 관련된 일은 빼고서.

　　　　　　＊　　　　　＊　　　　　＊

　마차 안에서 하태진은 극도로 흥분해 있었다.

　"진정해, 오빠."

　"진정하라고? 진정하라고! 이런 빌어먹을!"

　콰직―

그의 주먹이 뻗어 나가 마차 내부의 장식 하나를 박살 냈다. 하혜진 역시 곤란한 표정이었다.

"어쩌지? 중지시킬까?"

"무슨 수로?"

그녀는 입을 다물었다. 수운의 집을 습격할 산적들을 제어할 방법은 없었다. 남궁세가의 인물들을 이용해서 직접 막아서는 방법이 있었으나 그들과 접촉할 방법이 없었다.

"하지만 소림의 혜월 대사라니… 자칫하다간… 어쩌지, 오빠?"

"……"

"혜월 대사는 무공이 없어. 그가 해를 입는다면 소림이, 아니, 전 무림이 뒤집힐 거야."

"젠장."

하태진은 신경질적으로 팔짱을 끼었다. 반각 정도 지난 뒤, 하태진은 오히려 차분해진 말투로 입을 열었다.

"어쩌면… 오히려 잘된 일일 수도 있어."

"응?"

"우리가 관련된 흔적은 찾을 수 없을 테고… 남궁세가의 그 멍청이도 혜월이 죽는 일에 자기가 관련되었다면, 농담으로라도 발을 빼지는 못해. 더구나 직접 손을 쓰는 건 남궁세가의 무인들이고……."

"음……."

"혜월이 녹림도에게 죽임을 당하면 녹림은 크게 흔들리게 될 거야. 그 공백을 노리면 중원표로일통에 한 걸음 더 가까이 다가설 수도 있겠지."

하혜진도 반각 정도 생각을 정리한 뒤에 고개를 끄덕였다.

"오빠 말이 맞아. 오히려 잘된 일일 수도 있어. 그런데… 그 당가 계집애는 포기할 거야? 꽤 마음에 들어했잖아?"

"흥, 어차피 산적 나부랭이들이다. 부상을 입었다곤 해도 당가 계집애 정도면 몸은 뺄 수 있겠지. 더구나 남궁세가 녀석들이 지켜보고 있을 테니, 당소류가 눈에 띄면 그 계집의 안전은 알아서 지키겠지."

"그래……."

두 남매는 오히려 '전화위복' 이 되었다 말하며 서로를 위로하고 있었으나, 마음 한구석에 불안한 마음이 스며드는 것을 막지는 못했다.

◆ 第二十五章 ◆
오유란, 월광사신의 후인을 알아보다

오유란, 월광사신의 후인을 알아보다

"원로에 노고가 많으셨습니다."

무현종이 깊게 읍하며 예를 표하자, 공해 역시 소림 특유의 반장으로 그에게 인사를 대신했다.

"아미타불, 며칠간 마음 고생이 심하셨겠습니다."

"아닙니다. 모두 제 불찰로……."

사실 이곳에 자리잡고 있던 사람들의 마음 고생은 대단했다.

무현종의 보고로 인해 그곳에 기거하는 노승이 대단한 고수라는 걸 알 수 있었기 때문에 정탐하러 들어갈 엄두도 낼 수 없었다. 천하의 무현종이 야간에 십 장 거리에서 귀식대법을 펼치고서야 이목을 벗어난 고수의 이목을 어떻게 속일 생각을 하겠는가?

해서 호위 무사들은 될 수 있는 대로 먼 거리에서 출입자들만 감시하고 있었고, 시간이 갈수록 가슴이 새카맣게 타는 중이었다.

책임자로서 오유란을 건사하지 못한 무현종은 가슴을 졸이며 공해의 뒤에 있는 화산파 매화검수들에게 눈길을 주었다.

'걱정스러운 표정이 아닌데……'

화산 제자인 오유란이 월광사신과 어찌 되는지 알 수 없는 자들에게 억류, 구금당해 있는데도 그들의 표정은 담담했다.

그간 전전긍긍했던 무현종으로서는 의외였다.

"자, 그간 걱정들이 많으셨을 테니 위로 올라가시지요."

이들은 오유란이 붙잡힌 그 밤에 객잔을 옮겼었다.

유수운의 집과 꽤 떨어진 곳에 위치한 곳으로, 사람의 통행이 빈번하고 제법 번화한 거리였다.

오유란이 적의 손에 떨어진 이상, 자신들까지 연루되지 않기 위한 방책 중 하나였다.

"여분의 방은 마련하셨겠지요?"

"이곳 이층은 우리가 모두 전세를 냈습니다. 그래서 아래쪽 식당과 맞은편 빈 방만 영업 중이지요."

공해는 고개를 끄덕인 뒤 흑색 도포에 얼굴 전체를 가리는 밀짚 도롱이를 눌러쓴 자에게 말했다.

"맞은편 방으로 들어가 쉬고 계십시오."

"……."

그 말에 인영은 느릿한 움직임으로 맞은편 방 안으로 들어갔다. 가장 넓은 방 안에 무현종과 고권중, 그리고 소림과 화산의 고수들이 자리를 잡고 앉자 화산의 매화검수 중 한 명이 입을 열었다.

"못난 사질이 임무 중에 큰 말썽을 부렸다지요? 이거 정말 뭐라 드릴 말씀이 없습니다."

"아닙니다. 오 여협은 충실히 본연의 임무를⋯⋯."

"하하핫! 그 녀석 하는 짓은 안 봐도 뻔하니 어려워하지 않으셔도 됩니다. 그저 이번에 호되게 당했을 테니 앞으로 그러지 않기를 바랄 뿐입니다."

매화검수 세 명과 공해를 제외한 나머지 두 명의 소림승은 아직 월광사신에 대해서는 알고 있지 못했다.

그들은 오유란과 무현종이 추령의 암습 사건을 조사하던 도중 오유란의 부주의로 적에게 사로잡혔을 가능성이 있으니 구하러 가라는 명을 받았을 뿐이다.

아직 월광사신에 대한 이야기가 퍼져서 좋을 것은 없었으므로, 전모를 알고 있는 것은 정체를 감춘 생사강시의 제어권을 건네받은 공해 대사뿐이었다.

더구나 이곳으로 향하던 도중 모든 것이 오해에 의한 것이며, 유란을 보호하고 있는 것이 소림의 고승인 혜월 대사라는 것이 밝혀지면서 완전히 긴장이 풀린 상태였다.

귀여운 사질에 대해 잔뜩 걱정하던 매화검수들은 걱정이 풀리자 화산 수련 시절, 잔뜩 말썽을 부리던 그녀에 대해 투덜거릴 뿐이었다.

공해는 아직도 걱정 어린 얼굴인 무현종과 고권중을 향해 빙그레 웃어 보였다.

"두 분은 염려하실 필요 없습니다. 화산의 오 소저를 보호하고 계신 분은 본 파의 사백조이시니까요."

"사백조라 하시면⋯⋯?"

그 말에 무현종이 입을 딱 벌렸다.

"설마, 혜, 혜월 대사님이 맞다는 말씀입니까?"

"아미타불. 그렇습니다."

"허어, 그날 밤 목격했을 때 언뜻 그분의 대명이 떠오르긴 했었습니다만, 설마 했었습니다만… 확실한 건가요?"

"확실합니다. 도현 진인께서 유성표국의 장 대협에게 직접 확인받아서 알려왔습니다."

공동의 도현 산인까지 움직여서 확인한 것이라면 틀림이 없을 것이다.

"후우……."

무현종은 안도의 한숨을 내쉬다가 고개를 갸웃거렸다.

"공해 대사님, 그런데 제가 알기로는 그분께선 무공이……."

혜월은 무공이 없다.

이것은 조금의 견문만 있어도 누구나 알고 있는 사실이었다. 무현종 정도의 추종의 달인이 혜월을 직접 보고도 그의 정체를 알아차리지 못한 것은 그 가공할 내경 때문이었다.

무현종의 질문에 잠시 염주를 굴리던 공해가 고개를 설레설레 흔들었다.

"아미타불. 어떻게 된 영문인지는 소승도 모르겠구려. 다만, 그분의 성정으로 미루어 짐작해 보건대… 무공조차 부질없다 생각하셔서 그간 감춰두고 계셨던 건 아닌지 모르겠습니다. 번거로운 일에 휘말리면 아마 수행에 도움이 되지 않는다 생각하셨는지도 모르지요."

그는 고개를 끄덕였다.

법력이 높기로 소림 제일이라는 고승이 무슨 생각을 하고 있는지 범인인 자신이 어떻게 평가할 것인가?

문제는 혜월이 왜 유수운과 함께 있었고, 어째서 그간 숨겨오던 무공을 드러냈느냐 하는 점이었다. 그가 아는 바로는 평소의 혜월이라면 숨어 있는 자는 숨어 있게 내버려 두었을 텐데, 어째서?

"그럼 왜……."

공해에게 그 점을 질문하려던 무현종은 입을 다물었다.

그간 전해받은 정보가 머리를 스쳐 지나갔기 때문이다. 단순한 조합이었다.

혜월은 유수운과 함께 돌아왔다.

그리고 그들이 장무성 대표두 집에 있을 무렵 습격이 있었다.

"……."

어떻게 된 사정인지 대강 유추할 수 있었다.

장무성이 습격받았던 일이 있었으므로, 혜월은 은신한 오유란이 암습자라 판단하여 군이 무공을 드러내며 그녀를 사로잡은 것이었을 터였다.

"허허, 과연 무현종 대협이시군요. 표정을 보아하니 제가 설명할 필요도 없이 대강 알아차리신 것 같군요."

"아니, 아닙니다. 하지만 제 생각대로라면… 그렇다면, 참 일이 공교롭게 된 것이군요."

"그렇지요. 일이 공교롭게 된 것이지요."

고개를 끄덕인 공해는 무표정하지만 잔뜩 신경을 곤두세우고 있는 고권중을 위해 대강의 사정을 풀어서 설명해 주었다.

대부분 무현종의 생각과 일치했다.

그리고 혜월의 성정으로 봤을 때 그녀의 신변에 무슨 큰 문제가 있으리라 생각되지는 않았다.

"아미타불. 이제까지 집 밖으로 나오지 못했다는 건… 아마 정마련 소속이라는 걸 얘기하지 못해서 그럴 거라 짐작됩니다."

"그렇겠지요. 아무래도… 야행복 차림으로 은신하다 잡혔으니……."

속으로 '그것도 월광사신의 후인이 아닐까 의심되는 후보자의 집에서' 라는 말을 중얼거린 무현종은 깊은 한숨을 내쉬었다.

"아무튼 다행이군요."

아직 확실히 그녀의 안전이 확인된 것은 아니었으나, 그 스스로 혜월이 유란의 목숨을 구하는 장면을 본 바 있었다.

"그럼 지금이라도……?"

"아닙니다. 오늘은 늦었으니, 내일 찾아뵈려 합니다."

"네."

"그간 마음 고생이 심하셨을 텐데, 오늘은 모처럼 푹 쉬시기 바랍니다. 허허허."

공해가 자리에서 일어섰고, 화산의 매화검수들도 자리에서 일어났다. 화산의 검수들은 겸연쩍은 얼굴로 일을 어렵게 만든 사질에 대해 사과하고는 밖으로 나섰다.

"하아……."

둘만 남게 된 무현종은 무표정한 고권중의 얼굴을 바라보며 한숨을 내쉬었다. 표정은 없었으나 그의 눈은 안도하는 빛이 역력했다.

"하하, 저는 내려가서 한잔해야겠습니다. 고 대협도 같이 한잔하시지요?"

"아닙니다. 아직 해야 할 일이 있어서요."

고권중은 할 일이 있다며 밖으로 나섰고, 홀로 객잔에 앉아 요리와 술을 주문한 무현종은 노곤한 기색을 감추지 않았다.

아무 일 없이 이렇게 끝이 났지만, 이렇게 되고 보니 마음대로 행동한 오유란이 새삼 얄미워졌다.

비록 곱게 치장하고 마음에도 없는 요조숙녀 흉내를 내라고 했다 해서 일을 이렇게 곤란하게 만들다니.

"허허, 지금쯤 뭘 어떻게 하고 있으려나……."

＊　　　　＊　　　　＊

민하유가 식구들에게 무슨 얘기를 어떻게 했는지는 귀가하자마자 자신을 찾아 뛰어온 아버지와 형의 반응에서 알 수 있었다.

"수운이, 이 녀석! 사고를 두 번이나 쳤다고! 크하하하!"

"이노무 자식! 어디 있어!"

"……."

그들의 오해에 대해서 간단히 '그 아가씨는 사천당문의 낭중보옥이며, 쟁자수 생활을 할 무렵 산적에게 같이 습격받은 정도의 인연이 있을 뿐이다'라고 대답해 주었다.

장무성 대표두의 집에서 그녀의 목숨을 구해주었다는 얘기는 당연히 언급도 하지 않았다.

이미 장우복의 주먹질 한 방에 코가 깨졌다는 얘기가 수란에게서 흘러들어 간 지금, 자신이 당소류조차 감당하지 못한 살수들을 물리쳤다는 얘기는 질 나쁜 농담에 지나지 않는다.

저녁 식사 시간에는 유씨 일가는 물론 혜월과 전욱, 오유란, 당소류까지 모두 함께 모였다.

오래간만에 모두가 모인 저녁 식사 자리는 묘하게 화기애애하고, 묘하게 긴장된 분위기에서 진행되고 있었다.

당연히 새로 등장한 여인, 당소류 때문이었다.

그럭저럭 오해는 풀린 것 같았지만 사람들은 당소류에게 큰 흥미를 지니고 있는 듯했다.

뛰어난 미인인데다 사천당문이라는 명문의 여식이 아니던가?

그런데 굳이 먼 길을 마다 않고 찾아와서 수운에게 '생명의 은인'이라고 인사를 하는 이유는 무엇일까?

형수인 민하유는 유란을 끼고 앉아서 수운을 못마땅한 얼굴로 바라보고 있었다. 아마 장래를 약속한 정인을 내버려 두고 다른 여자가 찾아오게 만들었다는 것이 못마땅한 듯 보였다.

"이거… 오래간만에 이렇게 북적거리니 살맛 납니다, 하하하."

유정이 혜월 대사를 보고 그렇게 말하자 혜월도 빙그레 웃었다.

"그나저나 소류 아가씨라고 했던가요?"

"네, 그러고 보니 제대로 인사를 드리지도 못했네요. 사천당가의 소류가 인사드려요."

당소류가 자리에서 일어나 제대로 인사를 올리자 유정과 유수헌 등도 부랴부랴 일어서서 손을 흔들어 만류했다.

"자자, 그나저나 얼핏 얘기를 듣자하니 당문으로 돌아가는 중이라 하셨는데 어찌 길을 돌아서 예까지 오셨습니까?"

자리에 앉은 당소류는 힐끗 눈을 돌려 그릇에 고개를 처박고 어색한 품으로 식사에만 열중하는 수운을 바라보며 대답했다.

"아까도 말씀드렸지만… 유 소협이 제 목숨을 구해주셨기에 제대로 인사나 드리고 가려고 들렀습니다."

"하하핫! 설마, 수운이가요?"

"하하하하! 우복이한테도 한주먹에 코가 깨져서 쟁자수로 보내진 놈을 가지고 너무 놀려먹으시는 거 아닙니까?"

유씨 부자가 동시에 웃음을 터뜨렸다.

웃지 않는 건 우습게 보이던 수운의 육합권에 한순간이지만 밀려났던 유란과 언제나 냉정한 표정을 짓고 있는 전욱뿐이었다.

한바탕 웃음을 흘린 덕인지 식사 분위기는 더욱 부드러워졌고, 사람들은 이런저런 화제를 섞어가며 웃음꽃을 피웠다.

수헌은 연신 식사 끝내고 술이나 한잔하자며 전욱을 꼬드기고 있었고, 전욱은 오늘만은 그럴 수 없다며 단호히 거절하고 있었다.

한씨와 민하유, 유수란, 그리고 유란과 당소류 등의 여인들도 처음의 어색한 분위기를 떨치고 어느새 여인들만의 화제로 전환했는지 소근소근 얘기를 나누며 깔깔거리고 있었다.

우걱우걱.

"……."

혜월조차 어색하지 않게 대화에 끼어드는 상황에서 홀로 외로운 것은 오로지 고개를 처박고 식사만 해야 하는 수운밖에 없었다.

'…혹시 내가 전생에 무슨 큰 죄를 지은 거였나?'

그가 무슨 생각을 하든 시간은 즐겁게 흐르고 있었다.

그렇게 식사가 끝나자 형수인 민하유가 식기를 바지런히 치운 뒤 준비되어 있던 다과를 내왔다.

그렇게 다과를 받던 소류가 문득 정중한 목소리로 한 부인을 향해 얘기를 꺼냈다.

"저… 잠시 물러가 쉬어도 될는지요?"

"아, 물론이지요. 그렇군요. 좋지 않은 몸으로 긴 여행길을 왔으니 피곤하셨을 텐데."

한씨가 그녀를 다시 안내하기 위해 몸을 일으키자 혜린을 어르고 있던 수란이 대신 일어섰다.

"엄마는 여기 있어. 자, 아가씨, 저랑 얘기나 하면서 가자구요."

"아, 아뇨. 방이 어딘지는 알고 있으니 수고스럽게 안내해 주지 않으셔도……."

"혜린이도 달 보는 거 좋지? 좋아? 응, 엄마도 좋아. 자, 혜린이, 언니 손가락 잡어."

수란은 품에 안고 있는 혜린의 손을 당소류의 손가락에 가져다 대며 밝게 웃었다.

소류는 귀여운 아기의 따듯하고 작은 손이 자신의 손가락을 잡자, 절정고수의 금나수에 묶인 것처럼 손을 빼지 못하고 그 상태 그대로 밖으로 나가야 했다.

재잘대며 나가는 두 여인을 보던 유란이 가볍게 심호흡을 한 뒤 수운을 바라보았다.

"저……."

"네, 넷?"

여전히 고개를 푹 숙이고 찻잔에서 올라오는 김만 쏘이고 있던 수운은 유란이 자신을 향해 말을 걸어오자 심장이 덜컹 내려앉는 느낌으로 대답했다.

"상공, 잠시… 얘기를 좀……."

"오오~"

"어머나!"

사람들은 가벼운 탄성을 내질렀다.

"빨리 나갔다 오려무나."

"좋은 얘기 나누려무나."

가족들은 수운이 싫다고 얘기할까 봐 눈을 부라리면서 그를 내몰았다.

등을 떠밀리다시피 유란과 밖으로 나온 수운은 어색하게 그녀를 바라보았다. 그리고 보면 독대를 하는 건 이번이 처음이었다.

'그래, 생각해 보니 좋은 기회잖아.'

"저……."

무슨 생각으로 나와 혼약을 맺은 시늉을 하느냐고 물어보려고 할 때, 유란이 먼저 입을 열었다.

"저, 아무도 없는 곳으로 가요. 꼭 해야 할 말이 있어요."

"아……."

그는 하려던 말을 삼키고 머리를 긁적였다.

"네, 일단 후원 쪽으로 가지요. 거기라면 조용하고, 누가 와도 쉽게 발견할 수 있고……."

긴장한 탓에 묻지도 않은 말을 주저리주저리 늘어놓으며 후원 쪽으로 발걸음을 옮겼다.

그 뒤를 따라 걷고 있는 유란의 표정도 그렇게 좋지는 않았다. 일단 자신이 저지른 일을 수습은 해야 하는데, 그게 여인의 입으로 말하기 꽤 난감한 내용이라고 할 수 있었다.

뭐라고 해야 한단 말인가?

'비밀 작전 수행 중 어쩔 수 없이 당신의 약혼자 흉내를… 아니야, 담력을 키우기 위한 화산의 독특한 수행… 정신 차려, 사문까지 끌어

들여 망신을 시킬 거야, 오유란?

혜월은 무림의 큰어른이고, 따지고 보면 정마련의 큰 축을 맡고 있는 소림의 존장인지라 쉽게 자신의 처지를 말했었다. 그리고 사정이 사정이었으니 대사님이 뒤처리를 해주십사, 하고 부탁을 했었다.

하지만 혜월은 부드럽게 고개를 내저었다.

"아미타불. 그것은 좋지 않은 것 같습니다. 노납도 따지고 보면 구파에 한 발 담그고 있는 처지라 이리 말씀드리겠습니다. 하지만 지금이 집안 식구들은 유란 시주를 남이라 생각지 않고 있습니다. 이것은 작다면 작은 일이지만, 유란 시주가 스스로 푸는 것이 가장 옳으며, 가장 쉬운 일 같습니다."

"에… 아뇨. 꼭 풀 필요까지…… 그냥 수운 공자의 행복을 빈다, 그러고 이대로 가면 괜찮지 않을까요?"

"아미타불. 털고 가면 작은 일을 굳이 두고 가서 크게 만들 필요는 없답니다."

"……."

"유란 시주도 며칠간 이곳 사람들의 성정을 직접 겪어보셨을 테니, 말없이 떠나 그분들을 괴롭힐 필요는 없지 않겠습니까?"

"아, 네. 하지만……."

그렇기 때문에 더 더욱 그들에게 사실을 말하기가 괴로웠다. 혜월이 빙그레 웃었다.

"우선은 수운이에게 말해보시지요. 그 아이의 협조를 얻으면 오히려 수월하게 일이 풀릴 것 아니겠습니까?"

"아!"

수운의 협조를 얻어낼 수 있다면, 도망치듯 나가지 않아도 괜찮을 것이다. 둘이 화해했으며, 자신은 다시 수행을 하기 위해 돌아간다고 말해도 괜찮고, 아예 둘이서 여행을 떠난다며 같이 나가는 방법도 있을 것이다.

그렇듯, 스스로 결말을 짓는 게 좋다는 혜월의 조언을 얻어 당장 수운에게 털어놓기로 결정하고 이리 나온 유란이었다.

후원에 도착하자 수운이 조심스레 물었다.

"저… 이제야 여쭤볼 수 있겠네요. 누구십니까, 도대체?'

"……."

"혜월 대사님의 눈치도 그렇고, 아가씨도 나쁜 사람이 아닌 것 같아서 가만히 있었어요. 하지만 궁금한 건 어쩔 수 없네요."

"후… 일단 죄송해요. 사정이 그렇게 되었어요. 절대 공자께 피해를 끼치려던 게 아니었어요."

"……."

"그러니까……."

밝은 달 아래.

그녀가 월광사신을 떼어내고 어떻게 얘기를 꺼내는 게 좋을까 고민하고 있을 때, 유수운의 집이 멀리 내려다보이는 산자락에는 하나둘 흉흉히 빛나는 눈빛들이 나타나기 시작했다.

그들은 안휘와 강서 경계 근처에 있는 대홍산 산채의 산적들로, 중간 정도의 성세를 구가하는 신흥 녹림채의 하나였다.

대홍산채의 채주인 구겸도 장락은 멀리 보이는 집을 보며 근침을 다셨다.

"흐흐흐, 들은 대로군. 어쩌면 저렇게 딱 털어먹기 좋을까.'

"그러게 말입니다, 채주님."

"분명히 상자 가득한 야명주라고 했지?"

그는 손 안에 들고 있는 야명주를 굴려보며 탐욕스런 눈초리로 그쪽을 바라보았다.

"가뜩이나 벌이가 안 좋았는데, 이거 한탕 하고 은퇴한다. 흐흐흐, 올해 운세가 좋다더니 이런 큰 건을 맡게 되는군."

데리고 온 수하들은 모두 아흔댓 명.

금자 만 냥어치의 야명주라는 얘기를 듣고 칼만 들 수 있는 수하는 하나도 남김없이 데리고 온 것이다. 지금 산채에는 남은 사람이 없다시피 했다.

그러니 비단 저 집 하나뿐 아니라 마음만 먹으면 근처 촌읍 하나 거덜 내는 건 일도 아니었다.

"활 잘 챙겼지?"

"채주, 거, 뭐 번거롭게 활 같은 거 쏠 필요 있소?"

"대호가 토끼를 낚을 때도 최선을 다하는 법. 하물며 금자 만 냥이 걸린 일에 그깟 화살을 아껴 뭐 하나?"

"하기사……."

"최대한 빨리 죽이고, 물건 챙겨서 이동한다. 알겠어?"

"흐흐, 염려 마십쇼, 채주. 장사 한두 번 합니까?"

"그래, 애들 단속 잘해. 분배는 잘해줄 테니, 쓸데없는 욕심 부리는 놈 나오지 않도록 통제 잘하고… 자, 스무 명씩 조를 짜서 사면에서 동시에 들이친다. 정면으로는 내가, 뒤쪽은 네 녀석이 맡고, 나머지는 장팔이 하고 준욱이 놈에게 맡긴다."

"네."

"가자."

수십 명의 산적들이 일제히 유수운의 집을 목표로 달려들기 시작했다.

그들이 움직이자 그들이 있던 자리에 녹림도들과는 또 다른 분위기를 풍기는 복면 괴한이 하나둘 모습을 나타내기 시작했다. 모두 여섯 명의 복면 괴한 중 한 명이 다른 이들에게 전음을 날렸다.

[될 수 있는 대로 모습을 드러내지 않는다. 그리고 저들이 놓친 사람들은 우리가 목숨을 끊는다. 한 명도 살아나가지 못하게 하라.]

상위 서열의 전음이 끝나자 담 위에 있던 복면 괴한들이 고개를 끄덕인 뒤 하나둘 녹림도들의 뒤를 은밀히 따르기 시작했다.

그들은 남궁정의가 비밀리에 파견한 남궁세가의 무인들이었다.

그리고 녹림도와 남궁세가의 무인들이 돌진해 오는 그 진격로엔 수운과 유란이 이야기를 하고 있었다.

*   *   *

"그러니까……."

한참을 돌고 돌다가 수운의 인내심이 바닥이 날 즈음해서야 본론으로 들어가려던 유란은 갑자기 자신의 귀를 울리는 파공음을 듣고 급히 수운을 밀쳐 냈다.

"우왓!"

쉐에엣—

파— 타타탁!

무슨 짓이냐고 소리 지르려던 수운은 당장 얼어붙었다.

방금 전까지 그들이 있던 자리에는 대여섯 개의 화살이 바닥에 꽂힌 채 부르르 살대를 떨어대고 있었던 것이다.

"무, 무슨……."

"조심해요!"

쉬이익!

또다시 검은 하늘을 배경으로 화살이 날아왔으나, 갑작스러운 일에 당황한 수운은 몸을 꼼짝할 수가 없었다.

팍!

"웃!"

데구르르―

이번에도 정확한 유란의 판단이 그의 목숨을 살렸다. 간발의 차이로 수운을 화살 비에서 비껴낸 유란이 화가 나는지 고함을 질렀다.

"뭐 하는 거예요! 그거! 육합권을 쓰라구요!"

"아……?"

"육합권이요, 육합권! 그 정도면 이건 다 튕겨낼 수 있다구요!"

비록 내력을 싣지는 않았지만 자신의 매화산수를 묘하게 튕겨낸 수운의 수법을 그녀는 잊지 않고 있었다. 그 정도라면 비록 수운이 내력을 쓰지 않더라도 이 정도 화살은 충분히 비껴낼 수 있을 것이다.

흉험했지만 궁술(弓術)의 대가가 쏘는 것이 아니라 내력이 실려 있지 않았기에, 수운이라면 충분히 자신의 몸 하나는 보호할 수 있어야 했다.

그런데 저 바보 같은 사람은 그저 입만 벌리고 화살받이를 자청하고 있지 않은가! 그 모습을 보니 화가 났다.

'화가 나. 왠지 모르지만…….'

"하지만 화살이잖아요?"

그 말에 유란이 다시 고함을 치려던 순간이었다.

"어어?"

수운의 눈이 동그래졌다.

그녀도 간신히 고함을 삼킨 뒤에 그 시선을 따라 눈길을 돌렸다.

저벅저벅―

달빛 아래 일단의 무리들이 담을 넘어 들어오는 것이 보였다. 아마 이들이 화살을 날린 것은 자신들이 소리 지르지 못하도록 일격에 죽이려 했던 것 같았다.

"웬놈들이냐!"

유란이 일단 수운의 앞을 막아서며 냉랭하게 고함을 질렀다. 그 말을 듣자, 채주인 구겸도 장락은 나지막이 음소를 내뱉었다. 자신들을 막아선 자가 뜻밖에 교염한 미녀였던 것이다.

"흐흐, 이거 화살을 두 번이나 쐈도 한 번에 안 죽어서 짜증이 났었는데, 그게 횡재할 수였구만. 뜻밖의 부수입이로군. 잘됐군. 삼삼하게 생겼어."

"헤헤헤, 그렇군요, 채주. 밤에 몸 좀 풀게 생겼는데요, 헤헤."

"데려갑니까, 채주?"

"흐흐흐, 말이라고 하나? 일단 재갈이나 채워서 던져 놔. 가건서 맛을 보면 되겠지."

"히히, 채주, 우리가 먼저 하는 겁니다. 다른 쪽으로 간 녀석들은 나중으로 돌리고?"

"크흐흐, 그래. 이봐, 소저, 오늘 늠름한 서방님을 수십 명 맞이하게 생겼으니 운수대통했군 그래. 크하하하!"

그들의 대화를 듣고 있는 오유란은 머리 위로 김이 올라가는 느낌이었다.

오늘 하루에만 두 번.

아득—

'유성표국의 그 하가 놈만 생각해도 이가 갈리는데, 이 지저분한 것들까지!'

생각 같아선 당장 뛰쳐 들어가 사생결단을 내고 싶었다. 그렇지만 유란은 애써 평정을 유지하며 쉽게 움직이지 않았다.

담을 넘어 들어온 인원은 물경 스물. 더구나 이야기로 판단해 보자면, 다른 패들도 집 안으로 들어온 것을 알 수 있었다.

'섣불리 움직이면 당한다.'

그렇기에 애써 마음을 가라앉히고 있었다.

저들의 행색을 보자면 기껏해야 삼류일 테니 자기 혼자 몸을 빼자면 어떻게 해볼 수 있겠지만, 문제는 수운이었다.

'실전 경험이 없으니 일단 먼저 보내… 응?'

지팡이를 짚은 수운이 그녀의 앞으로 나서고 있었다. 평소와 다른, 심각하게 굳은 얼굴로 말이다.

"다른 쪽이라니, 무슨 말이지?"

"다리만 병신인 줄 알았는데, 귀까지 먹었나 보구나. 크하하! 다른 곳으로도 이 어르신의 수하들이 들어갔다는 얘기지. 지금쯤 다 죽었을 거다. 그러니 이 어르신이 자비를 베풀어서 네놈은 특별히 편안히 죽여주마."

그가 고갯짓을 하자 피식거리던 산적들이 앞으로 나섰다.

"병신 놈은 죽이고, 계집은 꽁꽁 묶어놔라. 시간이 없다."

거대한 대감도를 위협적으로 휘두르며 서너 명이 그들 쪽으로 향했고, 나머지는 내택이 있는 쪽으로 이동하려 했다.

"공자, 일단 제 뒤로……."

비록 혜월의 지도를 받은 수운의 육합권이 오묘한 구석이 있다고는 하지만, 실전 경험이 전무한데다 몸에 치명적인 부상까지 입고 있는 수운이 도검이 오가는 흉험한 싸움에 배겨낼 리 없다 판단한 유란이 급히 그를 자신의 뒤쪽으로 보내려 했다.

그러나 수운은 소매를 떨쳐 그녀의 손을 벗어나 오히려 앞으로 나아가고 있었다.

'안 돼.'

두근— 두근—

아찔했다.

그리고 급했다.

'대사님과 전 대협이 있지만…….'

비록 혜월과 전욱이 있다지만, 식구들은 지금 여러 곳에 흩어져 있을 것이다.

두목이라는 자의 말을 들어보면, 최소한 지금 이곳에 있는 사람들만큼 더 집 안으로 들어왔다는 얘기였다.

위험하다.

아무리 그들이 고수라도 점유할 수 있는 공간에는 한계가 있다. 혜월의 고강한 무위를 믿고 있지만, 전욱의 쾌검을 믿고 싶지만, 한 번의 실수라도 발생한다면…….

그렇다면…….

두근— 두근—

문득 심마에 빠졌을 때의 광경이 떠올랐다. 가족들이 피를 뿌리고, 그 살을 아귀들이 뜯어먹고, 작디작은 조카 혜린이조차…….

'용서할 수 없어!'

그는 입술을 악물며 멸명마공을 끌어올렸다.

우웅—

단번에 멸명마공을 극성으로 끌어올린 수운은 자신의 몸에서 묘한 진동을 느꼈다. 전신에서 힘이 용솟음쳤다.

'이것이 완의 경지인가?'

그는 오래간만에, 정말 오래간만에 온몸을 넘쳐 흐르는 절명기를 느끼며 짚고 있던 지팡이를 놓았다.

오유란은 보았다.

수운이 지팡이를 던져 버린다 싶은 순간, 그의 신형이 달빛 아래 빛처럼 흩어졌다.

"우-우-우!"

창룡음과 함께 흩어진 수운의 몸은 마치 안개처럼 부드럽게 산적들 앞에 흘러내렸고, 그 순간 천둥소리가 울렸다.

콰아앙!

"컥!"

"크아악!"

절대부동으로 순간적으로 적들의 앞으로 이동해 육합권의 가장 단순한 공격 초식인 태고로 부딪쳐 들어가는 수법이었다.

더구나 멸명마공의 경지 자체가 한 단계 올라선데다, 그간의 수련으로 권경의 수발이 자유로워진 수운의 태고에 휩쓸린 산적들은 한꺼번에 세 명이 바닥을 굴렀다.

그 모습을 지켜보던 유란의 눈이 동그래졌다. 방금 보인 장면과 비슷한 것을 과거에도 본 일이 있었던 것이다.

'저 모습은……?'

소림의 칠십이종절예 중 금강부동과도 흡사한 신법, 거기에 덧붙여 단순한 육합권의 공격 동작.

'저건…….'

마우에게 꼼짝없이 제압당해 있을 때 나타난 괴인, 그의 모습과 끔찍하게 닮아 있었다.

'아냐, 아냐. 그럴 리가…….'

유란은 뇌리 속을 스치는 생각을 서둘러 지웠다.

저 사람 좋은 바보가 월광사신의 후예일 리 없다, 유란은 손바닥에 차오르는 땀을 느끼며 그렇게 중얼거렸다.

주춤하던 산적들은 수운의 진각에 의해 피어오른 흙먼지가 가라앉고, 세 명이 죽어 있는 모습을 발견하자 대경하여 급히 수운을 포위하기 시작했다.

"이, 이 개새끼! 병신인 척하더니 한 수 재간을 숨기고 있었구나! 곱게 죽이려 했는데, 채를 썰어 육젓을 담궈주마!"

"육젓이고 뭐고, 빨리 와라. 시간없다."

식구들의 안위를 생각하는 수운의 모습은 평소와는 완전히 달라져 있었다.

그는 산적들이 자신을 포위한 채 달려들 생각을 않자 이번에도 자신이 먼저 공격해 들어갔다.

절명기를 가득 머금은 유수운의 손이 육합권을 빌어 산적들의 몸을 강타하기 시작했다.

솔수천장(率手穿掌)과 오룡탐해(烏龍探海) 같은 간단한 초식들에 걸린 산적들은 반격할 기회도 없었다. 기묘한 반동에 의해 자신들의 공격이 튕겨 나간다 생각할 때면, 의식은 혼미해지고 혼백은 몸에서 떠나가고 있었다.

숨 두어 번 내쉴 정도의 시간 동안 다시 다섯이 바닥을 구르는 시체가 되어 있자 장락은 대경실색할 수밖에 없었다.

"포위망을 넓혀라! 화살! 화살을 퍼부어!"

기겁을 한 산적들이 수운에게 멀어지자 가족들의 안위를 걱정하는 수운의 눈이 찌푸려졌다. 빨리 가족들에게 가야 하는데 끝까지 방해가 되는 놈들이었다.

그는 멍하게 자신을 바라보고 있던 유란에게 소리쳤다.

"유란 소저! 빨리, 빨리 가족들에게! 두 분만으론 손이 모자랄 거예요! 여긴 제가 정리할게요! 곧 갈 테니 빨리!"

유란의 정확한 경지는 모르겠지만, 적어도 산적 한두 명은 상대할 수 있는 수준일 것이다. 그 정도면 충분했다. 혜월이나 전욱이 만에 하나 실수를 할 경우, 그 찰나의 순간만 막아줄 정도면…….

"어서요!"

"아, 예!"

수운의 무공을 보고 멍한 얼굴이 되어 있던 유란은 슬쩍 수운이 떨어뜨린 지팡이를 집어 들고 손잡이 부분을 잘라냈다.

조금 무겁긴 했지만 아쉬운 대로 검법을 펼칠 만했다.

"그럼, 조심하세요!"

그는 힐끗 떠나가는 유란의 뒷모습을 바라보았다.

화산 속가라 했다.

무공을 아는 여인이다.

'…알아봤을까?'

사람이 보는 눈앞에서 멸명마공을 쓴 수운은 조금 걱정이 되긴 했지만, 직접 타격을 줬기 때문에 그녀가 알아보지는 못했으리라 생각했다.

'지금 그게 문제가 아니지……'

그는 주변을 포위하고 있는 산적들을 바라보았다. 그리고 바닥에 쓰러져 있는 산적들도…….

가슴이 아팠다. 이전 같았으면 이들의 목숨을 앗는 것에 대해서 상당한 고민을 해야 했을 것이고, 쓰러진 이들을 보며 괴로워했을 것이다. 그러나 지금 당장은 그런 고뇌는 이후로 미뤄야 했다.

"이대로 물러가는 건 어때?"

그 말에 대한 대답은 날아오는 화살이었다.

피피핑—

절대부동을 펼쳐 화살의 궤적에서 완벽히 벗어난 수운은 다시 마음을 굳게 다잡아야 했다.

이들은 곱게 물러갈 생각이 없었다.

'그렇다면……'

수운은 주먹에 절명기를 집중하기 시작했다.

유란이 도착했을 때는 한창 격전이 벌어지는 중이었다. 다행히 한곳에 모여 한담을 나누고 있던 탓에 전욱과 혜월은 그들을 보호할 수 있었던 모양이다.

"하아압!"

그녀는 기합 소리를 내지르며 전투에 끼어들었다.

퍽— 퍽—

갑작스레 뒤에서 공격이 들어오자 녹림도 둘이 끽 소리도 못한 채 바닥으로 뻗었다.

스팟—

그와 동시에 그녀의 뺨으로 무언가 뜨끈한 액체가 튀었다. 그녀는 본능적으로 눈살을 찌푸렸다.

산적 하나가 비명을 지르며 어깨를 움켜쥐고 바닥을 구르고 있었다. 피는 전욱의 검을 타고 그녀에게까지 날아온 것이었다.

"아미타불. 전 시주, 손속에 사정을 두시오."

유란이 뒤에서 포위망을 무너뜨리고 혜월 등에게 합류하자 잠깐의 공백이 생겼고, 그 틈에 혜월은 다시 한 번 전욱에게 침중한 목소리로 자중해 줄 것을 당부했다.

"…사정을 두고 있습니다."

이전에도 혜월의 제지가 있었던 듯 바닥을 구르는 자들은 팔이나 다리가 떨어져 나가거나, 심한 출혈로 위중한 자들은 있었으나 대부분 숨이 붙어 있었다.

전욱이 사정을 두지 않았다면, 아마 모두들 목이나 이마에서 핏방울을 뿌리며 싸늘한 시체로 굳어 있었을 것이다.

"유란 시주, 뒤쪽의 가족들을 부탁하오."

유란은 재빨리 전황을 판단했다.

저런 삼류 나부랭이들은 몇십, 몇백이 있어도 이 두 사람에게 피해를 끼치지는 못할 것이다. 다만, 숫자에 짓눌려 한 명이라도 통과시키게 된다면 무공을 모르는 저들 가족이 큰 해를 입게 될 것이다.

"알겠습니다. 이쪽은 염려놓으세요."

유란은 바닥에 떨어져 있던 검 중 가장 무게가 덜 나가게 생긴 것을 주워 고쳐 잡고는 뒤쪽으로 물러섰다.

수운의 가족들은 큰 충격을 받았는지 서로를 꼭 껴안고 있었다.

"여어, 제수씨, 화산 속가라더니 검을 쓸 줄 아시오?"

눈을 번들거리고 있는 수헌이 어울리지 않게 명랑한 목소리로 말을 걸었다. 아마 그동안 몇인가 혜월과 수운을 뚫고 왔던 것을 그가 처리했던 모양인지 주먹과 옷에 피가 잔뜩 튀어 있었다.

"물론이죠."

그녀는 내심 감탄하며 수헌에게 고개를 끄덕여 보였다. 형제인데 성격이 꽤 다른 것 같았다.

"대단하구나."

역시 창백하지만 굳건한 얼굴로 버티고 있던 유정 역시 유란을 보고 힘들게 웃어 보였다.

그리고 그 뒤에서 창백한 얼굴로 손자와 며느리를 안고 있는 부인 한씨를 바라보았다.

"괜찮아요, 어머님."

유란은 최대한 따뜻하게 그렇게 말한 뒤 입을 꼭 다물고 앞을 주시했다.

"수란이… 수란이가… 혜린이하고……."

한씨가 애타는 목소리로 그렇게 중얼거렸다. 울음기가 섞여 있었다. 그녀는 입술을 깨물었다.

"괜찮아요. 그 아가씨와 함께 있잖아요. 무가로 이름… 안전할 거예요."

수란은 사천당가의 당소류를 안내하기 위해 함께 갔다. 그녀와 함께 있다면, 최소한의 안전은 보장받을 수 있을 것이다.

자신의 소망을 담아 대답하면서 그녀는 상황을 다시 한 번 살펴보았다. 바닥에 쓰러져 있는 것이 대략 스무 명 남짓, 남아 있는 적도들도 그 정도였다.

'됐어, 이 정도면…….'

"여기도 이제 곧 끝날 거예요. 곧…….."

혜월과 전욱이라면 이곳을 곧 정리할 수 있을 것이다. 당소류의 무위에 대해서는 잘 모르겠지만, 한쪽 어깨를 쓰지 못하는데다 무공을 모르는 여인까지 데리고 있는 상황이라면 악전고투할 수밖에 없을 것이다.

"대사님! 빨리 끝내야 해요! 수란 언니가!"

"아미타불……."

혜월과 전욱은 그녀가 소리치기 전에 이미 움직이고 있었다. 그들이 이제껏 소극적으로 움직이던 것은 무공을 모르는 이들을 보호하기 위함이었고, 그 틈을 막아줄 유란이 도착함으로써 소극적으로 움직일 이유가 없어진 것이다.

이제 남은 것은 속전속결뿐이었다.

그렇게 산적들 사이를 휘저으려던 혜월이 갑자기 주춤거리더니 빠르게 유란이 있는 쪽으로 되돌아오며 고함을 질렀다.

"조심하시오, 시주!"

콰쾅—

채챙!

"으읍!"

혜월의 경고와 동시에 세 가지 일이 벌어졌다.

창문과 문, 천장이 부서지며 일단의 복면들이 뛰쳐나왔고, 유란이 무공을 모르는 가족들 위로 떨어지는 검을 필생의 공력을 다해 걷어냈으며, 수헌이 들고 있던 몽둥이로 나머지 한 명을 두들겼다.

그리고 혜월의 장력이 몰아치자 복면인들이 다급히 뒤로 물러섰다.

"크흑!"

그 와중에 수헌의 몽둥이에 걸린 한 명이 혜월의 장력에 쓸려 바닥을 기어야 했다.

다른 복면인들은 한 호흡을 가다듬더니 곧바로 전열을 정비해서 혜월과 유란을 공격해 들어갔다.

우르르르―

혜월의 소매가 울며 복면인들의 검을 감싼 뒤 튕겨냈다.

"크으윽!"

복면인들은 심한 반탄진기를 느끼며 비릿한 핏물을 삼키며 몇 걸음씩 뒤로 물러났다.

그런 복면인들을 바라보며 혜월이 새삼 놀랐다는 듯 중얼거렸다.

"방금 그것은… 창궁이십팔검?"

혜월이 놀란 목소리로 중얼거리자 암습자들이 흠칫 놀랐다. 특히, 그중 무리를 이끌고 있는 자의 놀라움은 정도를 넘어서고 있었다.

멀찍이 숨어서 산적들이 이들을 습격하고 있는 것을 보고 있었다. 상상외로 대단한 이들의 무위에 모처럼 끌어들인 녹림도들이 하나둘 바닥에 쓰러지는 것을 보며 언제 습격해야 할지 기회만을 노리고 있던 와중에, 새로이 여고수 한 명이 보강되었다.

더 이상 시간을 끌다간 기회가 없다 판단되어 들이친 것인데, 그 기세를 읽힐 줄은…….

더구나 자신들이 창궁이십팔검을 사용하는 것이 발각되었다.

'실수했다. 이런 정도의 고수일 줄이야. 이런 궁벽한 곳에 고수가 있을 줄이야. 아직 녹림도들이 남아 있을 때 반드시 저 노승만은 죽여야 한다.'

한편, 혜월도 복면인들을 앞에 놓고 심각한 고민에 빠져야 했다.

'으음… 그들이 장 대표두를 노리는 줄 알았건만, 다른 이를 노리고 있단 말인가? 대체 누구를 노리고 있단 말인가? 이 집에, 당시 그 집에 있던 사람은 나, 유 대인 내외, 수란 시주, 그리고 수운이…….'

남궁세가의 무공을 사용하는 무리의 연달은 습격에 혜월은 그런 착각을 할 수밖에 없었다. 아무튼 이대로 시간을 끌 수는 없었다.

투카!

"아악!"

"컥!"

"으아아아—"

돌연 바깥에서 적도들이 비명을 지르기 시작했고, 포위망이 순식간에 무너지기 시작했다.

"모두! 모두 괜찮아요?! 아버지! 어머니! 형! 누나! 형수님!"

적도들을 말 그대로 날려 버리며 들어서는 것은 바로 수운이었다.

"수운아?"

사람들은 눈을 동그랗게 뜨고 그를 바라보았다. 조금 전까지 다리를 절고, 손도 제대로 들어올리지 못해 고개를 처박고 식사를 하던 아이였다.

무슨 수로 저 흉악한 산적들을 일수에 날려 버렸단 말인가?

파르르륵—

혜월은 수운이 들어오는 순간, 복면인들이 동요하며 생긴 틈을 놓치지 않았다.

암습을 걸어온 자들은 모두 여섯.

처음 혜월의 장력에 격중되어 나가떨어진 한 명을 제외하면 모두 다섯이었다.

찢어질 듯 소매가 펄럭이는 소리가 나는가 싶더니 바로 뒤따라 커다란 폭음이 울렸다.

퍼펑—

"으아악!"

혜월의 육장이 만들어낸 폭음. 마치 화탄이 터지는 소리처럼 거대한 소음과 함께 남궁정의가 파견한 무인들 중 세 명이 땅을 뒹굴었다.

'아, 안 돼. 승산이 없다.'

갑자기 뛰어든 새로운 고수—수운—덕에 쾌검 고수를 붙잡아두던 녹림도들도 모두 쓰러진 상황이었다.

자신들은 셋, 혜월들은 넷.

이제 나머지 녹림의 잔당들이 쓰러지면 곧 자신들이 숫적으로도 불리한 상황이었다. 그는 독하게 마음먹고 쓰러져 있는 수하들을 바라보았다.

'미안하다.'

그는 마음을 독하게 먹고 다른 이들에게 '증거를 없애고 후퇴하라'는 신호를 보냈다.

그들은 명령을 받은 즉시 각각 비수를 날려 쓰러져 있는 복면인들의 급소를 꿰뚫고 도주했다.

"컥!"

"이런······."

뒤늦게 혜월이 손을 써봤으나 이미 복면인의 몸은 싸늘하게 식어가고 있었다.

적들이 모두 쓰러지거나 도주하자 무공은 가장 약하지만 제일 냉정함을 유지하고 있던 수헌이 신음하고 있던 도적 하나의 멱살을 잡아 끌어올렸다.

"습격한 이유가 뭐지?"

"그··· 으······."

"지금 장난해? 지금 목을 꺾어놓을까?"

"으··· 서역과 교역··· 비단을··· 대금으로 야명주 한 상자······."

"야명주?"

수헌이 손을 놓고 일어섰다.

"뭔가 이상하군요. 물론 우리도 가끔 비단을 취급하긴 하지만 소량뿐입니다. 거기다 야명주라니······."

"저는 어머니와 처, 그리고 동생을 챙기겠습니다. 아버지, 뒤처리를 해주세요."

"할아범을 관아로 보내야겠구나."

그때 부인 한씨의 목소리가 크게 울렸다.

"지금 관아가 문제가 아니에요! 수란이! 수란이가 아직!"

그 말에 움찔한 수운이 앞으로 나섰다.

"누나? 누나가 왜? 당 소저!"

그제야 누나인 유수란이 당소류와 함께 손님방으로 갔다는 것을 떠올린 수운은 급히 혜월을 돌아보았다.

"대사님! 제가 가보겠습니다! 대사님은 혹시 모르니 여기서 가족들을 지켜주세요!"

수운은 그렇게 말하자마자 급하게 뛰어 손님방 쪽으로 가기 시작했다. 날래기는 했지만 경공을 사용하는 기색이 보이지 않자, 잠시 고개를 갸웃하던 유란도 혜월을 돌아보았다.

"저도 가볼게요, 대사님."

자신은 이곳에 있어봐야 별 도움이 되지 않으니, 수운을 따라가 한 손 거드는 것이 나을 듯했다.

유란은 경신공을 발휘해서 곧 손님방으로 향하던 수운을 따라잡을 수 있었다.

"침착하세요! 언니는 괜찮을 거예요, 반드시!"

"헉… 헉… 그래… 헉……."

들려온 대답은 가쁜 숨소리뿐이었다.

'그만한 무공에 아무 경신공이 없다? 말도 안 돼. 아까 그 금강부동보 같은 건 뭐였지?'

그런 생각을 하던 유란은 문득 자신들을 두고 '뛰어서' 도망가던 얼굴 모를 월광사신 후인의 모습을 떠올리고 자신도 모르게 입술을 깨물어야 했다.

*　　　　*　　　　*

채챙—

"당 소저!"

대여섯 명이 쓰러져 있었고, 그 가운데 당소류가 땀을 흘리며 버티고 있었다. 그러나 아직도 열댓 명의 사내들이 흉소를 흘리며 그녀를 공격하고 있는 중이었다.

당소류는 옷이 여기저기 찢겨 있었고, 검상을 입었는지 피로 붉게 물든 부분도 적지 않았다.

그리고 그녀가 그렇게 악전고투하고 있는 이유를 알 수 있었다. 그녀가 버티고 있는 뒤의 객방 안에 수란이 혜린을 꼭 껴안은 채 웅크리고 있었던 것이다.

"으아아아!"

유란의 곁에서 달리고 있던 수운이 다시 사라졌다. 그리고 길쭉하게 늘어나는 듯하더니 어느 틈에 산적들 사이에서 나타났다.

유란은 어이가 없어 그 자리에서 멈춰 섰다.

"이, 이형환위?"

조금 전까지 경신술도 발휘하지 않고 헐떡이며 뛰던 사람이 갑자기 이형환위를?

그녀의 놀라움은 계속되어야 했다.

육합권의 삼환투월 한 수로 두 명을 튕겨낸 이후, 적당들은 누구도 수운의 일 수를 견뎌내지 못했다.

어디든 상관없었다.

권경이 가득 실려 있는지, 일단 상대의 몸 어디든 격중하면 적도는 제대로 비명도 지르지 못하고 바닥에 누웠다. 언뜻 봐도 가슴에 기복이 없는 것이, 곧바로 절명한 듯했다.

아까도, 그리고 조금 전에도 목격했지만 새삼 감탄할 수밖에 없었다. 권의 위력은 둘째 치고, 수운의 육합권은 적당들에게 공간을 허용하지 않았다. 그녀가 봤던 것을 기준으로 할 때 아직 어떤 것도 수운의 공간 안쪽으로 들어서지 못한 것이다.

당소류도 긴장이 풀리자 바닥에 쓰러지듯 무릎을 꿇은 상태로 수운의 권무(拳舞)를 탄복하며 지켜보고 있었다.

"괜찮으세요?"

수운이 산적들을 정리하는 동안 정신을 수습한 유란이 급히 당소류에게 다가가 그녀의 상처를 살펴보았다.

"언니, 언니, 괜찮으세요?"

"…문제없어."

많이 놀랐으리라 생각했는데, 수란은 창백한 와중에도 엄지손가락을 들어올리며 괜찮다는 신호를 보냈다. 하지만 여전히 품 안에 혜린을 꼬옥 품고 있는 모습에서 그녀가 받은 충격을 엿볼 수 있었다.

산적들이 정리된 시간은 일다경도 걸리지 않았다.

수운은 급히 방 앞으로 가서 외쳤다.

"누나, 괜찮아?"

수란은 가만히 있다가 옆에 있던 베개를 수운에게 집어 던졌다.

픽—

"뭐야, 이 베개는?"

"동생이 예의없는 걸 탓하는 누나의 마음이다. 넌 여기 소류 아가씨가 보이지 않니? 여기 이 아가씨가 없었으면 난 죽었어. 부상도 이 아가씨만 입었고. 그런데 나한테 먼저 인사를 해? 이걸 그냥……."

"아… 그, 그게… 죄송해요, 당 소저. 마음이 급해서 그만……."

"아니에요. 이해할 수 있어요."

당소류는 고통스러운 와중에도 싱긋 웃어 보였다. 수란은 마음을 추슬렀는지 황급히 일어섰다.

"어어, 누나, 왜?"

"혜월 대사님을 모셔오려고. 상세가 심한 것 같아. 동생은 여기서 아가씨 상처를 좀 봐주고 있어요."

"하지만 누나, 아직 위험해서……."

"괜찮아."

"안 돼. 내가 가서 모셔올게."

남매가 그 건으로 투닥거리려 할 때 뒤쪽에서 낯익은 목소리가 들려왔다.

"모두 무사하군."

전욱이었다.

그가 도착하자 수란은 당소류를 보다 안전한 곳으로 옮겨서 치료하는 것이 좋다고 생각했는지 전욱에게 부상한 당소류를 옮겨줄 것을 부탁했고, 전욱은 고개를 끄덕였다.

그러나 의외로 소류가 고개를 내저었다.

"우선 이곳에서 잠시 상세를 치유하고, 연후에 옮기는 게 좋을 거라 생각됩니다."

"음… 혜월 대사님은 지금 시신들을 조사하고, 생존자를 심문하고 계셔서 한 식경 정도 걸리실지 모르는데 괜찮겠소?"

"네. 어차피 내상을 치료하고, 간단한 상처들을 돌보는 데도 그 정도는 걸릴 테니까요. 언니, 언니는 전 소협과 함께 가족들에게 가보세요. 다들 걱정할 거예요."

"하지만……."

"괜찮아요, 이 정도는. 전 사천당문의 자손이라구요."

수란은 그렇게 알았다고 고개를 끄덕인 뒤 전욱과 함께 내택이 있는 쪽으로 발걸음을 옮겼다.

그 모습을 보던 유란이 고개를 끄덕이며 당소류의 상처를 살피기 시작했다.

"아, 유란 아가씨의 사랑하는 정인께서는… 실력을 감춘 고수셨네요."

소류는 상처를 압박하는 고통에 가볍게 신음 소리를 내뱉으면서도 유란에게 농을 걸었다.

"…에요."

"네?"

"아니라구요, 정혼자."

유란은 그렇게 대답한 뒤 힐끗 수운을 바라보았다.

"마침 주변에 아무도 없네요. 소류 아가씨는 당문에 속한 아가씨고, 아까 하던 얘기를 마저 끝내야겠군요. 괜찮겠죠?"

"아, 네, 물론……."

유란은 팔 위쪽의 상처를 조심스레 싸매면서 얘기를 이어갔다.

"우선 사죄의 말을 먼저 건넬게요, 수운 공자. 본의는 아니었지만 음… 뭐랄까, 괴롭혔다는 느낌이 들어서……."

느낌이 아니라 괴롭힌 게 사실이다, 말하고 싶었지만 분위기가 분위기여서 일단 눌러 참는 수운이었다.

"갑자기 혼약자라고 나타나서 많이 놀라셨죠? 그게 사실 이유가 있었어요. 음… 우선 말씀드릴게요. 전 화산 속가가 아니라, 화산파의 정식 입문제자예요. 유란이라고만 했는데, 사실 성이 오, 이름이 유란이에요. 저는 정마련 제이감사대에 배속되어 있는데……."

'정마련'이라는 말이 나오자마자 수운이 반사적으로 외쳤다.

"정마련이요?"

"아, 네."

"설마… 진짜, 정말 정마련 소속이세요?"

수운은 꿈속에서도 피해야 할 정마련의 요원이 자신의 혼약자를 자처하고 며칠간 집 안에서 기거했다는 사실에 자신도 모르게 놀라서 그렇게 물었다.

유란은 웃으며 그렇다고 대답하려던 순간, 머리 속에서 그의 음성이 울려 퍼졌다.

[정말 정마련 소속이세요?]

'아?'

[정마련… 소속이셨어요?]

'그 목소리!'

수운이 정마련을 언급하는 순간 그녀는 똑똑히 기억해 냈다. 그날, 마우를 쓰러뜨려 자신들을 구한 뒤에 황당하게 도망친 사내의 목소리. 정마련의 조사에 의해 월광사신의 후인이 틀림없다고 지목된 바로 그 청년의 목소리였다.

유란은 그 순간 정신이 아득해졌다.

설마했다. 그렇지 않으리라 생각했다.

그의 주먹질 한 번에 모두 쓰러져 다시는 일어서지 못하는 것을 보고도 애써 권경의 강력함이 남다르다고만 생각했었다.

그러나 이 한마디는…….

멍하니 수운을 바라보던 그녀는 자신도 모르게 '그 단어'를 입 밖에 내고야 말았다.

"워······."

"네?"

"월광사신?"

"헉!"

월광사신이라는 말을 들은 수운 역시 심장이 떨어져 나갈 정도로 놀라 눈을 부릅떴다.

그렇게 둘은 서로를 눈을 동그랗게 뜨고 바라보기 시작했고, 옆에 누워 있던 당소류가 다시 한 번 중얼거렸다.

"아, 역시… 그랬구나."

유란과 수운은 눈길을 돌려 동시에 그녀를 바라보았다. 당소류가 미소를 지은 채 수운을 바라보고 있었다. 그녀는 고개를 갸웃거리다 수운에게 큰 파장을 일으킬 수도 있는 질문을 던졌다.

"그래서… 어떻게 할 거예요?"

"네?"

"살인멸구(殺人滅口) 안 해요? 정체를 들켰는데."

"······."

        *   *   *

시체들이 널브러져 있었다.

혜월은 하나하나 시신들을 바라보았다. 수운이 쓰러뜨린 시신들을 유심히 바라보고 이리저리 만져 보던 혜월이 허탈한 웃음을 터뜨렸다.

"허허······."

맞았다.

내심 아니길 바랐건만, 유수운은 월광사신의 제자가 맞았다.

혜월은 시신들을 바라보다가 무엇을 결심했는지 시신들 위에 손을 올려놓았다.

풀컥—

시신 위에 올려진 손에서 장력이 발출되자 깨끗하던 시신의 내장이 뭉개지면서 입과 코에서 반쯤 식은 피가 솟구쳐 나왔다.

"아미타불, 아미타불……."

그렇게 시신을 훼손하면서 혜월은 연신 불호를 외웠다. 그는 일단 수운의 행적을 최대한 보호하기로 마음먹은 것이다.

소림의 고승은 그렇게 월광사신의 흔적을 지우고 있었다.

어느 틈에 달빛에 엷은 구름이 끼었고, 붉은빛이 천하를 덮고 있었다.

〈제4권 끝〉